설봉 新무협 판타지 소설

死神
사신

사신 5
설봉 新무협 판타지 소설

초판 1쇄 찍은 날 § 2002년 6월 25일
초판 1쇄 펴낸 날 § 2002년 7월 5일

지은이 § 설봉
펴낸이 § 서경석

편집장 § 문혜영
편집책임 § 장상수
편집 § 박영주 · 김희정 · 권민정 · 이종민
마케팅 § 정필 · 강양원 · 김규진 · 안진원

펴낸곳 § 도서출판 청어람
등록번호 § 제1081-1-89호
등록일자 § 1999. 5. 31
어람번호 § 제2-0105호

주소 § 경기도 부천시 원미구 심곡1동 350-1 남성B/D 3F (우) 420-011
전화 § 032-656-4452 팩스 § 032-656-4453
http://www.chungeoram.com
E-mail § eoram99@chol.net

ⓒ 설봉, 2002

값 7,500원

ISBN 89-5505-348-7 (SET)
ISBN 89-5505-402-5 04810

※ 파본은 본사나 구입하신 서점에서 교환하여 드립니다.
※ 저자와 협의하여 인지를 붙이지 않습니다.

설봉 新무협 판타지 소설

死神
사신

5 심역우지(心亦憂止)
마음만 시름겹네

도서출판
청어람

◇ 목
  차

第四十五章 수련(修練)   / 7
第四十六章 앙알(怏軋)   / 37
第四十七章 농종(籠縱)   / 63
第四十八章 구인(舊人)   / 99
第四十九章 복위(復位)   / 131
第五十章   참혈(斬血)   / 159
第五十一章 사향(死香)   / 189
第五十二章 혈화(血花)   / 215
第五十三章 혈루(血淚)   / 247
第五十四章 전후(戰後)   / 271
第五十五章 천부(天府)   / 289

◆第四十五章◆
수련(修練)

무림은 조용했다.

거대한 피바람의 징조나 문파 간의 알력 같은 징조는 어디서도 보이지 않았다.

한낮의 열기가 대지를 이글이글 태우는 정오, 종리추는 소고와 마주 앉았다.

창문이란 창문은 모두 활짝 열어놓았지만 바람 한 점 없는 무더운 날씨는 가만히 앉아 있기만 해도 등에 땀방울이 맺히게 했다.

"살수들을 수련시킨다고 들었는데, 끝났어?"

"아직 멀었습니다."

소고나 종리추나 차를 마시는 모습이 한가해 보였다. 하릴없는 사람들이 한낮의 더위를 피해 여유롭게 한담을 나누는 듯이 보였다.

"보름이나 기다리셨다고 들었습니다."

"오래 머물렀지. 살문 구경도 좀 하고. 하지만 아직도 구경하지 못한 곳이 있어."

"그렇습니까?"

"내원하고 지하 밀실. 풋! 그곳만은 보여주지 않던데? 주인이 있다면서."

"있죠. 전각은 수하들의 거처지만 저도 마음대로 드나들 수 없습니다. 그곳은 그들만의 공간이니까요."

소고가 눈을 반짝였다.

"수하들을 사람으로 인정하는군."

"……"

"정이 들었어."

"……"

"수하들을 사지에 몰아넣을 수 있겠어?"

"후후, 벌써 사지에 들어와 있습니다."

"호호호! 그렇지, 벌써 사지에 들어와 있지."

"……"

"다행이야, 살수들이 강해 보여서. 아니, 강해 보이는 게 아니라 강한 거지. 소문난 무인들이 픽픽 쓰러지니 정말 강한 거야."

"묵월광은 어떻습니까?"

"묵월광? 무슨 소리인지 모르겠는데?"

"……"

종리추는 더 묻지 않았다. 소고는 묵월광이라는 말 자체도 언급하려고 들지 않는다.

"묵월광을 움직여야겠어."

"알겠습니다."

"그래."

그날 저녁, 해거름이 질 무렵 소고는 돌아갔다.

소고는 바로 돌아가지 않았다.

그녀는 대외산 정상에 올라 저녁놀에 물든 살문을 굽어보았다.

"일살."

"넷!"

주위에는 아무도 없었다. 하지만 그녀의 음성과 동시에 더위를 더욱 부채질하는 답답한 음성이 들렸다.

"전각에 있는 자들은 어떤 수준인가?"

"강해 보입니다."

"그 말은 강하지 않다는 뜻이군."

"……."

"넌 진짜 강한 자를 보면 대답을 미루지. 강한 것을 인정하기 싫어서. 서슴없이 강한 자라고 말하는 것은 얼마든지 죽일 수 있다는 뜻이야. 안 그래?"

대답이 없었다.

이게 그의 습관이다. 그는 정말 긍정해야 할 때는 대답을 하지 않는다.

"전각에는 열일곱 명의 살수가 있다고 들었어. 그중에 상대하기 버거운 자는 없던가?"

"강한 자들이라 신경을 써야 할 것 같습니다."

신경은 쓰되 죽일 수 있다는 말이다.

"호호! 좋아. 그럼 살문주는 어떻지? 죽일 수 있겠어?"

"……."

일살은 대답하지 않았다.

'그래, 자신없을지도 몰라. 희한한 자니까. 하루가 다르게 거목이 되어가고 있어. 삼이도에서 만날 때만 해도 신경을 쓸 정도는 아니었는데…… 이제는 깊이조차 잴 수 없어.'

그녀가 내려다보는 살문은 한가하고 평화로워 보였다.

그 속에 살귀들이 살고 있다.

소고는 일살이 잘못 판단했다는 것을 알고 있다.

종리추가 직접 양성하는 살수들이라면 누구에게 쉽게 당할 자들이 아니다.

반면에 일살을 믿는 마음도 크다.

일살을 비롯한 호법(護法) 이십팔숙(二十八宿)은 진정한 죽음의 사자들이라고 확신한다.

일살은 살문 살수들을 너무 가볍게 보았지만 죽이고자 한다면 틀림없이 죽일 수 있을 것이다.

그녀가 살문에 와 종리추를 만난 데는 두 가지 목적이 있다. 하나는 묵월광이 무림에 나서는 교두보를 마련하는 것이고, 다른 하나는 살문의 진정한 역량을 보기 위함이다.

살문의 진정한 역량.

종리추가 살수들이라고 규합해 놓은 십사전각의 주인들은 강해 보인다. 하지만 '절대'라고 보기는 어렵다. 사령주 적사, 화령주 소여은, 조령주 야이간이 규합해 놓은 살수들과 부딪친다면 승산이 없어 보인다.

그러나 그들에게는 종리추가 있다. 그래서 그들은 강하다.
이상한 일이다. 그들 개개인을 살펴보면 약한데, 종리추를 섞어놓으면…… 강하다.
'내가 무슨 짓을 했지? 난 내 스스로 오른팔을 잘라 버렸어. 어쩌면 오늘 일을 두고두고 후회할지도…….'
소고는 착잡한 심정을 떨쳐 버리기라도 하듯 황급히 신형을 날렸다.

"유구, 어떤가? 해볼 만하던가?"
"숨어 있는 놈이라 설불리 판단할 수는 없지만…… 죽지는 않을 것 같습니다."
"좋아. 역석?"
"저 역시 해볼 만하다고 생각했습니다."
종리추는 십사전각의 주인들에게 일일이 물었다.
무슨 질문인지도 모르는 사람은 아무도 없었다. 그들은 모두 일살의 존재를 눈치 챘고 해볼 만하다는 답변을 내놓았다.
"됐다. 오늘은 누구 차례지?"
"접니다."
음양철극이 쓴웃음을 지었다.
"장소는?"
"음풍곡(陰風谷)으로 정했습니다."
"음풍곡은 시야가 너무 좁지 않나?"
"그래서 정했습니다. 오래 살아야죠."
"하하! 좋아, 오래 살아봐. 가서 준비해."
명이 떨어지기 무섭게 음양철극이 신형을 일으켜 사라졌다.

"음양철극은 오래 살고 싶다는데, 얼마나 빨리 죽일 수 있나?"
"크큭! 한 시진으로 정했습니다. 크크! 한 시진이면 넉넉합니다."
혈살편복이 눈을 빛내며 말했다.
혈살편복뿐만이 아니라 남은 사람들의 눈빛에는 긴장이 서리기 시작했다.
"무슨 소리! 한 시진? 하하! 죽일 수 있으면 죽여봐."
유회가 커다란 덩치를 흔들며 노려보았다.

"살수는 누구든 죽여야 한다. 친형제라도, 부모라도 죽일 수 있어야 한다. 명을 받고 움직이는 살수라면 세상에서 가장 사랑하는 사람도 죽이라면 죽여야 한다. 그것이 이급살수다."

종리추가 이급살수가 되는 요건으로 내건 일조(一條)다.

"사람으로 태어났으면 사랑하는 사람을 보호해야 한다. 자식을 위해서라면 끓는 불 속이라도 뛰어 들어가는 것이 모정(母情)이다. 모정에는 비할 수 없어도 깊은 정을 간직해야 한다."

일급살수가 되는 요건이다.
보호하는 것은 죽이는 것보다 훨씬 어렵다.
종리추는 죽이는 자는 이급살수로, 보호할 수 있는 자는 일급살수로 분류했다.
"하하! 말하는 것을 보니 혈살편복은 공격조, 유회는 방어조인 모양인데, 말은 필요없지. 살수에게는 필요없는 것이 하나 있어. 바로 말이야."

"……."

"가봐."

역석, 유회, 천왕검제가 즉시 몸을 일으켜 읍을 취해 보인 후 사라졌다.

남은 자들은 어색한 침묵에 잠겼다.

"오늘 수련은 뭔가?"

종리추가 어색한 침묵을 깼다.

"수전(守戰)입니다."

혼세천왕이 텁텁한 음성으로 대답했다.

"수전에 음풍곡이라… 장소는 잘 골랐군. 상황이 불리하니 철저히 방어한다. 웬만하면 싸우지 않을 게고 접근도 용이하지 않을 텐데, 방책은?"

"저희는 강전(强戰)을 생각하고 있습니다."

"강전…… 강하니 약하게 보인다. 지키고자 하는 고집에 끌어내고자 하는 머리 싸움이 되겠군. 재미있겠어. 한 시진이면 된다고 했나?"

"넷!"

혈살편복이 자신있게 말했다.

"그럼 한 시진으로 하지. 한 시진 안에 끌어내면 이기는 것이고 그렇지 않으면 지는 것이야."

"넷!"

음풍곡은 대외산에서도 가장 깊은 골짜기다.

한여름에도 음풍곡에 들어서면 한기를 느낄 정도로 햇볕이 들지 않고 음습한 바람이 분다.

　음양철극은 계류(溪流)와 접해 있는 산자락에 둥지를 틀었다.

　너구리가 굴속에 들어가 나오지 않듯이 몸뚱이 하나 간신히 들이밀 수 있는 굴속으로 들어가 입구마저 막아버렸다.

　졸졸졸……!

　계류에 흐르는 물소리가 아련하게 들려왔다.

　'호흡을 죽이고, 생각도 죽이고, 오로지 귀만 열어놓는다. 들키면 죽는다. 철극을 꺼내 들 만한 공간도 없고, 뛰어나가도록 내버려 둘 상대도 아니니 긴장은 필요없다. 이대로 돌아가는 상황만 보는 거야.'

　그는 깊은 동면에 들어갔다.

　역석, 유회, 천왕검제는 음풍곡으로 들어서는 길목을 막았다.

　불을 지를 수 있게 건초 더미를 쌓았고 곳곳에 함정도 설치했다. 너구리나 토끼를 잡을 때 사용하는 올가미는 물론이고, 곰이나 호랑이를 잡을 수도 있는 큰 함정까지 설치했다.

　"모두 차단했나?"

　역석이 안심이 안 되는 듯 불안한 음성으로 물었다.

　"이곳까지 열네 겹입니다. 흐흐흐, 발길을 완전히 막지는 못하겠지만 두어 시진 정도는 지체시킬 수 있을 겁니다."

　"그런데 음양철극은 어디 숨은 거야?"

　"차라리 모르는 게 낫죠. 알아봤자 득될 것도 없는데. 음양철극은 참는다는 게 무엇인지 아는 사람이니 아마도 꽁꽁 숨어 있을 겁니다."

　"그렇겠지. 자기 자신도 어찌지 못할 만큼 극단의 경우로 몰아넣었겠지. 그래서 더 위험해. 내가 공격조라면 이렇게 생각할 거야. 찾기가 어려워서 그렇지 찾기만 하면 쉽게 잡을 수 있다고."

"후후, '찾기만 하면'이라는 말이 들어갑니다. 들어가는 것과 안 들어가는 것은 큰 차이죠."

"그래, 그게 우리가 주의해야 할 말이야. 찾기만 하면. 우린 절대 찾을 수 없게 만들어야 해."

"이 정도면 대충 되지 않았습니까?"

역석은 계속 불안했던 마음의 정체를 알았다.

대충이라는 말속에 불안이 스며 있었다. 음양철극의 완벽한 은신이 대충이라는 마음을 불러일으켰고 어딘가 허점이 있을 것 같은 예감.

함정 따위로 공격조의 발길을 저지할 수 있다고는 믿지 않는다. 완벽하게 설치한 함정이라고 자부하지만 고도로 훈련된 살수가 볼 적에는 뚫을 구석이 너무 많다.

방어조가 기대한 것은 '심혈을 기울여야 한다'는 점이다.

신경을 곤두세운다는 것은 행동을 제약하고 제약된 행동은 신법을 둔탁하게 만든다.

바라는 것은 오직 그것뿐이다.

"지금 즉시 다시 점검해. 대충은 없어. 완벽해야 해!"

역석은 다급히 서둘렀다.

방어조에 주어진 자유 시간이 얼마 남지 않았다.

삼경(三更)을 알리는 징 소리가 들려올 때 공격조의 공격은 시작된다. 그리고 삼경은 바로 코앞으로 다가왔다.

"다섯 명이 죽는다. 좌리살검, 산화단창, 구류검수, 광부, 혼세천왕. 너희가 죽어."

"죽는 역할은 저보다 쌍구광살 형님이 더 실감있게 할 수 있을 텐데……."

광부가 못마땅한 듯 툴툴거렸다.

"광부, 네 도끼가 내 쌍구보다 날카롭다고 생각하는 모양이지?"

"아뇨, 날카롭기야 쌍구가 훨씬 날카롭지만 사람을 죽일 수 있는 병기로는 내 도끼가 최고죠."

"흐흐흐! 언제 한번 살풀이를 해야 되겠군."

살수들은 서로의 무공을 견주어보고 싶어했다.

한결같이 소문난 자들이고 한번쯤은 겨룰 때가 있겠거니 생각했던 자들이 모여 있으니 당연했다.

"입들 다물어! 자, 죽을 자들은 빨리 가서 죽어."

"쳇!"

다섯 명이 몸을 일으켜 각기 다른 방향으로 쏘아갔다.

유구는 지도를 접었다.

―적의 능력을 파악했으면 천기(天機)를 얻어라.

유구는 종리추에게 전수받은 지식을 아낌없이 사용하는 중이었다.

천기 중에 가장 중요한 것이 명분이다.

종리추는 무슨 연유에선지 명분없이는 검을 들지 못하게 했다.

왜 죽여야 하는가, 죽여야 할 사람인가.

명분을 얻은 후에는 날씨와 지형을 본다.

창을 성명병기로 사용하는 자는 수목이 빽빽한 수림에서는 제 능력을 십분 발휘하지 못한다. 혈살편복처럼 채찍을 사용하는 자도 마찬가지다.

광활한 초원에서는 활을 가진 자가 제일 유리하다.

싸우는 데는 의외로 무공이 능사가 아니다.

천기까지 얻은 후에는 공격하고 싶은 마음에 몸이 근질거린다.

한 번 더 참는다.

불쑥 솟구치는 충동을 억제하고 치밀한 공격 계획을 세운다. 어떤 싸움을 할 것인지 선별하고 싸움에 맞는 조건을 갖춘다. 두 번, 세 번 점검하여 마음속에서 이런 싸움을 하면 당연히 죽일 수 있다는 신념이 생길 때까지 계속 계획을 세운다.

"살수에게 최대의 적은 망설임이다. 망설임이란 불신(不信)에서 비롯된다. '죽일 수 있을까?' 하는 의구심. 이건 무공에 대한 확신과는 다른 종류다. 살수행을 나설 때는 가벼운 마음으로 떠나야 한다. 이웃집에 나들이 가는 사람은 불안해하지 않는다. 이웃집에 마실 가면서 죽을까 살까 걱정하는 사람도 없다. 살수행을 나설 때 그래야 한다. 상대를 죽이고 돌아오는 것이 당연하게 느껴져야 한다. 그런 마음에서는 정작 상대를 죽일 때 망설임이 일어나지 않는다. 마음속에 조금이라도 불신이 숨어 있다 생각될 때는 나서지 마라."

종리추의 가르침은 죽은 지식이다.

그 말을 하는 종리추 역시 사람을 죽여본 경험이 일천하기 때문이다. 그의 말은 머리 속에서 나왔고, 행동으로 옮겨보지 못했다. 또 그의 말은 임기응변에 능란해야 하는 살수들에게는 적절하지 못한 구석도 있다.

모두 그런 사실을 알고 있다.
 그러면서도 그의 말을 쫓는 것은 일급살수란 사랑하는 사람을 보호할 수 있어야 한다는 생각에 공감하기 때문이다.
 모두 일급살수가 되고 싶기에.
 지금은 단지 그 과정을 밟아 나가는 것에 불과하다. 시행착오를 거듭하면서 '아니다' 싶은 부분은 버리고 '이것은!'이라고 생각되는 부분은 첨가한다.
 과정이다, 일급살수가 되어가는.
 "헉!"
 다급한 음성이 들려왔다.
 맑은 음색으로 보아 구류검수다.
 "가자! 시작됐어."
 유구가 재빨리, 그러면서도 뱀처럼 은밀하게 움직였다.

 "이런!"
 세상이 깊은 침묵으로 스며든 야반삼경에 다급히 울리는 소리는 음풍곡을 잠에서 깨웠다.
 '산화단창?'
 역석은 께름칙했다.
 구류검수에 이어 산화단창이 걸려들다니.
 그들이 상처는 입지 않았는지…… 그런 점은 걱정하지 않았다.
 일급살수가 되기 위해서는 이급살수가 먼저 되어야 한다. 조금 전까지 술을 같이 마시던 지우(知友)의 가슴에 칼을 박을 수 있을 만큼 비정해야 한다.

수련에 불과하지만 수련 중에 죽는다 해도 어쩔 수 없다.

지금은 그들이 어떤 함정에 걸렸고, 왜 걸렸는지가 중요하다.

'유구 형님이 뭔가 일을 꾸몄는데…… 어떤 싸움을 시작했을까? 수전을 시작했으니 백전(百戰)이 무통(無通)이야. 자리를 지키고 움직이지 않으면 돼. 구미호가 나타나 홀려도 천년암석처럼 버티고 있어야 돼. 어떤 싸움인지 생각할 필요도 없어.'

역석은 활시위를 팽팽하게 잡아당겼다.

종리추는 만장애(萬丈崖)에 올라 음풍곡을 내려다봤다.
어둠에 잠긴 음풍곡에서는 음울한 귀기가 피어나는 듯했다.
그는 끊임없이 십사전각의 주인들을 수련시켰다. 가상의 백전(百戰)을 설정하고 백전이 모두 마쳐질 때까지는 살수행을 시키지 않을 각오였다.
백전을 통해 얻을 수 있는 것은 단 한 가지다.
정확한 사리판단.
십사각 각주들이 생각하는 것처럼 일급살수가 되는 과정이라는 거창한 것도 아니고 평범한 사람을 하루아침에 뛰어난 살수로 양성시키려는 목적도 아니다.
백전을 통해 상황을 판단하는 능력만 구비된다면 바랄 게 없었다.
때로는 세상에서 가장 사랑하는 사람일지라도 버려야 할 때가 있으리라. 곤경에 처한 줄 번연히 알면서도 비열하게 도주하는 순간도 닥칠 게다.

　발등에 떨어진 불을 가장 잘 피할 수 있는 방법은 무엇일까?
　정확한 사리판단이다.
　종리추는 십사각 각주에게 그것을 일러주고 싶었다.
　그가 내뱉은 말들 또한 십사각 각주들이 생각하는 것처럼 죽은 지식만은 아니다.
　그는 산 지식만을 말했다.
　물론 몇 명이나 죽였느냐로 따지면 아마도 제일 마지막에 들어온 살문사살이 가장 많이 죽였을 게다. 가장 적게 죽인 사람은 당연히 종리추가 될 것이고.
　아니다. 잘못된 계산이다.
　살문에서 가장 사람을 많이 죽인 사람은 종리추다.
　살명을 내릴 때마다 심사숙고를 거듭했다.
　살수들에게 신념이 필요하듯 그에게도 신념이 필요했다.
　누구를 보내야 가장 안전하게 죽일 수 있을까? 마음속 그림이 완벽하게 그려질 때까지 그는 살명을 내리지 않았다. 그럴 수 없었다.
　직접 손에 무기를 들고 사람을 찌르지는 않았지만 수백 번도 넘게 살행을 상상했다.
　그가 내뱉은 말은 경험에서 우러나온 말이다.
　'음풍곡은 사지(死地)야. 갇히면 빠져나오기 힘들지. 무공에서 뒤지니 수전을 선택한 것은 잘한 일이지만, 단순한 수전이 아니라 선전(先戰)을 가미했어야 돼. 공격조가 음풍곡에 도착하는 시각을 고려해서 기습을 가하며 빠져나갔다면 쉽게 뿌리칠 수 있었을 거야.'

종리추는 십사각 각주들에게 어떤 조언도 하지 않았다.

백전을 가르쳐 주었으니 어떻게 응용하느냐는 그들 몫이다.

똑같이 백전을 수련했을지라도 결과는 사뭇 달라지게 되어 있다. 받아들이는 쪽에서 자신에 맞게 변형시키기 때문이다.

어떻게 받아들이고 어떻게 변형시키든 상관없다. 그것 역시 그들의 상황에 맞게 변형된 판단력이기 때문이다.

아내와 자식이 사지에 빠졌을 때 어떤 사람은 아내를 구할 것이고, 어떤 사람은 자식을 구할 것이다. 또 어떤 사람은 아무도 구하지 않을지도 모르며, 혹은 둘 중 누구를 선택하느니 모두 함께 죽음을 맞을지도 모른다.

선택은 자유다. 어떤 선택을 하든 그들에게 달려 있다.

종리추는 한마디만 했다, 살수로서 어떤 선택을 해야 가장 합당한지.

백전을 통해 많은 경험을 쌓게 되면 선택의 폭이 한결 넓어질 것이다. 극단의 경우에… 단 한 번이라도 제삼의 방책을 찾아낸다면 다행이지 않은가.

종리추는 만장애를 내려가기 시작했다. 깎아지른 절벽이라 오르는 것도 내려가는 것도 생각할 수 없다. 말 그대로 만장애는 까다로웠다.

손가락 하나에 전신을 실어야 하는 경우가 거의 대부분이라 할 정도로 잡을 만한 곳이 없었다.

'허(虛)는 견고함 속에 있어.'

모두들 방심하고 있는 만장애.

종리추는 그곳에서 이번 살수행에 가장 적합한 길을 찾았다.

무인들은 무공으로 싸우지만 살수는 살인 방법으로 싸운다. 상대가 죽을 수밖에 없는 사지로 들어오게끔 만드는 것이 살수가 할 수 있는 최고의 무공이다. 그렇기에 지혜가 뛰어난 자는 삼류무공을 익히고 있어도 특급살수가 될 수 있다.

무인과는 확실히 다른 길이다.

만장애를 내려와 제일 먼저 만난 사람은 후사도다.

그는 몸을 낮게 숙이고 음풍곡 안으로 들어서는 중이었다.

'세 걸음 정도 더 오면 금종수로 명문혈을 가격한다.'

후사도는 세 걸음을 더 걸었다.

그는 종리추를 지척에 두고도 모르고 있다. 눈을 빛내고 있지만 종리추의 모습은 전혀 잡아내지 못한다.

사삭……!

후사도는 커다란 고목 뒤로 움직였다.

'후사도, 넌 죽었다.'

종리추는 후사도를 격살했다.

실제로 죽이지는 않았지만 금종수를 내뻗기만 했다면 후사도는 비명도 지르지 못하고 죽었을 게다.

소리없는 죽음. 비명조차 죽여 버리는 압공(壓攻).

살수가 익혀야 할 무공이다.

후사도를 보낸 종리추는 또 움직였다.

그는 매일 열일곱 명을 죽인다.

이틀이면 서른네 명, 열흘이면 백칠십 명을 죽인다.

신경이 팽팽하게 곤두선 살수들을 죽이는 일이기에 무방비 상태인 무인을 죽이는 것보다 훨씬 어렵다.

실전 경험이 부족하다 할 수 없다.

그는 부족한 살수 경험을 수련을 통해 익혀 나갔다.

단지 죽이는 것만으로는 의미가 없다. 죽일 때마다 각기 다른 방법으로, 다른 무공으로, 다른 장소에서……. 같은 것이 하나라도 있으면 죽이는 수련하는 의미가 사라진다.

항상 새로워야 한다. 같은 장소에서 같은 사람을 죽이는 경우에도 다른 방법, 다른 무공을 사용해야 한다. 같은 방법을 사용한다는 것은 한 가지 살수 방법에 익숙해진다는 뜻이고, 민감해야 하는 임기응변을 둔화시키는 역할을 한다.

'생각이 굳은 자는 살수로서의 생명이 끝난 거야.'

종리추는 그렇게 믿었다.

유회가 보였다.

'화살… 지키는 데는 그만이지. 하지만 미종보(迷從步)를 펼친다면 쉽게 잡아내지 못할 거야. 절정고수와 부딪친다면 무너지겠군.'

종리추는 미종보를 펼쳤다.

그의 신형이 어둠 속에 아스라이 묻혀들었다.

십사각 각주들을 부단히 수련시키듯이 그 역시 부단히 수련하고 있는 것이다.

패앵! 쒸이잉…….

역석, 유회, 천왕검제는 쉴 새 없이 화살을 쏘아댔다.

함정으로 그들의 발길을 막을 수 없듯이 활로도 시간을 잠시 지체하는 역할밖에 못한다는 것은 잘 알고 있다.

들어가면 나올 수 없는 음풍곡으로 장소를 정하는 순간부터 죽음은 이미 정해진 일이다.

문제는 시간이다. 방어조는 최대한 시간을 끌어야 하고 공격조는 약정된 시간 안에 죽여야 한다.

가상의 상황이 설정되어 있다, 한 시진이 지나면 방어조를 구하기 위해 절정무인 백여 명이 도착한다는.

시간 제약이 없다면 전략도 필요없는 싸움이지만 제약이 있기에 치밀한 두뇌 싸움이 요구되었다.

쉬이익! 쒜엑!

유구 등은 몸을 움직이려 했지만 좀처럼 움직일 수 없었다. 시야가 좁은 음풍곡에서는 유리한 위치를 선점한 쪽이 그만큼 유리했다.

'반 각이 지나가고 있어. 빨리 움직여야 되는데……'

죽은 자들이 움직였다.

좌리살검, 산화단창, 구류검수, 광부, 혼세천왕.

그들은 산중턱을 타고 음풍곡을 돌아 들어가 음양철극이 숨은 곳을 찾았다.

방어조의 수뇌인 역석도 그런 점을 간과하지 않았다. 도저히 걸려들 수 없는 함정에 걸려들어 비명을 토해내는 순간부터 배후가 뚫릴 것을 생각했다.

'어쩔 수 없지. 세 명으로는 곡구를 막기도 벅차. 음양철극이 잘 숨어 있기를 바라는 수밖에.'

그것이 역석의 판단이었다.

'사방이 한눈에 들어오는 위치. 여기서 움직이면 안 돼.'

그들은 잡고 있는 자들이 있다.

십여 명에 이르는 자들이 화살의 견제를 받아 움직이지 못하고 있다.

'몇 명이나 들어왔을까? 많아봤자 서너 명. 이제는 정말 시간 싸움이다.'

역석은 화살을 팽팽하게 잡아당겼다. 각주 십여 명이 몸을 웅크리고 있는 바위에서 빼꼿 머리가 올라오고 있다.

페에엥!

어김없이 화살이 날아갔다.

어둠 속에서 흔적을 찾는 것은 쉽지 않다. 하지만 찾아야 한다. 음양철극은 숨소리조차 죽이고 숨어 있을 테니 기척을 탐지해 낸다는 것은 애당초 불가능한 일이다.

음양철극을 찾기 위해서는 그가 숨기 전에 남긴 흔적을 찾아야 한다.

그 점에 대해 종리추가 말한 적이 있다.

"이 세상에 존재하는 모든 움직이는 동물은 흔적을 남긴다. 굴속에 숨은 동물은 찾기 힘들다. 굴에 들어가기 전의 흔적을 찾아야 한다. 배설물, 발자국……. 인간도 마찬가지다. 인간은 배설물도 발자국도 남기지 않고 숨을 수 있는 유일한 동물이다. 단 한 가지, 습성이란 문제에 자유롭기란 무척 어렵다. 인간은 성격에 따라 숨는 곳이 다르다. 아주 절박한 순간에도 자기가 좋아하는 곳을 찾는 유일한 동물이 인간이다. 인간을 찾으려면 성격을 알아야 한다."

음양철극의 성격이라면 누구보다 잘 알고 있다.

강전은 절반 정도 성공했다.

역석은 우회하는 적을 방치했다.

몇 명 정도가 들어와서는 음양철극을 찾을 수 없다고 생각했을 테고 주력을 붙잡고 있으니 자신들이 맡은 몫은 잘하고 있다고 믿고 있으리라.

수전 역시 절반 정도 성공한 셈이다.

수전이 완벽히 성공하느냐, 강전이 남은 절반을 채워 넣을 수 있느냐는 오로지 음풍곡으로 숨어 들어온 다섯 명에게 달렸다. 더 정확히 말하면 음양철극이 얼마나 꼭꼭 숨었느냐에 달려 있다.

'음양철극은 극단적이며 강하다. 군더더기를 싫어한다. 싫은 것은 죽어도 하지 않고 좋은 것은 무슨 일이 있어도 해내고 마는 아주 직선적인 성격이다. 그가 숨는다.'

다섯 살수는 자신들의 입장이 아닌 음양철극의 입장에서 음풍곡을 생각했다.

음양철극의 성격이라면 음풍곡 어디에 둥지를 틀었을까?

'음풍곡은 절대사지. 그중에서도 절대사지 속에 틀어박혔어. 들어가면 나올 수 없는 곳에. 일반적인 곳에서 찾으면 안 돼.'

종리추에게 들은 말이 자연스럽게 떠오르는 순간이었다.

"동물은 많은 것을 가르쳐 준다. 인간은 만물의 제왕이나 싸움이란 걸 하는 순간 제왕 자리를 버리고 만물 속으로 하락해 버린다. 백수(百獸) 중에 인간이라는 동물이 생기는 것이다. 싸움을 하는 순간 인간은 이미 인간이 아니다. 삶의 존엄성, 위엄, 그가 이룬 업적…… 모든 것이 묻혀 버린다. 절정고수든 하류고수든 한낱 동물에 불과하다. 사자가 되느냐, 토끼가 되느냐 하는 차이가 있을 뿐. 정신만 그런 것이 아니다. 육체도 그렇다. 인간이 싸우고, 죽이고, 도주하고, 숨는 모든 행위가 동물이 보여주는 행동에서 벗어나지 않는다."

'음양철극이 동물이 된다면…… 늑대! 늑대 정도 되겠군.'
다섯 살수는 무언 중에 서로의 생각을 주고받았다.
'땅속이야! 음양철극은 땅속에 숨었어!'

종리추는 십사전각의 주인들을 모두 죽였다.
역석이 설치한 함정도, 그가 차지한 유리한 위치도 종리추를 잡아내지는 못했다.
남만의 울창한 수림을 자유롭게 휘젓던 종리추에게 대외산 음풍곡은 가볍기 이를 데 없는 지형이었다.
그는 몸을 움직이기 전에 숨을 곳을 찾아냈고, 그곳까지 은밀하게 움직일 수 있는 신법을 지녔다.
천지자연의 소리를 들으며 깨달은 심법은 그에게 새로운 무공을 안겨주었다. 지금까지가 육신의 일깨움으로 얻은 무공이라면, 새로운 무공은 정신과 육신이 합일되어 표출되는 무공이었다.
마음이 없으면 육신도 없다. 마음이 없는 곳에 행동이 일어날 리가 없다.
가장 단순하면서도 기본적인 무리를 새삼 깨닫는 순간 종리추의 무공은 일취월장했다.
무인들이 하단전에 의존하는 반면 종리추는 상단전과 중단전까지 활용하는 단계에 이른 것이다.
 삼단전을 수련한 지는 오래되지만 주로 하단전만 사용했다. 상단전과 중단전의 활용은 간과했으니.
 오신기를 이끌어 전신을 주유시켰다. 상단전 니환궁을 활짝 열었고 마음의 밭인 중단전도 깨끗이 청소했다.
 머리가 맑아지며 마음이 평온해졌다.
 그런 상태로 천천히 은밀히 음풍곡을 뒤져 나갔다.
 '여기군.'
 종리추는 손을 내밀어 풀잎에 묻은 흙을 만졌다.
 새로운 흙이다. 흙의 감촉이 촉촉하다. 흙에 물기가 묻어 있다는 것은 겉흙이 아니라 속흙이라는 소리다.
 '완벽히 숨지 못했어. 누구라도 완벽히 숨을 수는 없지. 이 정도의 흔적은 누구나 남기게 되어 있어. 이것을 찾느냐 찾지 못하느냐에 따라 실행 여부가 판가름 지어지는 거야.'

─모든 인간은 흔적을 남긴다.

 살록(殺錄) 추적편(追跡篇) 제일귀(第一句)는 이때 준비되었다. 그가 평생을 두고 마음속에 간직하게 되는 심언(心言)이다.

 다섯 살수는 음풍곡을 샅샅이 뒤졌다.
 말 그대로 땅속으로 꺼진 사람을 밝은 대낮도 아닌 오밤중에 찾는 일이니 쉬울 리가 없다.
 음풍곡을 잘게 쪼갰다.

지도를 여러 겹으로 접은 후 칼로 자르듯이 음풍곡을 나눴다.
그중에 음양철극의 성격으로는 거들떠보지도 않을 지형을 제외시켜 나갔다.
바윗돌이 산재해 있는 개울가는 제외시켜야 할 곳이다. 음양쌍극의 성격상 조그만 흔적도 남기지 않으려 할 게고 바윗돌을 움직이는 것은 흔적을 남길 공산이 크다.
가파른 산비탈도 제외시켜야 할 곳이다.
메마르고 가파른 산비탈은 흙을 파내고 안으로 숨어들기는 용이하지만 뒤처리가 난감하다. 아무리 완벽한 솜씨를 지녔어도 입구를 완벽하게 봉쇄하는 데는 한계가 있다.
물기가 묻어 있는 곳은 흔적이 쉽게 남을 것 같다. 하지만 의외로 흔적을 찾기가 힘들다.
물기를 머금은 흙은 원래 상태에서 부스러진 다음에도 약간만 물로 적셔주면 마치 원래부터 제자리에 있었던 듯 감쪽같이 변신한다.
그런 사실까지 알고 있으면서도 막상 찾으려면 여간 고역스럽지 않다. 하물며 사위를 분간할 수 없는 칠흑 어둠 속에서야.
'물기를 머금은 흙…… 개울을 끼고 있어.'
다섯 살수는 개울을 더듬어 올라갔다.
패앵……! 피이잉……!
가끔 화살이 공기를 가르는 소리가 고요한 적막을 일깨웠다.
완벽한 강전이다.
방어조는 공격조를 꼼짝 못하게 묶어놓고 있다. 함정과 화살에 막혀 움직이지 못하고 있다. 아니, 의도한 대로 되었으니 움직이지 않고 있다고 해야 할 것이다.

공격조가 은신한 곳에서 무리하게 뛰쳐나오지 않는 한 방어조 역시 제 위치에서 벗어나지 않으리라.

완벽한 강전에 수전.

누가 이겼는가.

'여기야!'

구류검수가 손을 머리 위로 올려 한 바퀴 휘저었다.

다른 네 살수가 신호를 받고 신형을 날려왔다.

구류검수는 산비탈이 개울 물살에 깎여 움푹 들어간 곳을 손으로 가리켰다.

그곳은 유난히 물기가 많아 검게 번들거렸다.

다섯 살수가 일제히 고개를 끄덕였다.

스릉……! 촤악……!

일제히 병기를 뽑아 들었다. 동시에 광부가 거대한 힘으로 도끼를 내리찍었다.

파악!

힘센 도끼질에 흙가루가 분분히 날렸다.

광부는 쉴 새 없이 도끼를 휘둘렀고 푸석해 보이는 흙더미가 움푹움푹 패어 나왔다.

'엇! 아니다!'

이쯤이면 소식이 와야 한다. 순식간에 흙을 삼 척이나 파 들어갔으니 사람이 보이든가 반격을 해오든가 무엇인가 행동이 있어야 한다.

광부가 도끼질을 멈추고 네 살수를 바라보았다.

좌리살검이 고개를 살래살래 흔들었다.

'아냐, 잘못 찾았어.'

남은 시간이 얼마 남지 않았다. 그렇다고 당황한다면 찾을 가망은 점점 멀어진다. 그들은 처음부터 다시 시작한다는 마음가짐으로 개울을 뒤지기 시작했다.

*   *   *

퍼엉!
폭죽 터지는 소리가 울리며 붉은 빛무리가 하늘을 수놓았다.
유구가 쏘아 올린 폭죽이다.
약속한 한 시진이 경과했고 싸움은 끝났다.
역석, 유회, 천왕검제가 숨은 위치에서 걸어나왔다. 유구 일행도 화살 공격을 받던 곳에서 몸을 일으켰다.
"하하! 어떻습니까? 우리가 이겼죠?"
역석이 빙그레 웃으며 말했다.
"수전은 뛰어나지. 수전만 놓고 볼 때는……. 인정하지. 이겼어. 하지만 우리는 강전을 썼어."
"짐작했습니다."
"들어가 볼까? 승부가 어떻게 났는지?"
조금 전까지만 해도 치열하게 화살을 날리고 피하던 사람들이 어깨를 나란히 하고 음풍곡으로 들어섰다.

다섯 살수는 음양철극을 잡지 못했다.
음양철극.
그는 공식적이든 비공식적이든 살문의 살겁을 피한 최초의 인물로 기억되었다.

 비록 수련이라 해도 한 시진으로 시간을 정했어도 살문의 살겁을 피한 인물은 그가 최초였다.

 음양철극은 머리끝부터 발끝까지 흙더미를 뒤집어쓰고 나타났다.

 그가 모습을 드러낸 곳은 처음 광부가 도끼를 휘둘렀던 그 장소였다.

 다섯 살수의 최초 판단은 옳았다.

 음양철극의 성격을 잘 읽었고 그가 숨을 만한 곳을 찾아내는 데도 성공했다. 다만 포기가 너무 빨랐다. 광부가 침착하게 서너 번만 도끼를 더 휘둘렀어도 번데기가 되어 움츠려 있는 음양철극을 잡아냈을 게다.

 사람들은 보통 삼 척 정도의 깊이에서 손을 들어버린다.

 삼 척 정도를 파 들어갔는데도 응답이 없으면 포기하게 되어 있다. 시간이 넉넉할 때도 그런데 하물며 시간에 쫓기는 입장에서는 두말할 필요가 없다.

 음양철극은 사람의 심리를 꿰뚫었고 주효했다.

 하지만 음양철극조차도 종리추가 다녀간 사실은 알아채지 못했다. 바로 지척에까지 왔었고 자신이 숨어 있는 곳을 의미심장하게 쳐다보았다는 사실도.

 오늘 수련은 방어조의 수전이 이겼다.

 "하하! 혈살편복, 약속대로 술 한잔 사야 돼."

 유회가 즐거운 듯 앙천광소를 터뜨렸다.

◆第四十六章◆
앙알(怏軋)

살수들에게 정보는 곧 생명이다.

고급 정보든 하찮은 정보든 살수들에게는 어느 것 하나 버릴 게 없었다.

하지만 살문 스스로 정보를 얻는 것은 간단치 않았다.

무림 각 문파는 나름대로 정보망을 가지고 있고, 그곳은 뚫고 들어갈 구석이 없었다. 민생(民生)의 밑바닥은 하오문과 개방이 움켜잡고 있다 해도 과언이 아니었다. 그곳도 뚫고 들어갈 틈이 없었다.

직업별로 상인은 상인들끼리, 약초꾼은 약초꾼끼리 등등…… 모두들 결속이 강해서 정보를 얻는다 해도 가공될 소지가 높았다. 그들의 이익과 상반되거나 그들의 이익에 도움이 된다면 얼마든지 변형될 소지가 다분했다.

결국은 시간이 오래 걸리더라도 직접 정보원을 심어놓아야 믿을 수 있다는 결론이 얻어진다.

살문의 정보는 모두 외장 식객들로부터 얻어진다.

외형상으로 볼 때 그들은 외장에 기거하고 살문에 구속이나 의무 같은 것이 없어 보여 완전한 식객처럼 보인다. 하지만 기실 그들은 살문 문도다.

돈, 원한, 명령……. 살문에 들어온 이유는 각기 다르지만 그들은 살문에서 살행을 하지 않는 문도가 분명하다. 그들이 주워오는 정보만으로도 어느 무림 문파와 버금가는 정보를 얻어들을 수 있지만 벽리군은 좀 더 많고 정확한 정보를 얻고 싶었다.

벽리군은 아무도 눈길을 주지 않는 농부에게 시선을 돌렸다.

농부들은 평생 집과 집에서 그리 멀리 떨어져 있지 않는 논밭밖에 모르는 사람들이다. 그들이 주워듣는 이야기는 저잣거리에서 뛰어노는 어린아이만도 못하다.

그런 연유로 정보를 필요로 하는 세력들조차 농부들에게는 눈길을 주지 않는다.

하나 벽리군은 짧은 시간에 광대한 범위에 걸쳐 농부들을 간자로 심어놓았다.

올해는 그런대로 농사가 수월하지만 몇 년을 내리 흉년에 시달린 사람들은 은자 한두 냥에도 목숨을 걸 정도로 악착같이 정보를 수집해왔다.

그들이 귀동냥으로 전해 들은 소식들은 살문에 도움이 되든 안 되든 은자로 환산되었으니 한마디라도 더 주워듣고자 생업인 농사마저 내팽개칠 정도였다.

정보는 남오와 함께 개봉망주 천은탁이 보내온 등천조, 진무동이 취합했다. 그들은 태어날 때부터 약삭빠른 자들이라 할 수 있으니 흔적 없이 취합하는 일에 더없이 적합했다.

  십사각 각주가 살행을 한다면 음지에서 소리 소문 없이 도와주는 사람들이 외장 식객이다.

  이제는 외장도 구색을 갖췄다고 생각했는데…….

  살문에 괴객이 찾아왔다.
  몸 전체에서 칙칙한 어둠이 뿜어져 나오는 기분 나쁜 자였다.
  "제가 총관이에요. 무슨 일이시죠?"
  벽리군은 한눈에 상대가 무인임을 알아봤다.
  상대가 무인이라는 점은 정문에서 괴객을 처음으로 접했던 남오도 알았다.
  괴객은 무인임을 굳이 감추려 들지 않았다.
  '키가 크고 깡마르고 몸 전체가 검은색 일색…….'
  괴객은 특징이 두드러졌으나 벽리군은 괴객에 대한 정보를 조금도 갖지 못했다.
  정보를 분류하는 데만도 십여 명에 이르는 사람들이 눈코 뜰 새 없이 일하고 있건만 괴객 같은 무인을 거론한 정보는 단 한 줄도 없었다.
  "문주를 뵈어야겠소."
  "문주님은 지금 출타 중이시라…….”
  "어디요."
  "예?"
  "어디로 출타 중이오?"
  괴객은 직접 종리추를 찾아갈 심산인 듯했다.

"알아봐야겠는데요. 하도 분주하신 분이라……."
괴객의 입가에 잔미소가 스쳐 갔다.
괴객은 그럴 줄 알았다는 듯 팔짱을 끼고 눈을 감았다. 어서 알아보고 오라는 듯.

"살천문 살수군. 데려와."
종리추는 아무렇지도 않은 듯 말했다.
"넷? 살천문이라면……."
"살수를 펼칠 것 같으면 공공연히 방문하지도 않아."
"그래도……."
종리추는 눈을 감아버렸다.
그는 볼일이 있을 경우를 제외하고는 항시 가부좌를 틀고 앉아 묵상에 잠긴다.
한 시진도 좋고 두 시진도 좋고 말을 건네지 않으면 며칠이라도 묵상에 잠겨 있을 태세다. 말을 걸면 곧 답을 주는 것으로 보아 운공조식하는 것 같지는 않은데…….
벽리군은 전각에 기별을 넣어 유구, 유회, 역석을 불렀다.
"살천문 살수가 왔어요."
"뭐, 뭣!"
"흥! 그놈들이 뒈지려고 어딜 찾아왔다고!"
"그놈들이 아니고 그놈이에요. 한 명이거든요."
"……?"
"문주님과 독대를 원하는데, 혹시 불상사가 있을지도 모르니……."
"하하! 총관 말뜻을 알아듣겠소. 괜히 걱정했네."

유구가 싱겁게 웃었다.

살천문이 급습을 가해온다면 모를까 백주대낮에 공공연히, 그것도 단 한 명이 찾아와서는 종리추를 어쩌지 못한다. 십사전각의 주인들은 종리추를 신처럼 믿었다. 지혜, 무공 모두 다.

"여길 찾아온 놈이라면 범상치 않은 놈이 분명할 거야. 괜히 망신당하지 말고 잘 숨도록 해."

유구가 당부했다.

괴객은 종리추와 마주 앉은 다음에도 쉽게 말문을 열지 않았다. 그는 날카로운 눈으로 사방을 예리하게 살펴보았고 종리추의 면면도 훑어보았다.

"차 드시오."

종리추가 차를 권했다.

살수는 제 집 안에서도 음식을 함부로 먹지 않는다. 제 손으로 야생동물을 잡아 직접 구워 먹는다면 모를까, 남이 해준 음식은 만든 사람이 설사 아내라 해도 두 번 세 번 점검한 후에야 먹는다.

한데 괴객은 서슴없이 찻잔을 집어 들고 차를 마셨다. 향을 음미하고 맛을 즐기는 것이 아니라 냉수를 들이키듯이 꿀꺽꿀꺽 들이켰다.

찻잔이 단숨에 비어졌다.

종리추는 다기를 들어 또 따라주었다.

이번에도 괴객은 단숨에 들이켰다.

또 따라주고, 단숨에 들이키고…… 그렇게 네 번을 반복한 다음 종리추가 입을 열었다.

"다섯 잔을 마셨군. 오갈미(五渴迷)를 먹었다면… 보자……."

종리추는 창밖으로 시선을 돌렸다.

"저 창으로 태양 빛이 쏟아져 들어올 때 그댄 유명을 달리하겠군. 목숨이 끊어지기 전에 전갈을 말하도록."

종리추는 태연히 찻잔을 집어 입에 댔다.

괴객의 인상이 미미하게 흔들렸다.

"빨리 말하는 게 좋아. 햇볕이 곧 쏟아져 들어올 테니. 남은 시간이 별로 없어."

종리추는 괴객을 쳐다보지도 않았다.

"문주께서…… 크윽!"

괴객은 말을 잇다 말고 신음을 토해냈다.

오장육부가 타 들어가는 고통… 빨갛게 달군 인두로 복부를 쑤시는 듯한 고통…….

괴객의 이마에서는 식은땀이 줄줄 흘러내렸다.

"문주께서 살려달라고…… 크윽!"

괴객의 코에서 검은 피가 주르륵 흘러내렸다. 눈동자도 발갛게 물들어 혈귀를 보는 듯했다.

"살천문주가 살려달라? 진심인가?"

"야, 약속……."

괴객은 말을 잇지 못하고 더듬거렸지만 종리추는 남의 일처럼 태연했다.

"부, 부탁… 제발… 문주님을……."

무슨 말을 하고 싶었을까?

괴객은 간절한 눈빛으로 무언가를 말하다가 고개를 떨궈 버렸다.

'저, 정말 오갈미를 풀었어!'

벽리군은 돌연한 사실에 놀라움을 금치 못했다. 놀란 사람은 벽리군뿐만이 아니라 유구, 유회, 역석 또한 같았다. 아니, 그들의 놀라움은 벽리군보다 더 컸으면 컸지 모자라지는 않았다.

종리추가 왜 독을 풀었단 말인가.

괴객이 독으로 죽일 만큼 강한 자라고는 믿을 수 없다. 실제로 그는 유구, 유회, 역석이 숨어 있는 것도 파악해 내지 못했다. 살수로서의 능력은 어떨지 모르지만 무인으로서는 억지로 일류고수 소리를 들을 만한 무공밖에 지니지 않았다.

종리추는 말이 없다.

묵묵히 찻잔을 들여다보며 무엇인가 깊은 생각에 잠겨 있다. 그의 맞은편에는 괴객이 피를 흘리며 죽어 있는데.

벽리군은 혹시 혼절한 것이 아닌가 싶어 슬그머니 괴객의 완맥을 움켜잡았다.

맥이 뛰지 않는다. 괴객은 확실히 죽었다.

'도대체 문주께서 왜 독살을······.'

그때 종리추가 입을 열었다.

"유구, 사냥해."

살수는 죽이는 것이 능사다.

강한 무공으로 죽이든 잔꾀로 죽이든 목적한 자를 확실히 죽일 수 있는 자가 강한 살수다.

유구는 미끄러지듯 기어갔다.

괴객을 쫓아 집무실까지 숨어 들어온 이방인은 종리추의 명령을 같이 들었고 유구의 움직임을 느꼈으리라. 그는 위기를 짐작하고 있을 게다.

숨어 들어온 자가 종적이 발각당했을 때는 무조건 도주해야 한다. 잠시라도 미련을 가졌다가는 죽음밖에 돌아오는 것이 없다.

그렇다고 막무가내로 도주했다가는 그 역시 죽음 속으로 기어 들어가는 꼴이다. 도주할 때도 숨어 들어올 때와 마찬가지로 기회를 포착하는 치밀함과 도주로를 정확히 파악하는 판단력, 그리고 과감한 움직임이 필요하다.

상대는 이미 도주로를 파악했다.

그가 염려하는 것은 자신이 움직였을 경우 어떤 공격을 받느냐이다. 우선 명령을 내린 종리추도 염두에 두어야 하고, 몇 명이나 숨어 있는지, 어디 숨어 있는지도 파악해 내야 한다.

사사삭……!

유구는 노골적으로 신형을 드러내고 기어갔다.

벽리군같이 무공이 빈약한 사람에게는 파악되지 않을 은밀한 움직임이지만, 살문 문주의 집무실까지 잠입할 정도로 대담한 적이라면 신형이 발각당했다고 봐야 한다.

'잘 가라!'

유구는 품에서 목갑을 꺼내 휙 던졌다.

엎드려 있는 상대가 방어하기 곤란한 옆구리 부근이다.

상대는 돌아눕거나 일어서야 하고 그렇지 않으면 병장기로 막아야 한다.

파악……!

상대의 병기는 철수(鐵手)였다.

정교하게 제작된 철수는 손가락 관절 부근을 마음대로 움직일 수 있어 쇠로 만든 수투를 끼고 있는 것과 같다.

철수에 잡힌 목갑이 간단히 부서졌다.

나무 파편이 튀었다.

'헉!'

유구는 짤막한 경악을 들었다.

비록 소리 내어 토해낸 경악은 아니지만 두 눈이 치떠지는 것까지 느낄 수 있었다.

쉬익!

유구의 신형이 번개처럼 쏘아졌다.

"큭!"

엉거주춤 일어서려던 상대는 눈을 부릅떴다.

그의 옆구리에는 맹독을 지닌 흑거미가 달라붙어 그의 육신과 영혼을 갉아 먹는 중이었다.

유구의 마지막 일검이 상대의 목젖을 갈라 버렸다.

"살수는 항시 반격을 대비해야 한다. 살수는 무공이 나은지 못한지 가리는 비무를 하는 것이 아니라 목숨을 빼앗느냐 잃느냐 하는 싸움을 한다. 항시 동귀어진(同歸於盡)에 대비하라. 검을 찔러 넣는 공격 등은 바람직하지 않다. 베었으면 즉시 물러서라. 당했다고 생각한 상대처럼 무서운 사람은 없다. 그는 더 이상 잃을 것이 없다. 세상에서 할 수 있는 행동이 단 한 번밖에 없다는 것도 알고 있다. 죽어가는 상대가 휘두르는 단 한 번의 움직임에 당하지 마라."

목젖을 가른 유구는 반사적으로 튕겨 나왔다.

종리추가 한마디씩 일러준 말들은 살이 되어 몸에 붙었다.

쒸익!

무지막지해 보이는 철수가 안면을 스쳐 갔다.

그것뿐, 상대는 묵직한 몸을 떨궈 지붕에서 떨어져 내렸다.

쿵!

상대가 떨어진 곳은 죽은 괴객의 등 뒤다.

유구는 바로 뒤쫓아 신형을 날린 후 절명 상태를 확인했다.

"죽었습니다."

보고할 필요도 없었다.

목갑에 들어 있던 흑거미는 남만에서만 서식하는 놈으로 물렸다 하면 절명하고 마는 극독을 지녔다. 아무리 무공이 강해도 죽을 수밖에 없게 만드는 놈이다.

유구는 전리품처럼 철수를 챙겼다.

유구에게는 아주 적절한 병기다. 그렇잖아도 흑거미를 다루기 힘들었는데.

철수를 손에 끼고 흑거미를 잡았다.

아주 편했다. 전처럼 목갑을 꺼내 들고 저놈을 어떻게 잡을까 고민하지 않아도 되니 얼마나 좋은가.

쉬익! 쉬익!

경쾌한 신법으로 역석과 유회가 떨어져 내렸다.

"한 놈은 도주했습니다. 왜 보내셨는지……?"

"두 놈 다 잡으면 소식이 끊기게 된다. 우리 살문이 이자의 청탁을 받은 것으로 간주되지. 한 놈을 죽이지 않으면 언제까지고 머물러 있을 테고. 도주한 자는 내 답을 듣지 못했어."

"아!"

"품속에 서신이 있을 거야."

벽리군이 괴객의 품을 더듬자 과연 서신이라 생각되는 종이가 만져졌다.

구월 보름. 삼경(三更). **유천**(洧川). **흑죽림**(黑竹林).

서신에 적힌 글자는 의외로 몇 자 되지 않았다. 서신조차도 시간이 없어 급히 휘갈겨 쓴 듯 글씨가 엉망이었다.

"총관, 지금 당장 살천문에 대해서 샅샅이 조사해. 움직임 하나까지 철저하게. 이번 일은 모습이 드러나면 죽음을 피할 수 없을 테니 단단히 주의시키고. 정보를 얻지 못하더라도 모습이 드러나는 일은 피하도록 지시해."

"도대체 무슨 일이에요?"

벽리군이 의아해 물었다.

종리추의 말투로 미루어보면 사단이 생겨도 단단히 생긴 듯한데.

"살천문주가 쫓겨나는군."

"예?"

"전에 살천문주를 방문했을 때 약속을 했지. 목숨을 살려주기로. 그 말을 들었을 때는 무심히 지나쳤는데, 이제 생각해 보니 살천문주는 그때부터 반란 징조를 읽었던 거야. 살천문주조차 대처할 수 없을 만큼의 징조를."

"세상에, 그런 일이!"

벽리군은 믿을 수 없었다.

반란이란 모를 경우에나 당하는 것이지 지금처럼 몇 달 전부터 알았는데 당하는 경우는 없다. 하오문주도 같은 일을 당했지만 만약 하루 전이라도 낌새를 눈치 챘다면 그토록 허무하게 무너지지는 않았을 게다.

하늘도 속이고 땅도 속이지 않는 반란은 성공하기 어렵다.

"후후, 세상일이란 이해 못하는 일이 많지. 유구, 십사전각 각주들을 모두 준비시켜. 살문의 사활(死活)을 건다."

"주공!"

유구가 놀라서 소리쳤다.

종리추가 이토록 급박하고 강경하게 말한 적은 없었다. 종리추는 언제나 백 년 묵은 능구렁이처럼 태연하기만 했다. 비성유검에 대한 청부는 받을 적에도 눈썹 한 올 까딱하지 않았다.

지금은 서두르고 있다.

강하지만 어쩐지 불안해 보이는 패기마저 엿보인다.

"총관, 외장 문도를 모두 풀어. 다시 한 번 말하지만 각별히 조심하라고 해. 살문 문도인 것이 드러나면 여지없이 목숨을 잃을 거야. 그 누구라도, 설사 나라도 죽을 거야. 열 번 백 번 생각하고 또 생각한 다음에 움직이라고 해."

'살천문주를 구하려고 해. 자칫 살천문과 전면전을 벌일 수도 있겠군. 살천문과······.'

벽리군은 바짝 긴장했다.

"이자······ 주공께서 독살한 것이 아니군요. 찻잔을 마시면서 스스로 오갈미를 복용했어요."

괴객의 시신을 치우려던 역석이 괴객의 손가락을 유심히 살펴보며 말했다.

괴객의 손톱은 마치 물감이라도 칠해놓은 듯 오색(五色)으로 물들어 있다.

괴객은 긴 이야기를 하지 않으려고 했다.

종리추에게 옛 약속을 일깨워 주는 것으로 제 소임을 다했다고 생각한 듯하다. 어쩌면 목숨을 바칠 테니 문주의 목숨을 꼭 구해달라는 당부일지도 모르고.

오갈미는 흑점사(黑點蛇), 선홍사(線虹蛇), 미각사(眉角蛇), 의염사(蟻簾蛇), 소화사(小火蛇)라는 다섯 종류의 뱀에서 추출한 독이다.

물리면 타는 듯한 갈증이 치미는 공통점이 있다 해서 오갈미라 불리며 독성은 그렇게 강한 편이 아니다. 하지만 다섯 종류의 독을 음용(飮用)하였을 경우에는 어느 맹독사 못지 않은 독성을 발휘한다.

차에 타서 마시면 타는 듯한 갈증이 치밀어 계속 찻잔을 비울 수밖에 없다. 그렇게 다섯 잔을 연거푸 마시고 나면 이번에는 오장육부가 가닥가닥 끊어진다.

첫 잔을 마시기만 하면 죽음까지 일사천리로 이어지는 독이다.

살수들은 이런 점을 이용해 자진용으로 많이들 사용하곤 한다.

종리추는 괴객이 첫잔을 들이켰을 때 오갈미를 복용했다는 사실을 알아챘다. 그래서…… 계속 찻잔을 따라준 것이다. 고통을 조금이라도 없애주려고.

"이자는 미련하게도 우리가 그림자를 파악하지 못할 줄 알았던 모양이야. 우릴 가볍게 본 거지. 판단 착오. 잘 봐둬라. 한 번의 판단 착오는 목숨을 앗아가는 거야. 이자는 이렇게 하지 않았어도 됐어."

'그랬군. 어쩐지 독을 쓸 때가 아닌데 독을 사용해서 이상하다 싶었는데……'

벽리군은 옛날의 종리추를 보는 듯했다.

천화기루에 있을 적에 종리추는 무심하면서도 냉철했다. 인간의 감정 대신 차디찬 이지로 뭉쳐진 듯했다.

지금 종리추는 그런 모습을 보여주고 있다.

다정다감함은 사라지고 명령과 움직임만이 남아 있는 듯하다.

이런 점에 마음을 빼앗겼지만…….

역석이 괴객의 시신을 들고 나갔다. 유구와 유회는 십사전각 각주를 일깨우러 갔고, 아직도 죽음의 기운이 남아 있는 집무실에는 종리추와 벽리군만 남았다.

"총관도 어서……."

"그전에… 부모님과 어… 소저는 어떻게……?"

"음……!"

"제 생각에는 살문의 사활이 걸린 싸움이라면 일단 다른 곳으로 피신하셨다가……."

"아니."

종리추는 고개를 흔들었다.

"내 스스로 말했어. 사람을 죽이는 실수는 이급실수, 사랑하는 사람을 보호할 수 있는 실수는 일급실수. 내 스스로 이급실수로 전락할 수는 없어."

'그럼 저는요, 저는 누가 보호해 주죠?'

벽리군은 문득문득 야속한 생각이 치밀었다.

어린이 살문에 들어온 다음부터 알지 못할 담벼락이 종리추와의 사이를 가로막은 느낌이었다.
 어린이 오지 않았다 해도 어쩔 수 없었을지 모른다. 평생 뒷바라지를 하더라도 '사랑'이라는 말을 꺼낼 수 없을지 모른다.
 그것마저 이해한다. 평생 꺼내지 않아도 좋다. 그냥 묵묵히 곁에서 수발을 들어주는 것으로 행복하다. 그런데 아니다. 어린이 있으나 없으나 마음이 똑같아야 되는데 그렇지 못하다.
 마치 남이 되어버린 것 같다.
 "총관, 언젠가는 누님 소리를 하게 될 때가 있겠지. 어쩌면 죽는 마지막 순간까지 하지 못할지도 모르고. 지금은 감정을 죽이고 머리를 열어."
 알고 있었다. 잊지 않고 있었다. 종리추는……
 "풋! 누가 뭐래요? 외장을 즉시 움직이죠."
 그동안 체한 듯 묵직하게 가슴을 짓누르던 답답함이 일시에 가시는 듯했다.
 벽리군은 밝게 웃었다.

살문은 많은 움직임이 있었던 것에 비해 너무 조용했다.

이제는 거의 백여 명에 육박하던 외장 문도가 일시에 썰물처럼 빠져 나간 후라 더욱 조용하게만 느껴졌다. 활짝 열려진 정문으로 들여다본 살문은 오가는 사람 한 명 없어 쓸쓸하게까지 보였다.

외장 문도는 각기 열 명의 하수(下手)를 두고 있다. 그 열 명의 하수는 또 열 명씩의 농군을 관리한다.

외장 문도 백 명이 일시에 풀려 나갔다는 것은 무려 만 명이 넘는 막대한 눈과 귀가 움직인다는 말이 된다.

농군 만여 명도 혼자 움직이는 것이 아니다.

그들도 자신이 정보를 얻는 데 필요한 사람들을 규합해 놓거나 선이 닿아 있고, 그런 점까지 계산한다면 십만 명은 넘어설 것이라는 추측이 나온다.

단일 문파로서는 막대한 정보력이다.

그러나 그들 중 거의 대부분이 자신들이 얻어 들인 정보가 살문으로 흘러 들어간다는 사실은 모르고 있다.

연락 방법도 지극히 은밀해서 상수(上手)가 연락을 취하지 않는 한 하수는 상수에게 연락할 방도가 없다.

정보를 얻는 일이니 항시 꼬리가 밟힐 것을 염두에 두어야 한다.

그래서 하수를 둘 적에도 아는 사람은 일절 배제했다. 그런 점 때문에 정보 기반을 구축하는 데 진땀깨나 흘렸지만, 모든 게 원활해진 지금은 무거운 짐을 짊어지지 않아도 되었다.

'살천문이 어떻게 움직이든 모두 걸려들게 되어 있어.'

벽리군은 정보의 중심을 유천 흑죽림에 두었다.

흑죽림을 중심으로 점점 넓게 퍼져 나가면서 무림의 동태뿐만이 아니라 의문의 죽음, 낯선 자의 등장 등등 평소와 다른 점이 있으면 무조건 보고하게 했다.

살천문의 총단은 극비(極秘)인지라 파악할 수 없다.

중원에 살문처럼 당당하게 개문한 살수 문파는 단 한 군데도 없다. 특히 살천문처럼 일성(一省)의 패주(覇主)쯤 되면 총단을 알아내기는 더 더욱 어렵다.

벽리군이 취한 방법은 마구잡이로 긁어모으는 식이지만 지금과 같은 경우에는 그 방법 외에 별다른 수가 없었다.

실제로 살천문주는 열 군데에서 스무 군데에 이르는 은신처를 마련해 놓고 수시로 옮겨 다닌다고 한다. 그가 현재 어디 있는가를 아는 사람은 살천문 내에서도 다섯 손가락을 꼽을 만큼 극비 사항이다.

그리고 보면 이번에 반란을 주도한 자는 심복 중에 심복이 틀림없을 것 같다.

'문주로 따지면 일각주 유구나 이각주 역석이 반란을 일으켰다는 건데…… 그럴 수 있나? 알면서도 손을 쓰지 못하는 반란이라… 도대체 뭐가 있기에…….'

벽리군은 모르는 것이 너무 많았다. 하지만 알고 있는 것도 있다. 살천문주가 알고 있으면서도 손을 쓰지 못할 정도의 반란이라면 살문이 개입해서는 안 된다는 것.

'살천문주를 구하면 살천문과 앙숙이 되는 거야. 무서울 것은 없지만, 아무래도 살천문과 부딪쳐서는 곤란해. 아직은 그럴 때가 아냐.'

종리추보다 무림 경륜이 깊은 벽리군이 생각하기에는 살문은 이제 병아리 신세를 갓 벗어났고, 살천문은 숱한 싸움판에서 승승장구한 투계(鬪鷄) 중의 투계였다.

무림인의 약속은 중요하다.

남아일언(男兒一言) 중천금(重千金)이라는 말도 있다.

하나 살수 세계에서 약속이란 서로 이용할 가치가 있을 때나 지켜지는 보잘것없는 것이다.

현재와 같이 문주에서 쫓겨나는 처지라면 세상천지 어디에 손을 내밀어도 마주 잡아줄 사람이 없다.

한데 종리추는 마주 잡아주고 있다. 약속이라는 보잘것없는 것 때문에.

'정말 살문의 존폐가 걸렸어.'

벽리군은 만일을 생각하지 않을 수 없었다. 그리고 준비를 한다면 지금이 기회였다. 조금만 더 늦장을 부린다면 준비할 기회조차도 없어지리라.

"살천문주를 구하겠다고… 했단 말이오?"
적지인살은 벽리군의 말을 듣고 난 다음 인상을 찡그렸다.
평생 살업에 몸담아 온 적지인살조차도 종리추의 행동은 겁 모르는 젊은이의 치기(稚氣)로밖에 보이지 않았다.
"쯧! 하긴, 추아는 그럴 만하지. 원래 살수와는 거리가 멀었으니. 거리가 멀었어. 살수와는 어울리지 않았어."
"그건 저도 알아요. 그래서 준비를 하자는 거예요."
종리추는 살수보다는 정통 무인에 가깝다. 살검을 버리고 활검을 잡는다면 명예, 부귀 모든 걸 더 빠른 시간 안에 얻을 가능성이 높다.
"동생, 준비를 한다고 되겠어?"
배금향이 미운 소리를 했다.
'동생'이란 말은 어떤 환경, 어떤 상황에서 듣더라도 듣기 싫은 미운 소리였다.
종리추에 대한 애모(愛慕)를 떨쳐 버려야 한다고 작심했으면서도 배금향에게 동생이란 소리만은 듣고 싶지 않았다. 들어야 한다, 그래야 한다고 다짐을 하면서도.
'휴우!'
벽리군은 속으로 한숨을 내쉬었다.
눈빛이 총명하고 티없이 밝은 어린을 볼 낯이 없었다. 지은 죄도 없으면서.
"살천문주를 구한다면 살천문과 검을 섞는 것은 불가피해요. 지금은 약속 같은 걸로 연연할 때가 아닌데…… 살천문주를 몰아내는 자는 아주 무서운 자예요. 살천문주가 몇 달 전부터 알았으면서도 손을 쓰지 못한 반란을 주도했으니까요."

"몇 달 전부터……."

적지인살이 신음하듯 이 앓는 소리를 냈다.

"난 그냥 남만으로 갔으면 좋겠어."

어린이 철없는 소리를 했다.

'천방지축…….'

벽리군은 입가에 미소를 매달았다.

종리추의 여인이라서일까? 어린이 사랑스러웠다. 같은 사내를 같이 사모하는 연적(戀敵)이건만 질투보다는 아끼고 싶은 마음이 소록소록 새어 나왔다.

아마도 어린의 거침없는 언행이 적의를 없앴는지도 모른다.

구맥이 눈짓을 하지 않았다면 어린은 상황이 어떻게 돌아가는지도 모르고 계속 투덜거렸을 게다.

"지금 어떤 방도를 강구하지 않으면……."

벽리군의 말문은 적지인살의 도리질에 뚝 막혔다.

"현 살천문주는 나도 잘 알지. 백정의 아들로 태어나 피 냄새를 맡으며 자랐어. 머리가 아주 뛰어나서 천재라는 소리도 들었고, 열두 살에 살천문에 입문해서 적수공권(赤手空拳)으로 살천문주에 오른 인물이야. 뛰어난 사람이지."

"……."

벽리군은 정말 말문이 막혀 버렸다.

살수 문파를 이끌어 나가는 것은 무림 문파를 이끄는 것보다 훨씬 어렵다. 살수 문파는 언제 어느 때 공격을 받을지 모른다. 누군가가 심심해서 공격했다 하더라도 지탄의 대상이 되기는커녕 무림 영웅이 된다. 어느 곳에서도 환영받지 못하고 멸살의 대상이 되는 살수 문파.

살천문주는 그런 살수 문파를 큰 소리 한 번 내지 않고 이끌어왔다.

그가 살천문을 얼마나 성장시켰는지는 불문에 붙이더라도 쥐 죽은 듯 소리 한 번 내지 않고 무림에 붙어 있었다는 것만 해도 대단한 능력이다. 그렇게 많은 살행을 하고도.

그런 사람이 쫓겨나는 마당인데 뾰족한 대책이 있을 리 없다.

'그래도 도주로는 준비해 둬야 하는데…….'

"문주님을 만나보세요. 제일 좋은 선택은 살천문주를 구하지 않는 거예요. 그게 안 된다면 두 번째로 빠져나갈 구멍을 만들어놓는 것이고요. 그것도 여의치 않으면 문주님만이라도 건사할 수 있는 비책을 세워놓아야 해요."

이번에도 적지인살은 도리질을 했다.

"총관은 추아가 어떤 선택을 할 것 같소."

"……."

오늘따라 왜 이렇게 말문이 막히는지…… 벽리군은 대답하지 못했다.

"총관, 우리에게 오기 전에 우리의 거취에 대해 물어보지 않았소? 추아에게."

"여쭤봤어요."

"뭐라고 합디까?"

"……."

"허허! 총관의 심정으로 보면 우리라도 피신시켜야 한다고 말했을 게고 추아는 거절했을 텐데… 아니오?"

"그… 래요."

"추아에게 위기가 닥치겠지만 이번은 아닌 듯싶소. 추아를 믿어봅시다."

"그래도 이건……."

"살천문주가 손 한번 써보지 못하고 물러서는 일은 있을 수 없소. 그것도 몇 달 전부터 반란 음모를 알았다면."

"저도 그렇게 생각해요."

"하하! 무림 문파라면 그럴 수 없지. 하오문에서도 그런 일은 생각할 수 없소. 하지만 살수 문파는 가능하오."

"옛?"

벽리군은 놀랐다. 그런 일이 가능하다니.

무림에 대해서는 벽리군만큼이나 잘 알고 있는 배금향도 놀라는 표정이 역력했다. 아니, 무림에 대해서는 잘 모르는 모진아도 놀라는 듯했다.

알고 있으면서도 당하는 일이 가능하다니.

"어느 살수 문파나 구파일방에게 자유로울 수 없소. 구파일방… 영원히 넘을 수 없는 커다란 산이지. 구파일방이 개입되었다면 문주 정도는 얼마든지 갈아치울 수 있어. 살문도 마찬가지야. 구파일방에서 추아에게 물러가라고 하고 총관에게 문주 직을 맡으라고 하면 그렇게 되는 거야. 몰살당하지 않으려면 말을 들어야지. 쯧! 그토록 영악한 사람이 무슨 꼬투리를 잡혀가지고는……."

벽리군은 기가 막혔다.

구파일방이 살수 문파까지 조종하고 있단 말인가.

하기는…… 그들이 묵인하고 있기에 살수 문파들이 건재할 수 있는 것이지 칼을 뽑아 든다면 무사할 살수가 없으리라.

'구파일방은 건드리면 안 돼. 청부가 들어와도 절대!'

과거 살혼부는 구지신검을 죽인 것으로 십망을 받았다.

구지신검은 구파일방의 장문인들과 교분이 두터웠다.

어떻게 된 일인지 보지 않아도 뻔하다. 십망을 결정하는 과정도 선명하게 그려진다.

벽리군은 적이 안심했지만 심란하기도 했다.

살천문주는 누구를 죽였기에 문주에서 쫓겨나는 것일까. 그래도 십망을 받지 않고 쫓겨나기만 하는 것이 어디인가.

'청부를 받을 때는 극히 조심해야 돼. 특히 무림인이라면.'

외장 문도가 살천문 동향에 초점을 맞추고 살문을 나선 지 반나절이 지나면서부터 속속 정보가 들어오기 시작했다.

구파일방은 조용했다.

그들의 특이한 움직임은 어느 곳에서도 발견되지 않았다. 움직임이 포착되어도 어느 때와 다름없는 평범한 일상사일 뿐, 싸움이 일어난다거나 일어날 만한 징조 같은 것은 전혀 보이지 않았다.

'낯선 자는 특히 유의해라. 평생 땅밖에 모르던 농부일지라도 평소와 다른 행동을 하는 자는 살수일 가능성을 배제할 수 없다. 촉각을 곤두세워라.'

주의를 단단히 주었지만 살천문에 대한 동향은 전혀 들어오지 않았다. 하다못해 낯선 자라도 모습을 보여야 하건만 들어오는 보고는 거의 근거있는 것들이었다.

'진작 살천문 살수들을 파악해 놨어야 하는데…… 하오문이나 개방이라면 파악해 놨을 거야. 하오문은 연락할 형편이 못 되고… 연락해

도 망주만 괴롭힐 뿐이지. 개방 분운추월이라면······.'

　벽리군은 고개를 내저었다.

　분운추월이 살문에 정보를 제공한 적은 있지만 살문을 관찰하려는 목적이 더 컸다.

　살문이 살수 문파임을 안 이상 도와줄 리가 없다.

　'그래도 문주에게 호감을 가지고 있으니······.'

　의지할 만한 곳은 개방밖에 없고 개방에서 아는 사람이라고는 분운추월이 유일했지만 그가 어디 있는지 알지 못했다.

　'휴우! 힘드네. 할 수 없지, 약속 장소가 흑죽림이니 흑죽림 주변 단속을 하는 수밖에.'

　벽리군은 흑죽림에 대한 정보만 따로 추리기 시작했다.

◆第四十七章◆
농종(巃嵷)

1

　십사전각에는 살수만 있는 것이 아니다.

　그들을 시중들어 줄 사람으로 들어왔던 시녀, 하인… 그들의 숫자만 해도 전각마다 십여 명은 된다.

　종리추가 십사각주를 데리고 외유하며 백전을 수련하는 동안 벽리군은 시녀와 하인들에게 특별한 교육을 시켰다.

　하오문 배수들 중에서 손이 빠르기로 유명한 등천조, 소투 중에서 훔치지 못하는 것이 없다는 진무동.

　그들이 사부다.

　물론 배수나 소투를 가르친 것은 아니다. 그들이 가르친 것은 인심(人心)이다.

　전각주인 살수가 살행을 하는 데 조금이라도 도움이 될 만한 것이 있다면 모두 가르쳤다.

농종(籠縱)

순간적으로 상대의 눈을 속이는 방법, 여러 명이 한 명을 바보로 만드는 방법… 모두 일상사에서 한두 번쯤은 겪었을 일들이지만 체계적으로 몸에 완전히 붙을 때까지 반복 연습을 시켰다.

인간이 항상 긴장만 하고 살 수는 없지 않은가.

긴장도가 지극히 높은 사람은 오히려 그런 점을 이용하고, 안이한 사람은 또 그런 점을 이용하고.

속임수는 잠깐의 허점에서 풀려진다.

십사전각에 배치된 시녀, 하인들은 외장에 있는 사람들보다 훨씬 몸이 날래고 똑똑하다. 처음 하인을 받아들일 때부터 오늘 일을 염두에 둔 포석이다.

그들은 한지에 먹물이 스며들듯 등천조와 진무동의 본전을 뽑아먹었다.

그들 백오십여 명이 대청에 모였다.

넓은 대청에 사람이 가득했지만 바늘 떨어지는 소리도 들릴 만큼 조용했다.

기침 소리는커녕 숨소리도 들리지 않는 듯했다.

모두 서 있는데 혼자만 앉아 있는 사람, 살문 문주인 종리추의 움직임없는 모습에서 알지 못할 긴장이 스며 나와 숨도 쉴 수 없었다.

'이것이 문주의 진정한 위용…… 아! 문주를 너무 모르고 있었어. 난 문주의 상대가 안 돼!'

사각 각주인 쌍구광살은 큰 충격을 받았다.

그뿐이 아니다. 하인, 시녀들과 함께 불려온 십사각 각주들 모두 충격을 받은 듯 안색이 창백했다.

종리추의 모습은 평소와 크게 달랐다.

너무 조용하고 침착했다. 평소에도 하루 온종일 입을 떼지 않을 것 같은 분위기였지만 오늘은 어쩐지 뭔가 달라 보인다.

'눈이 달라. 눈빛이 바뀌었어!'

그렇다. 종리추의 눈빛은 살아 있었다. 평소에는 그저 편안한 모습이었는데 오늘은 활활 타오른다.

유구, 유회, 역석은 이런 눈빛을 본 적이 있다. 아니, 많다.

남만에 있을 때 종리추는 항상 이런 눈빛을 했다. 무언가에 열중할 때 그의 눈빛은 항상 살아 있었다.

"이제는 명확히 알겠지만······."

종리추가 입을 열기 시작했다.

모습처럼 차분하지만 강한 힘이 실린 어조다.

"우리는 살수 문파다."

"······."

"이 중에는 목숨이 아까운 사람도 있을 게다. 가도 좋다."

전례에 없는 말이 떨어졌다.

대체로 살수 문파는 들어오기는 쉬워도 나가기는 어렵다. 하인이든 시녀든, 살수 문파인 줄 알았든 몰랐든 간에 발을 들여놓기만 하면 뼈를 묻어야 한다.

"갈 사람은 가도 좋다. 약속하지만 어떤 보복도 하지 않겠다."

움직이는 사람은 없었다.

종리추가 보복을 하지 않겠다고 말했지만 그 말을 곧이곧대로 듣는 사람은 아무도 없었다. 살수 문파는 약속 어기는 것을 밥 먹듯 해왔으니까.

"돌아갈 사람은 오늘 중으로 돌아가라. 오늘 자정이 넘으면 정말 돌아가지 못한다. 남는 사람은 살문을 위해 목숨을 내놓아야 한다."

그래도 움직이지 못했다.

등을 돌린 자에 대한 살수 문파의 보복은 잔인하다. 본인은 물론 본인과 관계된 모든 사람을 죽여 버린다. 부모, 처, 자식, 사촌… 한 명이 등을 돌리면 최소한 서른 명 이상 목숨을 잃는다.

"총관."

"예."

벽리군이 다소곳이 대답했다.

"문을 활짝 열어놔. 갈 사람은 언제든지 갈 수 있도록. 배웅을 할 필요도 없어. 그것조차 부담스러울 테니까. 떠날 사람은 소리없이 떠날 수 있도록 최대한 배려해 줘."

"네."

"그동안 수고한 삯은 전낭에 넣어서 대문에 놔둬. 누구 눈치 볼 것 없이 집어서 나갈 수 있게끔."

"알겠습니다."

"외장에도 통보해. 갈 사람은 가도 좋다고. 총관이 알아서 보내. 편히 갈 수 있도록."

"네."

그제야 사람들은 서로의 얼굴을 쳐다보았다.

종리추의 의사는 확실했다. 그리고 그동안 지켜봐 온 문주의 성품상 떠나는 사람에게 보복을 하지는 않을 것 같다. 살문 역시 살수 문파 중 하나라고 하지만.

"갈래?"

"글쎄……."

"삯을 넉넉히 넣어놨다고 하더라고."

"문주님이 신경 썼으면 그럴 거야."

"제길! 이거 가야 되나 말아야 되나. 가자니 반겨줄 사람도 없고 남자니 죽을 것 같고."

"죽을 것 같지?"

"살수 문파에 몸을 의탁하고 있으면 언제 죽을지 모르지."

"……."

하인들, 시녀들… 그들은 만나는 사람마다 의사를 묻기에 분분했다. 개중에는 혼자 앉아 생각에 골몰하는 사람도 보였다.

벽리군은 종리추의 지시대로 대문을 활짝 열어놓았다.

형식에 불과하지만 그들이 들어올 적에 적어놓았던 개인 기록도 가져갈 수 있도록 펼쳐 놓았다.

십사전각 각주들은 지하 밀실로 들어가 나오지 않았다.

대청에서 약조한 대로 편안히 떠날 수 있는 모든 준비를 해줬다.

"난 남기로 했어."

"죽을지도 모르는데?"

"나가봤자 밭 한 떼기 없는데 빌어먹기 딱 알맞지. 죽을 땐 죽더라도 여기서 죽으면 식솔들은 편안할 것 아냐."

"열부(烈夫)났군."

"꼭 죽을 것 같지도 않고. 우리야 검을 쓸 수 있어, 발길질을 할 수가 있어. 기껏해야 입 놀리고 눈치 보는 것뿐인데…… 갈 테면 가, 난 남을 거야."

남는 자들.

"아무래도 안 되겠어. 외장 사람들이 바쁘게 움직이는 것을 보니 뭔가 일이 터진 것 같아. 가만히 있다가 오늘 갑자기 떠날 사람은 떠나도 좋다고 말한 것이나… 난 갈래."

떠나는 자.

모든 일은 시작이 어렵다.

한 명이 자신의 기록이 적힌 종이와 전낭을 움켜쥐고 정문을 나서자 결단을 내리지 못하던 일단의 무리들이 우르르 대문을 나섰다.

그들의 수는 거의 절반에 가까웠다.

외장은 훨씬 많아서 거의 칠 할에 이르는 사람들이 짐을 꾸렸다.

유구가 전각에 들어섰을 때 그를 반기는 사람은 시녀 한 명과 하인 네 명뿐이었다.

시녀 중에는 네 명이, 하인은 한 명이 짐을 꾸렸다.

딱 절반이다.

"너희는 이제 하인이 아니다."

유구는 종리추가 일러준 말을 옮겼다.

"……?"

"너희는 이제 내 피붙이야. 살문이 그랬듯 우리 여섯 명이 한 문파를 만드는 거야. 문파 명은 제일각(第一閣). 이 전각이 제일각의 총단이야."

"하하! 재미있네요."

하인이 긴장을 풀려는 듯 웃으며 말했다.

유구는 웃지 않았다.

"오늘부터 우리는 한 몸이 되어야 해. 같이 울고 같이 웃어. 실행도 같이 나가고 쉴 때도 같이 쉬어. 동고동락(同苦同樂), 괴로움과 즐거움을 함께 나누는 거야."

농담이 아닌 것 같았다.

시녀와 하인들은 어느 정도 예상한 일이기에 놀라지는 않았다.

"자, 오늘은 늦었으니 돌아가서 푹 쉬어. 우린 내일 떠날 거야."

"저도 같이 가요."

유구는 백치나 다름없던 아내를 쳐다보았다.

"살수의 아내이고 당신이 제일각의 각주이니 저도 문도가 되죠."

"당신은……"

"이래 봬도 쓸모가 많을 거예요. 당신은 서민들의 생활은 어느 정도 알지만 대갓집은 모르잖아요. 전 대갓집에서 살았어요. 잘 알고 있죠."

유구는 아내가 몸에 이어 마음까지 열었다는 것을 알았다.

"당신……"

"원지(原知)예요."

"……?"

"정원지(鄭原知). 제 이름이에요."

"아! 이름이 참 곱네."

"고와요? 풋! 사내 이름 같아서 말하기 싫은 이름인데."

"아니, 고와. 참 예뻐."

"서른다섯 살이에요."

"나, 난 마흔하나."

그들은 만난 지 일 년이 거의 다 되어서야 서로를 알기 시작했다.

사내의 손만 닿아도 질겁을 하던 여자.

이제는 스스로 이름도 밝혔다. 그리고… 유구의 가슴에 살며시 기대 왔다.

"두 남편을 섬기게 될 줄은 몰랐는데…… 당신, 한번 믿어볼게요. 더 나빠질 것도 없지만 상처받기 싫어요."

유구는 꼭 끌어안았다.

암연족은 아내와 밀어를 나누지 않는다.

여인들은 사내가 원하는 대로 복종하는 것을 당연시한다.

그는 이럴 때 무슨 말을 해야 할지 몰랐고 안다 해도 벅차게 끓어오르는 가슴으로는 아무 말도 할 수 없었다. 단지 혹여 말을 번복이라도 할까 봐 꼭 끌어안기만 했다.

십사전각이 텅 비었다.

각주들은 각기 자기 문도를 데리고 온다 간다 말 한마디 남기지 않고 떠났다.

떠나는 모습을 본 사람도 없다. 언제 떠났는지, 어디로 갔는지…….

살문은 외장, 내원 할 것 없이 찬바람만 쓸쓸히 불었다. 어제 아침만 해도 사람이 북적거렸는데, 이제는 사람 구경을 하기가 힘들었다.

'무슨 일이 벌어진 건 확실한데 너무 조용해. 이게 무슨 괴변이지? 아니면 우리가 정보를 얻어 들이지 못하는 거야. 움직임은 분명히 있어, 잡지 못할 뿐.'

벽리군은 속속 들어오는 정보를 꼼꼼히 살펴보았지만 주목할 만한 상황은 접하지 못했다.

종리추에게 무엇인가 보고를 해줘야 할 텐데, 그것이 그녀가 할 수 있는 최선인데 할 말이 없었다.

"하하! 그렇게 종이 뭉치 속에 파묻혀 살다가는 머리에 쥐날 것 같은데?"

벽리군은 느닷없이 들려오는 소리에 벌떡 일어섰다.

종리추다.

그가 벽리군의 집무실을 찾아오는 경우는 드물다.

"어서 오세요."

"총관의 집무실답군. 여기 오면 언제나 은은한 향기를 맡을 수 있어. 아주 좋은 냄새야."

"아침마다 나무를 태우거든요."

"나무?"

"작약나무를 태우죠. 향이 아주 좋아요."

"그렇군."

종리추는 의자에 앉아 벽리군이 들여다보던 서신을 살펴보았다. 그의 등 뒤에 모진아가 공손히 시립해 섰다.

종리추와 모진아가 같이 움직이는 것은 드문 현상이다.

종리추는 그동안 적지인살 등을 살문에 데려오기는 했지만 살문과 연관된 일에는 철저히 배제시켜 왔다.

종리추가 서신을 살펴보는 동안 벽리군은 흐뭇한 마음으로 차를 끓였다.

천화기루로 돌아간 기분이었다.

그때는 종리추의 모든 수발을 그녀 혼자 들었었다. 차를 끓이는 것은 물론 방을 청소하는 일까지 손수 했다. 종리추에 관한 모든 것은 그녀가 직접 나서서 했다.

하오문 향주라는 직책은 내세울 만한 직위는 아니지만 궂은 일을 할 정도도 아니다. 더군다나 웃음을 팔고 사는 기문 향주쯤 되면 손에 물을 묻히는 일이 없다.

그래도 재미있었고 즐거웠다. 종리추를 위해 하는 일이었기에.

그때로 돌아간 기분이었다.

"정보가 너무 많군."

"쓸 만한 정보는 별로 없어요."

"혼자서 다 할 생각은 하지 마."

"……?"

"진짜 유능한 사람은 일을 잘하는 사람이 아니야. 일 잘하는 사람을 잘 부리는 사람이지."

"풋! 그건 문주님 일이잖아요."

"무인이 아니더라도 무림정세에 밝은 자들이 있어. 무림정세에는 밝지 못해도 무인들의 면면을 꿰뚫고 있는 자도 있고. 그런 자들을 물색해 봐. 현재 무림을 잘 아는 것이 아니라 글 한 줄 읽고도 앞날을 예측할 수 있어야 돼. 정보를 분류하는 사람들은 그런 사람들이야."

결국 머리가 뛰어난 자를 말한다. 그것도 천재, 수재 소리를 한 번은 들었음 직한 사람들.

"현재 우리 살문에서 정보를 분류하는 사람들은 무림정세에는 밝지만 정보를 제대로 살리지 못해. 이 속에는 많은 알맹이가 있지만 모두 흘려보내고 있어. 나갔다 오는 동안 구방(龜房)을 이십 명으로 늘려놔."

천재 열 명을 더 들여오라는 소리다.

어제저녁에 살문에 뼈를 묻지 않을 사람을 모두 내보냈으니, 앞으로 들어오는 사람들도 그런 관점에서 받아들여야 한다. 살문에 뼈를 묻을 사람만 받아들여야 한다. 천재를 열 명씩이나……

"할 수 있어요."

벽리군은 결코 쉽지 않은 일을 간단히 대답했다.

"구방은 말 그대로 거북 껍질을 뒤집어쓰고 있어야 해. 세상이 무너져도, 살문이 완전히 멸살되어도 구방의 존재는 드러나지 않아야 돼. 그것이 나를 살려주는 최후의 탈출구야."

전에도 한 번 들은 적이 있지만 벽리군은 그의 말뜻을 알아듣지 못했다. 단지 정보를 분류하는 구방의 존재를 숨기라는 뜻으로만 받아들였다.

"알았어요. 걱정 마세요."

찻물이 향긋하게 우러났다.

"나도 나가봐야겠어. 살문이 텅 비겠어. 기습 같은 것은 염려하지 않아도 될 거야. 살천문은 제 앞가림하기에도 정신없을 테니까. 처치 곤란한 일이 생기면 여기 모진아에게 부탁하고."

종리추는 '부탁'이라는 말을 사용했다.

적지인살 일행은 살문에 와 있지만 살문과는 전혀 별개의 사람들이라는 걸 다시 한 번 짚은 것이다.

"모진아의 무공은 어느 정도죠?"

벽리군은 진작부터 묻고 싶었다.

적지인살이 실패를 모르는 살수였다는 것은 알지만 대거혈을 손상당해 무공을 사용하기 어렵다는 사실도 안다. 배금향의 무공은 오히려 자신보다도 못하다. 그녀는 무공으로 향주 직을 맡은 것이 아니라 사람을 수족처럼 다룰 줄 알기에 맡았다. 하오문의 기사(奇事)로 아직까지도 회구되고 있다.

어린의 무공은 보잘것없다. 이제 막 입문을 한 듯하며 성취는 빠르지만 주목할 정도는 아니다. 어린의 어머니 구맥은 무공이라고는 전혀 모르는 여자이며, 그들 모녀의 수발을 들고 있는 비부라는 사내는 제법 근골이 다부지지만 역시 무공과는 거리가 멀다.
 이들 가족은 칼바람 속에 내몰면 하루도 버티지 못하고 죽을 사람들 같다.
 오직 한 명, 모진아만이 시선을 끈다.
 모진아는 있는 듯 없는 듯 그림자처럼 떠돌지만 이들 가족을 건드리기 위해서는 모진아부터 제거해야 되리라.
 그의 무공은 어느 정도일까?
 한 가지 분명한 사실은 벽리군 자신의 무공으로는 감당할 수 없는 고수라는 거다. 싸우고 싶은 의욕조차 생기지 않으니.

 ─남만 무공은 보잘것없다.

 그것이 중원무인들의 생각이었다.
 대막이나 천축에는 이름난 무공이 있지만 남만 무공은 알려진 것이 없다.
 소개되지 않았다기보다 뛰어난 무공이 없기 때문이다.
 그런데 모진아도 그렇고, 유구, 유회, 역석도 그렇고 살수 문파에 몸담지 않고 비무행을 시작했다면 지금쯤 명성이 자자하게 날렸을 자들이다.
 "모진아의 무공은… 글쎄? 적어도 장문인과 버금가지 않을까?"
 "어느 파 장문인요?"
 "……."
 종리추는 대답 대신 싱긋 웃었다.

'맙소사! 구파일방 장문인? 모진아의 무공이 그 정도로 높단 말이야? 이건 말도 안 돼!'

모진아의 무공이 오독마군의 대연신공이란 것을 벽리군이 알 까닭이 없다.

모진아의 무공은 일취월장했다. 남만에서 지낸 세월보다 중원에서 보낸 일 년여의 기간이 더 큰 성취를 안겨다 주었다.

구연진해의 아홉 가지 각법이 토기(土氣)를 띠었고 하나로 묶인다는 사실을 알고 난 다음부터 모진아는 외골수적인 성격이 되었다.

"오독마군의 구연진해를 제대로 구연해 내야 돼."

그에게 내려진 천명이었다.

모진아는 단철각에서 원음각으로, 원음각에서 천둔각으로… 또는 환영각과 수라각을 동시에 펼쳐 내기도 했고, 그런가 하면 자오각으로 변하기도 했다.

모진아의 각법은 예측할 수 없다.

옛날 오독마군의 구연진해가 모진아에게 계승되었다. 구파일방이 십망을 선포하고도 중원에서 밀어내는 것으로 만족해야 했던 오독마군의 무공이 모진아에게 고스란히 전달되었다.

모진아의 무공은 추측하기 곤란했다.

"문제가 생기면 모진아에게 부탁해."

"예, 예……."

벽리군은 엉겁결에 대답했다. 그리고 새삼 모진아를 뜯어보았다.

'그렇게 높아 보이지는 않는데…… 휴우!'

농종(寵縱)

다 같이 모여 점심 식사를 했다.
"이상해. 왜 난 애기가 안 생기는 거지?"
어린이 불쑥 말했다.
종리추의 얼굴은 홍당무가 되었고 적지인살과 배금향은 입 안에 든 음식을 삼키지 못하고 우물거렸다.
"엄마는 어땠어? 엄마도 힘들었어?"
벽리군은 눈을 둘 데가 없었다. 이야기에 같이 끼어들 수도 없었다. 더욱 가관은 구맥이다.
"아니, 잘 들어섰는데? 했다 하면 애기가 들어서는 통에 하기가 겁날 정도였거든."
"그런데 난 왜 안 되지?"
"흠! 때가… 되면 들어서는 거란다."
계속 듣기가 민망했는지 배금향이 나서서 말문을 제지했다.
'이 사람들은 도대체…… 휴우! 이해하지 말자. 그냥 보고 듣는 거지. 그러다 보면 이해될 때가 있겠지.'
벽리군은 약간, 아주 약간 생각했다.
그녀의 그런 생각은 이어지는 비부의 말에 아예 끊겨 버렸다.
"그러니까 나하고도 하자니까. 나, 애 하나는 잘 만들 자신 있단 말야."
벽리군은 종리추를 쳐다보았지만 종리추는 체념한 듯 묵묵히 음식을 먹었다. 시부모가 되는 적지인살과 배금향도 음식만 먹었다.
'이, 이거 무슨 말을 해야 하나?'
정말 아무런 말도 생각나지 않았다.

두 시간에 걸친 식사가 끝나고 모두 제 방으로 돌아가고 난 후에도 벽리군은 멍하니 앉아 있었다.

가만히 있어도 피식피식 웃음이 새어 나왔다.

철이 없다고 해야 하나, 원래 그런 민족인가, 아니면 종리추가 무슨 약점이라도 잡힌 건가?

"풋!"

벽리군은 기어이 웃음을 터뜨렸다.

'문주님이 그렇게 꼼짝하지 못하는 모습은 처음 봐. 기가 막혔을 텐데. 오랜만에 차라도 끓여 가야겠군.'

벽리군은 차를 끓였다.

종리추가 좋아하는 온도와 색깔을 맞추기 위해 불빛에서 한시도 눈을 떼지 않았다.

그녀가 다반(茶盤)을 들고 종리추의 집무실로 들어섰을 적엔 싸늘한 공기만이 그녀를 반겼다.

'어디……?'

그녀는 깨달았다.

십사각 각주들이 소리없이 사라졌듯이 종리추도 간다 온다 말 한마디 남기지 않고 떠났다는 것을.

"정말… 어쩔 수 없는 사람이라니까."

다반을 내려다보았다.

온도도 적당하고 향도 부드럽게 우러나왔는데.

오늘은 혼자서 마셔야 할 것 같다.

이기의형(理氣意形).

종리추는 이제 갓 이기의형의 세계에 발을 들여놓았다.

기(氣)라는 놈이 어떤 형체를 띠었는지 알 수는 없다. 눈에 보이지 않는 무형(無形)으로 폭출되기에 어떻게 나가는지, 타인에게 어떤 영향을 주는지도 모른다.

하지만 좀 더 이기의형의 세계에 깊이 빠져들면 보일지도 모른다.

대부분의 사람들이 몸속에 흐르는 기(氣)를 느끼지 못하고 조절하지 못한다. 하지만 무공에 입문하여 내공을 수련하면 분명히 존재한다는 것을 알게 된다. 좀 더 높은 경지에 들어서면 손에 잡힐 듯이 뚜렷하게 감지된다.

그런 것처럼 이기의형도 언젠가는 모습을 드러내리라.

종리추는 대청에서 이기의형을 펼쳤다.

살수는 죽음의 길을 걷는 사람이다. 타인을 죽이듯이 언젠가는 자신이 죽을 것이다.

그런 사람들에게는 아주 강한 정신적 지주가 필요하다. 사람이 되었든 물질이 되었든 목숨을 내맡길 만한, 흐트러지는 의지를 공고하게 잡아줄 구심점이 필요하다.

신(神)이다.

절대적인 신이다.

종리추는 신과 다름없는 위엄을 보여줄 필요가 있었다. 세상 사람들이 모두 죽어도 살문 문주만은 절대 죽지 않을 것이라는 확신을 심어줘야 했다.

그렇다고 무공을 선보이는 것과 같은 행동은 우둔한 짓이다.

투지(鬪志)가 일어나게 해서는 안 된다. 신은 절대 투지를 생기게 내버려 두지 않는다. 마음속 깊이 파고들어 가 심장을 움켜쥔다. 신이 절대 항거할 수 없는 존재로 여겨지는 것은 마음을 꽉 움켜쥐었기 때문이다.

종리추는 고민을 거듭하다가 분운추월을 떠올렸다. 소고를 떠올렸다. 그들이 펼친 기운을 생각했다.

되면 좋은 것이고 안 되도 최선을 다한 것이고…….

종리추는 한 번도 펼친 적이 없는 이기의형을 펼쳤다. 진기를 휘돌린 다음 전신 모공을 통해 일시에 방출했다.

실제로 진기가 방출될 리는 없다. 단지 그런 생각을 했을 뿐이다. 아니다. 실제로 방출되었을 수도 있다. 몸 안에 진기가 있다는 사실을 모르는 범인(凡人)처럼 진기가 방출되는 것을 감지하지 못하고 있는지도 모른다.

이기의형은 존재한다.

종리추는 십사각 각주들의 얼굴에 떠오른 경악을 보고 이기의형의 존재를 느꼈다.

종리추의 몸에서 빠져나간 강한 기운은 십사각 각주들에게 영향을 미쳐 투지를 소멸시켰다.

분운추월이 펼쳤던 이기의형과 같은 종류일까?

아직은 이기의형에 대해 자세히는 모르지만 그런 종류가 있는 것만은 확실하게 확인했다.

하인과 시녀들도 같은 느낌을 받았다. 그들은 고개조차 들지 못했다.

종리추에게서 감히 범접하지 못할 무지막지한 기운을 느낀 것이다. 사슴이 호랑이를 만났듯이, 개구리가 독사 앞에서 움치고 뛸 생각도 못 하듯이.

그런 신위를 보이지 않았다면 시녀와 하인들 거의 대부분이 살문을 빠져나갔을 게다.

아주 심약한 자는 남아 있어도 곤란하지만 모두 빠져나가도 곤란하다. 어느 정도 눈치가 있고, 약삭빠르고, 배포가 있는 자들은 남아서 도와줘야 한다.

종리추는 이번 일로 두 가지를 얻었다. 이기의형이 존재한다는 사실을 알았고 문파를 정예화시켰다.

'이제는 싸울 만해, 어느 문파하고도.'

그는 확신했다.

종리추는 신법을 펼치지 않고 마차를 빌렸다.

두두두두……!
마부는 시간이 돈이라는 듯이 힘차게 말을 몰았다.
종리추는 편안하게 등을 기대고 창밖으로 눈길을 던졌다.
가을은 천고마비(天高馬肥)의 계절이라고 했던가. 창밖으로 파란 물감을 들여놓은 듯한 하늘이 높게 솟아 있다. 산에는 노랗고 붉은 단풍이 들기 시작했고 논에는 누런 벼 이삭이 고개를 떨군다.
올해는 농사가 제법 괜찮다.
삼 년 내리 흉년에 시달리던 농민들에게는 천금 같은 벼 이삭일 게다.
'영원히 머물 것 같던 여름도 지나가는군. 이제 완연히 가을이야. 하기는 벌써 구월 중순이니…… 영원히 머무는 것은 없지. 오면 가고 가면 또 오고…….'
무심히 창밖을 쳐다보던 눈길에 메뚜기를 잡는 소년들의 모습이 비쳤다.
"잠깐!"
종리추는 불쑥 소리쳤다.

"많이 잡았니?"
"엄청 많아요. 이거 구워 먹으면 무지 맛있어요."
아이들은 낯선 이방인이 두렵지 않은지 활짝 웃으며 다가와 잡은 메뚜기를 들어 보였다.
풀줄기에 꼬치처럼 꿰여 있는 메뚜기가 제법 많았다.
"언제 구워 먹을 거니?"
"왜요?"

"아저씨도 한두 마리 얻어먹게."
"정말 먹을 거예요?"
"그럼."
"그럼 지금 구워 먹죠 뭐."
아이들은 서슴없이 나와 길가 한쪽에 모여 앉았다.

검게 오그라든 메뚜기는 고소했다.
입 안에 넣으면 아삭거리며 씹히는 맛도 있고, 입 안에 가득 퍼지는 향기도 느껴진다.
"몇 살이니?"
"아홉 살요."
"전 일곱 살요."
아이들은 종리추와 스스럼없이 어울렸다.
선심도 크게 썼다. 메뚜기 중 큼지막한 놈을 서슴없이 내밀었다.
"너희도 먹어야지."
"또 잡으면 돼요."
종리추는 진기를 끌어올렸다.
"아주 맛있구나. 정말 오랜만에 먹어본다."
"많이 먹고 싶었죠?"
"어떻게 알았니?"
"급하게 마차를 타고 가다가 섰잖아요. 그런데… 마차 좀 타봐도 돼요?"
금종수의 진기를 극성으로 끌어올려 상단전을 최대한 열었다. 변검 양부의 진기도 같이 끌어올려졌다. 상단전을 열면 열수록 중단전도 함께 열렸다. 혈염무극신공도, 무형초자의 천풍신공도, 오독마군의 대연신공도 덩달아 일어났다.

그리고 전신 모공을 통해 술술 풀려 나갔다.

마치 깊이를 알 수 없는 우물 속에 돌멩이를 집어 던진 것 같은 기분이다.

몸에서 빠져나간 진기가 어디로 가는지 알 수 없다. 모공을 통해 빠져나가는 것까지는 감지되는데, 몸 밖으로 나가기만 하면 망망대해에 던져진 조약돌마냥 흔적없이 사라진다.

진기가 고갈되는 것은 염려하지 않아도 된다. 마음은 진기에 굳이 집착하지 않아도 중단전을 단단히 붙잡아놓고 있다. 진기는 끊임없이 제공된다. 몸에서 방출되는 양만큼 미간으로 코로 외기(外氣)를 받아들인다.

"타보고 싶니?"

"네!"

"넷! 타보고 싶어요."

메뚜기는 관심 밖으로 멀어졌다. 아이들의 시선은 돈 많은 사람이나 탈 것 같은 고급 마차로 향했다.

"구운 것은 다 먹어야지?"

아이들은 한 무더기씩 잡고 입 안에 털어 넣기 시작했다.

'이기의형. 이것 역시 마음이다. 마음이 화를 내면 공포로 비쳐지고 사랑을 담으면 편하게 받아들여진다. 아이들은 전혀 무서워하지 않았어.'

종리추는 이기의형에 색깔을 심기 시작했다.

조금씩 조금씩 이기의형에 가까워지는 듯했다. 하지만 무엇인가 하고 정리를 할 요량이면 손에 잡히기 싫다는 듯 멀찌감치 물러섰다.

서둘지 않았다.

이기의형은 깨달음이다. 깨달음이란 준비가 되어 있어야 찾아온다. 막연히 기다리기만 하면 영원히 찾아오지 않고 수련을 부단히 하다 보면 어느 날 갑자기 찾아온다.

"아직 멀었나?"

"이제 다 와갑니다. 해질 무렵에는 도착할 수 있을 것 같습니다."

마부가 연신 말채찍을 휘두르며 대답했다.

흑죽림은 비극을 잉태한 대나무 밭이다.

오늘 흑죽림에서 죽을 사람이 많으니…….

종리추는 천천히 걸었다. 빽빽하게 들어찬 검은 대나무가 발길을 가로막으려는 듯 길을 열어주지 않았다.

쐐아아……!

바람에 휩쓸린 잎사귀가 호곡성(號哭聲)을 뿜어냈다.

유천은 흑죽으로 유명한 고장이다. 검은 대나무가 군락을 이루고 있는 모습은 길손들의 발길을 잡아당긴다. 집집마다 흑죽 없는 곳이 없고, 생활용품도 흑죽으로 만든 것이 많다.

그중에서도 흑죽림은 단연 압권이다.

수를 헤아릴 수 없는 대나무 숲이 야산 전체를 뒤덮고 있다.

한낮에도 흑죽림에 들어서면 밤이 아닌가 싶을 정도로 어둡기도 하다.

흑죽을 톱으로 켜고 있는 사람이 보인다.

유천의 흑죽은 단단하고 변형이 잘 되지 않아 많은 사람이 애호한다. 대적(大笛)을 만들려는 예인(藝人)이 있는가 하면, 빨래를 너는 장대로 사용하려는 사람도 있다.

대나무는 같은 대나무이되 켜는 사람에 따라서 진가를 달리한다.

다른 사람들도 보인다.

흑죽림은 유천의 명소인만큼 조금 널찍한 공터를 차지하고 앉아 술잔을 기울이는 사람도 있다. 검을 찬 무인이 있는가 하면 시조를 읊는 유생도 있다.

흑죽림에는 많은 사람들이 있었다.

종리추는 안으로 안으로 파고들었다.

워낙 유명한 명소인지라 사람 발길이 닿지 않은 곳은 없지만 유람 온 사람은 잘 찾지 않는 가파른 산비탈을 거슬러 올라갔다.

안으로 들어갈수록 점점 더 어두워졌다.

흑죽림 자체가 울창한 탓도 있지만 날이 저물어 어둠이 밀려들고 있다.

쏴아아……!

대나무 잎을 스치는 바람 소리가 시원했다.

순간 시원하던 바람이 갑자기 갑갑하게 느껴졌다.

좁은 공간에 갇힌 듯 갑갑증이 치밀고 주위의 공기가 숨을 막아버릴 듯 후텁지근하게 다가왔다.

공기 속에 퍼져 있는 피 냄새 때문이다.

조금 더 앞으로 나가자 한바탕 격전이 있었던 듯 황폐해진 풍경이 나왔다.

시신도 보였다. 한 명은 등 뒤에까지 삐져 나온 검을 끌어안고 엎어져 있었으며, 또 한 명은 잘려진 대나무에 넘어져 하늘을 올려다보고 있었다.

검은 등을 뚫고 나오고 잘려진 흑죽은 배를 뚫고 나왔다.

시신 곁을 지나치며 죽어서도 감지 못한 눈을 쓸어주었다.

축 늘어진 팔은 건드리는 대로 흔들거렸다.

'싸움이 있은 지 채 반 각도 지나지 않았어. 아직 삼경이 되려면 두 시진이나 남았는데… 살천문주가 시간 예측을 잘못했군. 아니지, 그는 삼경에 맞추고 싶었으나 그럴 틈을 주지 않은 거야.'

죽은 자는 말이 없다고 하지만 틀린 말이다. 어떤 경우에는 죽은 자가 산 자보다 더욱 많은 말을 한다.

군더더기 하나 없는 잘 발달된 근육은 사내가 몹시 빠르고 강했다는 것을 말해 준다. 적어도 검을 뽑았으면 서슴없이 짓쳐드는 준비가 되어 있었으리라. 돌덩이처럼 딱딱한 굳은살로 가득한 손바닥도 사내가 얼마나 열심히 무공에 몰입했는지를 대변해 준다.

'십망에 버금가는 추적이군. 살천문을 제일 잘 아는 살천문주가 이 정도로 쫓긴다면… 누군가 뒤를 받쳐 주고 있어. 훗! 개방인가?'

사태가 의외로 간단치 않다.

구파일방이 배후에서 조종만 하는 것이 아니라 직접 간여하고 있다.

살천문주는 살천문의 추적을 피할 자신 정도는 있었으리라.

구파일방이 배후에서 조종만 했다면 정말 그럴 수 있었을 테지만 그들은 직접 끼어들었다. 살천문주를 교체하면서 제거까지 하려는 속셈이다.

'사정이 급하게 됐군.'

사람을 구하는 일은 너무 일찍 도착해서도 안 되고 너무 늦어서도 안 된다. 일찍 도착하면 종적이 드러나게 되고 늦게 도착하면 시간을 놓치게 된다.

적당한 시간을 계산한 결과 가장 좋은 시간으로 두 시진 전을 선택했다. 장소가 흑죽림이라 몸을 은신할 수 있는 곳이 많은 것도 좀 일찍 도착해도 괜찮다고 판단하는 데 영향을 주었다.

그런데 아니다. 좀 일찍 도착했다고 생각했는데 일이 급하게 돌아가고 있다.

종리추는 진기를 끌어올린 후 후각을 최대한으로 열었다.

피 냄새는 한곳으로 향해 있었다.

죽은 자들이 예상외로 많았다.

그들 손목에는 한결같이 독 오른 전갈 모습이 생생하게 묵자(墨刺)되어 있었다.

살천문 살수들이다.

살천문 살수들 중에서도 초일류살수다. 전갈 묵자가 허락된 살수는 적어도 서른 번의 살행을 흔적 하나 남기지 않고 처리해야 된다.

종리추는 시신 옆을 태연히 지나쳤다.

살아 있는 사람은 어린아이일지라도 무서울 때가 있다. 죽은 자는 천하 맹장이었어도 죽은 자일 뿐이다. 손가락 하나 꼼지락거리지 못하는.

쉬익!

공기를 가르는 소리가 미미하게 떨렸다.

'당했군.'

농종(籠縱) 89

종리추는 두어 걸음 뒤로 물러서 일격을 가볍게 피해냈다.
"음……!"
신음 소리가 들렸다.
상대의 기습은 귀신도 속일 만큼 은밀했지만 모든 감각을 최고조로 일깨워 놓은 종리추의 귀는 속이지 못했다.
알고 있는 공격은 피하기 쉽다. 피하기 쉬운 공격을 피할 수 없게 만드는 것이 고수이나 상대는 그러기에는 기력이 쇠잔해 있다.
"살천문주!"
종리추는 상대를 알아봤다.
"크크! 너였구나. 약속을 지킬 줄 알았지. 너 같은 자는 약속을 지키거든, 미련하게."
기습을 가했던 자는 살천문주였다.
그는 이지를 잃어가는 중이었다.
복부에 검상을 당해 삐져 나오는 창자를 왼손으로 틀어막고 있었다. 그의 아랫도리는 흘러내린 피로 흥건했다. 이대로 놔두면 검상이 아니라 과다 출혈로 죽을 지경이었다.
아름답기까지 했던 백발은 수세미처럼 헝클어졌고 혈색 좋던 얼굴은 창백하게 질려 일그러질 대로 일그러져 있다.
살천문주의 고초를 짐작하고도 남았다.
'놀랍군, 이 지경에서도 그런 공격을 할 수 있다니.'
살천문주가 방금 전에 전개한 일식은 극히 은밀했다.
극강한 고수가 아니라면 피할 수 없을 정도로 살수로서 기본에 충실한 공격이었다.
"문주님과 전에 한 약속, 문주님을 위해 목을 걸어달라는 약속 이제

지킵니다."

"크크크!"

"여기서 나가야겠습니다."

"크크! 나갈 수 없어. 사방에 살수가 깔렸어. 크크! 여기는 지옥이야. 활염지옥(活炎地獄)."

"한담은 나중에 즐기기로 하죠. 우선 점혈(點穴)을……."

"아니, 맨 정신으로 가겠어. 죽을 때는 죽더라도 어떤 놈이 내 심장에 검을 틀어박는지 알고나 죽어야지."

살천문주는 걸음을 떼어놓기도 힘들 지경일 텐데 당당한 기개를 잃지 않았다.

검은 대나무가 갑자기 빼곡해졌다.

대나무가 너무 많아 발을 들여놓을 틈도 없었다.

"크크크! 뭐라고 했나, 살천문은 먹이를 놓치지 않아."

살천문주는 자신을 노리고 나타난 살수들이 보이지 않는지 자신이 일궈놓은 살천문을 자랑스럽게 소개했다.

"이삼십 명은 되는군요. 이해할 수 없어요. 초특급살수는 양성하기도 힘든데, 문주님을 죽이더라도 많은 피해를 감수해야 된다면… 저 같으면 살려주는 쪽으로 방향을 틀겠습니다."

"흐흐흐, 세상에는 제 뜻대로 되지 않는 것도 있지."

"언제부터입니까?"

"뭐?"

"구파일방으로부터 제약을 받기 시작한 게."

"뭐, 뭣!"

"놀라시기는…… 문주님답지 않습니다."

"그런가? 허허! 실수 문파를 차리는 주제에 개파를 한답시고 천방지축 날뛸 때부터 배포는 있는 놈이라 생각했지. 한데 이제 보니 머리도 있는 모양일세."

"머리가 있는 것을 알았으니 목을 원했겠죠."

"크크! 좋아, 그럼 이 쓰레기들을 어떻게 치우겠나?"

흑죽림에 늘어서 있는 인형은 십여 명이 채 되지 않았다. 하지만 흑죽림 여기저기 숨어 있는 자들까지 합한다면 서른 명에 육박했다. 하나같이 은밀한 살인에는 이골이 난 자들이다. 무공으로 겨루는 싸움이 아니라 오직 죽이기 위한 싸움이다.

"방금 머리가 있다고 하지 않았습니까?"

"……"

"머리로 치우죠. 쳐!"

"……!"

살천문주의 눈이 부릅떠졌다.

흑죽림은 조용하기 이를 데 없다. 밤새가 하늘을 날며 지저대는 울음소리가 유일하게 들리는 소리였다. 아니, 또 있다. 살갗을 스치는 바람도 맑은 소리를 냈고 무수하게 쏟아지는 별빛도 반짝이는 소리를 토해냈다.

흑죽림은 아름다웠다.

살천문주는 분명히 느꼈다. 또 다른 소리가 있다. 신음 소리… 고통에 겨워 울부짖는 소리. 죽음이 두려워 벌벌 떠는 육신의 소리… 살천문주는 소리를 귀로 듣는 대신 몸으로 느꼈다.

흑죽림에 죽음이 이어지고 있다.

죽이는 자, 죽임을 당하는 자…… 모두 풀잎을 밟는 소리조차 흘리지 않고 있지만 분명히 죽음이 이어지고 있다.

쒸이익……!

흑죽림에 모습을 드러냈던 자들이 일제히 병기를 뽑아 들고 달려들었다. 그러나 그들은 채 두어 걸음도 내딛지 못하고 휘청거려야만 했다.

퍼억!

어둠 속에서 불쑥 튀어나온 조그만 손도끼가 제일 앞선 자의 두개골을 깨뜨렸다.

어둠 속에서도 솟구치는 피분수를 볼 수 있었다. 대낮처럼 붉은색은 아니었지만 물씬 풍기는 피비린내는 대낮과 조금도 다르지 않았다.

종리추는 태연하게 뒷짐을 지고 있다.

하늘이 무너져도 땅이 꺼져도 흔들리지 않을 부동심(不動心)의 표상처럼 굳건하게.

"머리로 쓰레기를 치운다… 머리로…… 허허!"

살천문주는 낙담한 듯 허허로운 웃음을 토해냈다.

그는 난관을 타개한다는 기쁨보다 살천문 살수들이 타 문파 살수에게 맥없이 쓰러져 가는 애통함이 더 큰 듯했다.

"알고 있었는가?"

"하나는 알고 하나는 몰랐습니다."

"……?"

"흑죽림의 지형은 세세하게 파악했고 살천문 살수가 어느 규모로 동원되었는지는 몰랐습니다."

"……!"

살천문주는 하나를 배웠다.

살수들은 상대를 파악하기 위해 부심한다. 상대의 허실만 파악하면 거의 목숨을 빼앗은 것이나 진배없다고 생각한다. 또 사실 그렇다.

종리추는 반대다. 상대를 파악하는 것보다 지형을 먼저 파악했다.

누구나 지형을 먼저 파악한다.

하지만 지형을 세세하게 파악하는 것은 행동으로 옮기기 전에 하는 행동이다. 일단 움직였다 하면 지형은 머리 속에 고정되어 있기 마련이며, 몸은 적을 찾아 움직여야 한다. 목전에 적을 두고, 지형 때문에 꼼지락거리는 살수는 없다. 그런 살수가 있다면 준비성없는 하급살수가 분명하다.

종리추가 여타의 살수들과 다른 것은 끊임없이 지형을 파악한다는 점이다. 확인하고 또 확인한 다음 움직인다. 열 번, 스무 번 확인한 다음 가장 안전한 곳으로 움직인다. 그러고 이길 수 있다면 그것처럼 좋은 일이 어디 있을까?

종리추는 그렇게 한다. 지형을 파악하는 눈이 여타의 살수들은 따라오지 못할 만큼 빠르기 때문이다. 다른 살수들이 하나를 볼 때 서너 개를 볼 수 있다면 충분히 가능하다.

그런 눈은 철저한 준비에서 나온다.

아마도… 종리추는 문파를 떠나오기 전에 도상(圖上)으로 지형을 익혔을 게고, 실제 몸으로 부딪쳐 본 사람처럼 온갖 상황을 상상하며 움직였으리라. 지도 속에서, 머리 속에서.

소름 끼치도록 치밀한 준비가 그를 지형 속으로 숨겨준다.

평범하지만 실행에 익숙한 살수일수록 간과하기 쉬운 행동…… 좋은 가르침이다.

무공으로 겨루는 싸움이라면 다수의 인원이 효과를 발휘했을지 모른다. 하지만 살수들 간의 싸움은 누가 먼저 발견하느냐에 따라 목숨이 오간다.

더군다나 살문에서 온 자들은 수적으로도 밀리지 않는 듯하다.

쒸익……!

채찍이 어둠을 갈랐다.

채찍은 흑죽에 부딪쳐 빙글 감기는가 싶더니 흑죽을 부러뜨리고 앞으로 나갔다.

찰나의 방심, 상대는 채찍이 흑죽에 감기는 순간 아주 잠깐 방심을 했고 그것이 목숨을 내놓는 원인이 됐다.

'지형뿐만 아니라 죽림에서 어떻게 싸워야 하는지도 알고 있어. 살문이 이렇게 컸단 말인가!'

병장기가 공기를 가르는 소리는 부산하게 들렸지만 비명 소리는 일절 들리지 않았다. 병기가 살을 파고들 때 토해지는 육음(肉音)이 비명을 대신할 뿐이다.

흑죽림은 칠흑같이 어둡다.

살문 살수에게나 살천문 살수에게나 공평한 조건이다.

그들은 어둠 속으로 숨었다. 살문도, 살천문도 살수라는 직업을 가진 이상 숨는 것에는 일가견이 있는 자들이다.

그런데도 죽는 것은 살천문 살수들이다.

보이지는 않는다. 비명도 없다. 느낌이다. 느낌으로 살천문 살수들이 죽어가는 모습을 알 수 있다.

'미리 와 있었어. 미리 와서 어둠에 눈을 익히고 기다리고 있었어. 난 움직였는데… 이들은 내 뒤를 쫓았을 게고…… 아냐. 그럼 눈치 못

챌 리 없지. 그냥 미리 기다린 거야. 흑죽림 지형을 소상하게 파악해 놓고 싸울 장소를 정해놓은 거야.'

살천문주가 흑죽림을 만날 장소로 선택한 것은 단지 살천문 살수를 따돌릴 목적이었다.

흑죽림까지는 치열한 추적을 받지 않을 자신이 있었고, 흑죽림에 도착하면 울창한 대나무 숲을 이용하여 빠져나갈 수 있다고 믿었다. 그것은 흑죽림이라는 대표적인 명소 한 군데만 생각한 것이 아니라 유천에 널리 퍼져 있는 흑죽림 전체를 생각해서 내린 결론이다.

'살문은 여기서 끝장 낼 심산이야. 추적의 고리를 완전히 끊어놓을 심산이야. 살천문 살수…… 한 명도 살아서 돌아가지 못해. 추적의 끈이 끊기는 거야. 여기서.'

살천문주의 생각대로 싸움은 오래가지 않았다. 일 다경(一茶頃)도 채 못 되는 순간에 빽빽하던 흑죽림에 공간이 생겼다.

"가시죠."

"……."

살천문주는 말없이 뒤따랐다.

"주염유마(珠琰幽魔)……."

죽어 있는 자의 얼굴이 달빛에 비쳤다.

그의 목이 절반 정도 잘린 것으로 보아 도(刀)에 당한 듯싶다.

"불광명도(佛光明刀)……."

또 다른 자의 얼굴도 봤다.

한때는 부처님을 모시던 불제자였으나 살천문에 입문하여 죽음 사자가 된 자.

그는 땅에 엎어져 있는데 눈은 하늘을 쳐다보고 있다. 목이 완전히 한 바퀴 꺾인 것으로 보아 엄청난 신력에 당한 것 같다.

"한 걸음 내디딜 때 다섯 번을 살피라고 했거늘…… 쯧!"

살천문주는 허탈함을 감추지 못했다.

흑죽림이 다시 빽빽해지기 시작했다.

전과 같이 많은 사람이 모습을 드러내고 있지만 위협은 되지 않았다.

'여자? 여살수? 아냐! 무공을 익히지 않은 것 같은데…… 이, 이게 도대체……?'

모습을 드러낸 자는 살천문 살수들보다 훨씬 많아 오십여 명에 가까웠다. 그중에 눈에 들어오는 무인은 몇 명 되지 않았다. 나머지는 아무리 뜯어봐도 무공을 안다고 할 수 없었다.

'머리로 쓰레기를 치운다? 이, 이런! 미끼를 물었어. 이들은 미끼야. 미끼를 치려는 순간 낚싯바늘에 틀어박힌 거야. 너무 몰랐어, 살문을……'

살천문주는 자신이 직접 살수들을 인솔하고 살문과 부딪쳤어도 지금과 똑같은 상황이 벌어질 수밖에 없다고 생각했다.

종리추는 쳐다보았다.

그는 수하들에게 뭔가를 지시하고 있었다.

'하나 또 배웠군. 살문을 무너뜨리려면 절대 약속 장소 같은 걸 말해서는 안 돼. 기습… 기습만이 살문을 무너뜨리는 방법이야. 그것도 살문이 머무는 곳에서는 안 되지. 전혀 낯선 장소로 유인해서 쳐야 돼.'

갑자기 복부가 끊어질 듯 쑤셔왔다.

잊고 있었던 상처에서 아픔이 되살아난 것이다.

◆第四十八章◆
구인(舊人)

종리추는 흑죽림을 나와 예봉(猊峰)으로 방향을 잡았다.

"예봉으로 가는가?"

"네."

"그쪽은 걸려들었다 하면 빠져나올 수 없는 천하 험지인데 괜찮겠는가?"

"내가 힘들면 상대도 힘듭니다. 누가 악조건을 이겨내느냐에 달려 있죠."

"나 같으면 천성(泉聲)으로 발길을 돌리겠네."

"언제부터입니까?"

"뭐가 말인가?"

"구파일방으로부터 제약을 받기 시작한 게. 아직 답을 듣지 못했습니다."

"음……!"

살천문주는 신음부터 토해냈다.

"살천문이 만들어질 때부터… 라면 믿겠는가?"

"믿죠. 아마도 그럴 겁니다."

종리추는 소림 방장과의 면담을 떠올렸다.

아직까지는 지켜보는 중이다. 조정할 일이 생기면 사람이 올 것이다. 안 되겠다 싶으면 십망을 선포하든가, 살천문처럼 문주를 교체하든가, 그것도 아니면 아예 멸문을 시키리라.

살수 문파는 구파일방이 묵인해 줄 때만 움직일 수 있다.

그것이 당금 무림의 현실이었다.

"문주님을 왜 죽이려 하는지 이유를 물어도 되겠습니까?"

"묻지 말게."

"간단하군요."

"진리는 늘 간단한 것에 있다네."

살천문주는 힘들어했다.

노인이라고는 하지만 예봉 정도에 허덕일 사람이 아니다. 그의 복부를 길게 찢어놓은 검상만 아니라면.

"쉬어갈까요?"

"그러지. 좀 힘들군."

창자가 삐져 나올 정도로 심한 상처다.

금창약(金瘡藥)을 바르고 옷가지를 찢어 대충 여며놓았을 뿐 제대로 된 치료는 하지 않은 상태다.

힘든 게 당연했다.

종리추와 살천문주는 개울로 내려갔다.

"상처를 치료하시지요."

"내가 하라고? 허! 고약하구먼, 아픈 사람에게 직접 치료하라고 하다니."

종리추는 빙긋 웃어 보인 후 오던 길을 되돌아갔다.

예봉은 한 치 앞도 분간하기 어려웠다.

새벽이 오고 날이 밝았지만 뿌연 운무가 연기처럼 피어 올라 험산을 가렸다.

종리추는 예봉을 뒤지며 동물의 분뇨를 수거했다. 산에 널려 있는 것이 동물이고, 하루에도 몇 번씩은 배설을 하건만 정작 배설물을 찾기는 쉽지 않았다.

토끼같이 작은 동물이 아니라 큰 동물의 배설물이 필요했다.

종리추는 지도에서 본 예봉의 지형을 떠올렸고, 큰 동물이 다님 직한 통로를 찾았다.

'이 산에 곰이 있나?'

험한 바위로 가득한 예봉이건만 곰의 배설물이 쌓여 있다.

종리추는 웃옷을 벗어 곰의 배설물을 담았다.

전신을 활짝 열고 피 냄새를 쫓았다.

살천문주가 흘린 피는 결코 적은 양이 아니었다.

여느 사람 같으면 걷기는커녕 혼절했어도 진작 했을 만큼 많은 피를 흘렸다. 살천문주는 무공도 무공이려니와 극강의 정신력으로 버티고 있는 게다.

핏자국 위에 곰의 배설물을 덮었다.

핏자국을 지우는 정도로는 안심하지 못한다. 인간의 눈은 속일 수 있을지 몰라도 개의 후각은 속이지 못한다.

천천히… 빠짐없이 핏자국이 있는 곳은 모두 곰의 배설물을 덮어 나갔다.

살천문주가 상처를 치료하고 있는 개울까지 왔을 때는 쌀 반 가마 분량의 배설물이 모두 소용되었다.

"이제부터는 피를 흘리면 안 됩니다. 꽉 여며놓으세요."

"허! 지금 그걸 말이라고 하는가? 자네 눈에는 이게 나뭇가지에 긁힌 상처로 보이는가?"

"아뇨, 검에 베인 상처로 보이는군요. 맞습니까?"

"허… 허……!"

살천문주는 기가 막힌 듯 헛바람을 토해내다 눈을 부릅떴다.

종리추가 행낭 속에서 긴 대롱을 꺼내는 것을 보았다. 그리고 대롱 한쪽을 열자 뱀 머리가 기어나오는 게 보였다.

"그, 그게 뭔가?"

"뱀입니다."

"아, 뱀인 줄은 알아. 그 뱀으로 도대체 뭘……."

"문주님, 뱀에 물린 적 있습니까?"

"아니, 그런 적은…… 그럼 그 뱀으로 나를!"

"한번 물려보시죠. 의외로 그렇게 아프지 않습니다."

"뭐, 뭐얏!"

살천문주는 기겁을 했지만 종리추가 허벅지에 뱀을 갖다 대도록 내버려 두었다.

그가 이런 행동을 하는 데는 이유가 있을 게다.

뱀이 입을 쩍 벌리는가 싶더니 허벅지를 꽉 깨물었다.

아팠다, 눈물이 찔끔 나올 만큼. 사람들은 왜 뱀에 물리면 따끔거린다고 할까? 이렇게 아픈 것을.

"무슨 뱀인가?"

"독사입니다."

"제길! 이건 말이 통해야 살지. 독사인 줄은 나도 알아! 내 말은 무슨 독사냐고!"

"이놈 이름을 물으시는 거라면… 아마도 혈안사(血眼蛇)라고 할 겁니다."

"혀, 혈안사!"

살천문주는 크게 놀랐다.

그제야 뱀의 눈을 쳐다보았는데 정말 핏빛처럼 붉다.

뱀의 눈은 섬뜩할 만큼 차갑다. 비정하다고 해야 하나? 혈안사의 눈을 들여다보고 있자면 한 가지 생각밖에 나지 않는다. 이 뱀이 나를 죽일 것인가 살릴 것인가. 죽일 요량이라면 확 달려들 것이고 살릴 요량이라면 다른 데로 기어갈 게다.

삶과 죽음.

혈안사의 차가운 눈빛은 오직 그 생각밖에 나지 않게 만든다.

"이, 이건……."

혈안사라는 말을 들어서일까? 살천문주는 숨이 막혀왔다. 심장이 멈춘 듯하다. 사지는 부르르 떨리고 혈기(血氣)가 오공으로 밀려들었다.

종리추는 작은 병을 꺼내 마개를 열었다.

향긋한 내음이 콧속을 간질였다.

혈안사가 문 자리에 병에 들어 있는 붉은 물을 쏟아 붓자 차가운 느낌이 들었다.

　종리추는 약초를 개어놓은 것까지 꺼내 혈안사가 문 자리에 붙인 다음 붕대로 꽁꽁 동여맸다.

　한결 숨 쉬기가 편안해졌다.

　아직도 세상이 빙글빙글 도는 것 같은 어지럼증과 뱃속 깊은 곳에서부터 솟구치는 듯한 욕지기는 가시지 않았지만 숨을 쉴 수 있는 것만으로 살 만했다.

　"벼, 병 주고 약 주는 겐가?"

　"그런 상처로는 예봉을 넘지 못합니다. 우리는 예봉을 넘어 사구(巳耆)로 갈 겁니다. 사구에서 모든 흔적이 없어지는 거죠. 앞으로는 쉴 틈도 없을 겁니다."

　"……."

　"혈안사의 독기가 아픔을 잊게 해줄 겁니다. 가시죠."

　"허! 독사에 물려죽느니 차라리 검에 맞아 죽을걸. 괜히 네놈에게 목숨 구걸을 했나 봐."

　살천문주는 벌떡 일어서는가 싶더니 화살 맞은 사람처럼 비틀거렸다.

　종리추는 부축하지 않았다.

　아픔을 챙겨주기에는 갈 길이 너무 멀고 험했다.

　독사에 물린 다리가 퉁퉁 부어올랐다.

　허벅지에 감싼 약초가 독기를 중화시키기는 하지만 어떤 약초를 사용했는지 흡수되는 속도가 무척 더뎠다.

　살천문주는 왼쪽 발을 질질 끌다시피 하면서 쫓아왔다.

예봉 정상까지 어떻게 올라왔는지… 아직도 살아 있는지…….
살천문주의 몸은 땀과 피로 범벅이 되어 당당하던 모습은 찾아볼 수 없었다.
"조금 더 뛰셔야겠습니다."
종리추는 인정사정없었다. 나쁜 방향에서 보면 아픈 사람을 놀리는 것으로도 보였다. 사실 종리추의 무공 정도라면 살천문주를 업고도 예봉 정도는 가볍게 넘을 수 있을 텐데.
"내 걱정은 말고 어서……."
살천문주도 자존심을 굽히지 않았다.
인내력이 어느 정도인지, 자기 자신과의 싸움을 즐기는 사람처럼 보였다.
쉬이익……!
종리추는 정말 부축도 하지 않고 경신술을 펼쳤다.

"헉헉!
급기야 살천문주 입에서 단내가 풍겨 나왔다.
"이제 됐습니다. 그만 쉬셔도 되겠네요."
살천문주는 털썩 주저앉았다.
생각 같아서는 '더 갈 수 있다'는 말을 하고 싶었지만 그런 오기를 부리기에는 몸이 너무 지쳤다. 종리추의 생각대로 혈안사의 독기는 효험이 있었다. 다리가 파랗게 물들고 퉁퉁 부어올랐지만 복부를 가른 상처에 비하면 아무것도 아니었다. 그런데 이상하게도 신경이 온통 다리로만 쏠렸다. 그때,
쉭! 쉬이익……!

날카로운 바람 소리가 울리며 낯선 자들이 튀어나왔다.

'음……! 숨어 있는 줄도 몰랐다니! 무공은 그리 강해 보이지 않는데…….'

살천문주는 놀라기는 했지만 당황하지는 않았다.

신법만 보고도 상대의 무공 정도를 짐작할 수 있다.

방금 튀어나온 자들의 무공으로는 종리추를 감당할 수 없다. 종리추가 살심만 품는다면 열이 아니라 스물이라도 죽을 수밖에 없다.

살천문주는 종리추의 무공을 높이 평가했다.

그의 무공을 직접 본 적은 없지만 자신의 거처에 잠입했다는 사실만으로도 높은 평가를 받을 만하다. 아니, 그런 일이 없었다 해도 높이 평가했을 게다.

이유는 없다. 왠지 종리추를 보고 있자면 무공이 강할 것처럼 생각된다.

'이런 적은 없었는데…….'

무공이 강하다고 소문난 자들이라도 직접 검을 섞어보기 전에는 강한 것을 인정하지 않았다. 살천문주 역시 살수이기 이전에 무인이기에 무공에 대한 자부심은 남달랐다.

그런데 종리추만은 무공도 보기 전에 인정하고 싶다.

왜일까? 그런 것을 생각할 시간적인 여유는 없지만 있다 하더라도 쉽게 원인을 찾아내기 힘들 게다.

살천문주는 그렇게 생각했다.

"옷을 벗으시죠."

"……?"

"입고 계신 옷을 다 벗으셔야겠습니다."

"허! 백주대낮에 알몸이 되란 말인가? 이렇게 보는 사람이 많은 곳에서?"

살천문주는 그렇게 말을 하면서도 옷을 벗기 시작했다.

낯선 자들 중에서 영민해 보이는 자 두 명이 앞으로 다가와 살천문주를 거들어주었다.

"살문인가?"

옷 수발을 들어주는 자들은 벙어리인 양 대답이 없었다.

얼굴 표정도 바꾸지 않고 눈도 마주치지 않은 채 묵묵히 자신들이 할 일만 했다.

옷을 다 벗자 낯선 자들 중 한 명이 새 옷을 내밀었다.

'철저하게 준비했군, 처음부터 모든 일을 지켜본 사람같이.'

살천문주는 낯선 자들에게 몸을 내맡기고 종리추를 응시했다.

종리추는 낯선 자들에게 나무 밑동을 파게 한 다음 벗어놓은 살천문주의 옷을 묻었다.

'피와 땀으로 얼룩진 옷…… 추적견(追跡犬)을 피할 수 없어. 피만 묻었다면 묻어버리면 그만이지만 땀 냄새까지 배어 있으니. 일부러 땀을 흘리게 한 거야. 옷 묻은 장소를 들키게 하려고.'

또 눈길이 종리추에게 향했다.

'옷 묻은 장소를 들키게 한다… 추적견이 찾아내면… 찾아내지 않은 것보다 더 혼란에 빠진다. 추적자들은 이 부근에서 적어도 한 시진은 소모하게 된다. 한 시진…… 큰 시간이지.'

그에게 목숨을 달라고 했던 것은 자신의 거처를 침범한 첫 사내이기 때문이다.

말은 그렇게 했지만 종리추가 정말 자신의 목숨을 구하리라고는 생각하지 않았다. 구하려고 해도 능력이 턱없이 부족할 것이라고. 구파 일방이 뒤를 봐주고 살천문 최고 살수들이 맹렬히 추적하는데 구해줄 사람이 누가 있으랴.

한데 지금은 생각이 다르다.

'정말 살 수도 있겠어. 하늘이 아직 날 버리지 않았군.'

이 곤경에서 벗어난다면… 하늘은 그에게 천인(天人)을 보내준 셈이다. 그가 한 일은 살문을 인정해 주고 몇몇 사람들의 청부를 거둔 것에 불과하지만 결과적으로 그는 목숨을 얻게 됐다.

낯선 자들이 들것을 내왔다.

"이제 편히 가시죠."

"그래야겠군. 자넨 늙은이를 너무 뛰게 했어."

"잊어버리지 않으실 겝니다."

'잊을 수 없지. 내가 거느리던 문파에, 수하들에게 개처럼 쫓기는 날인데 절대 잊을 수 없지.'

낯선 자 중에 한 명이 주변에 분(粉)을 뿌려댔다.

냄새로 보아 송진 가루였다.

'사람 냄새를 없애는군. 그때 만약 살문을 인정하지 않았다면…… 큰 싸움이 될 뻔했어. 살문을 적으로 돌리는 짓은 어리석은 짓이지. 허허! 비운적검(飛雲狄劍)… 살천문을 유지하고 싶거든 살문을 건드리지 마시게나.'

표면상 이번 일의 주동자는 비운적검이다.

문주를 호위해야 하는 총호법(摠護法)이 검을 거꾸로 돌린 것이다.

그는 목숨을 맡겨도 좋다고 생각했던 사내다. 갓난아기 때 살천문에 들어와 친아들 못지않게 정성을 쏟았다. 그런 그가 다섯 아내, 여섯

아들, 열한 명의 딸을 죽였다.

폭풍처럼 일어나 순식간에 쓸어버린 치밀한 반란이었다.

살천문주는 또 계산 착오를 했다.

약간은 준비할 시간이 있으리라 생각했고 가장 아끼는 넷째 아내와 열두 번째 자식만은 숨기려 했다. 평생 편히 살 수 있도록 기반도 마련해 두었고 방책도 일러주었다. 모두 부질없는 짓이었지만…….

들것이 움직이기 시작했다.

살천문주는 청명하기 이를 데 없는 푸른 하늘에서 먼저 죽어간 아내와 자식들을 떠올렸다. 반란이 있은 후 처음으로 생각할 수 있는 시간을 얻은 것이다.

살천문주는 자신이 어디로 옮겨지는지 전혀 알지 못했다.

낮에는 이름 모를 곳으로 옮겨져 잠을 청했고, 밤이 이슥해진 후에야 마차를 타고 길을 재촉했다. 그나마도 창을 두터운 휘장으로 가려 어두운 밤하늘도 쳐다볼 수 없었다.

살천문주 곁에는 종리추와 더불어 의원 한 명이 생활을 같이했다.

의원은 살천문주를 만난 후에는 약재를 구하러 나가지도 않았다. 그는 살천문주의 상처를 눈으로 보기라도 한 듯 올 때부터 정확한 약재를 구비해 왔다.

"어떻게 알았는가, 내가 이런 상처를 입을 줄?"

"몰랐습죠."

"그럼……?"

의원은 종리추를 힐끔 쳐다본 후 말했다.

"상처를 입지 않으면 모르지만 입는다면 목숨이 위태로울 만큼 큰 상처를 입을 것이다. 살천문주의 병기는 검. 문주의 병기로 목숨을 거두는 것이 예의이니 아마도 검상을 당했을 것이라고……."

"그렇게 들었단 말이지?"

"그렇습죠."

"적지인살이 사부라고 했나? 적지인살을 다시 봐야겠군. 뛰어난 살수였다는 것은 인정하지만 이렇게 큰 그릇을 다듬어 내리라고는 생각하지 못했어."

"……."

종리추는 늘 생각에 잠겨 있다.

눈을 반쯤 내리 감고 시선을 단전에 두고 있는 것으로 보아 운기행공(運氣行功)을 하고 있으리라 짐작되지만 운기행공을 한다고 보기에는 집중도가 약해 보인다.

단순히 무엇인가 생각하고 있다고 봐야 한다.

"바람 소리를 들을 수 있습니까?"

종리추가 불쑥 물어왔다.

"바… 람… 소리?"

귀머거리가 아닌 다음에야 바람 소리를 듣지 못하는 사람이 어디 있으랴.

왜 그런 물음을 던지는 것일까?

"바람 소리가 맑군요."

'마, 맑아? 바람 소리가?'

살천문주는 귀를 기울여 바람 소리를 들으려 했다. 그러나 그의 귀에는 달리는 말발굽 소리와 마차 바퀴에서 터져 나오는 덜그럭거리는 소리밖에 들리지 않았다.

살천문주는 종리추를 처음 만났을 때의 일을 떠올렸다.

그는 쥐를 부릴 수 있다고 했다.

"잘하면 달빛이 쏘아지는 소리도 들을 수 있다고 하겠군."

"역시 맑죠."

"…응?"

"바람 소리, 달빛 소리 모두 시시때때로 바뀝니다. 중간에는 바람이 있습니다. 바람이 달빛에서 흘러나오는 소리를 전달해 줍니다. 꽃이 말하는 소리도, 바위가 말하는 소리도 참 맑군요. 마음이 시원해집니다."

달빛 소리, 꽃이 말하는 소리, 바위가 말하는 소리… 그런 소리를 들을 수 있는 자는 세상에 단 한 종류의 인간뿐이다.

광인(狂人).

살천문주는 자신이 미친 자와 이야기하고 있는 게 아닌가 싶었다.

"얼마 전부터 길들인 습관인데 전 피로하거나 조급하거나 마음이 심란할 때는 소리를 듣습니다. 자연의 소리. 몸에서 악기(惡氣)가 빠져나가는 것 같아요. 아주 편안해집니다. 원한, 분노, 고통… 견디기 힘드실 테지만 소리를 들어보세요. 아주 좋습니다."

'이, 이것은!'

살천문주는 놀랐다.

심장이 마구 뛰고 살이 부르르 떨렸다.

자연의 소리를 들을 수 있다는 것은 무공이 조화(造化)의 경지에 들어섰다는 것을 의미한다. 검은 쇠붙이에 불과하고 봉은 나무 막대기에 지나지 않는다. 손에 닿는 것은 그것이 설혹 모래 알일지라도 병기가 되리라.

살천문주는 비로소 종리추가 강해 보이는 이유를 찾아냈다. 그는 적당히 강해 보인다. 터무니없이 강해 보이는 것이 아니라 적당히. 보는 사람들로 하여금 지금은 싸울 때가 아니다, 싸우기 위해서는 조금 더 수련을 쌓아야 한다는 생각을 느끼게 만든다.

터무니없이 강해 보이면 사람이 가까이 다가서지 않는다. 너무 물러 보이면 무시하거나 핍박한다.

종리추는 적당한 선에서 타협한다.

사람들을 가까이 있게 하고 친근한 감정이 우러나게 한다. 천지자연이 조화를 이루듯 진기가 자연히 우러나와 그를 그렇게 만들어주는 것이다.

'조화지경(造化之境)! 이것이 진정 조화지경……! 어쩌면… 훨씬 강할지도. 이런 나이에…… 믿을 수 없어. 조화지경에 이르려면 무공도 무공이려니와 경륜도 있어야 돼. 세상 단맛 쓴맛 모두 맛보고 초월하는 지경에 이르러야 돼. 나도 이 나이가 되도록 들어서지 못했거늘…… 아냐, 잘못 생각한 거야. 말 한마디에 조화지경을 생각한다는 게 우습지.'

살천문주는 애써 부인했다.

동이 틀 무렵 마차는 허름한 장원에 도착했다. 옛날에는 성세를 누렸을 장원이나 지금은 퇴락하여 처마 밑에 거미줄이 가득한 장원이었다. 담도 군데군데 부서졌고 지붕도 낡았다.

살천문주는 부축을 받으며 대청으로 들어섰다.

불도 켜지 않은 대청, 그 안에는 낯선 자들이 십여 명이나 앉아 있었다.

"얼마나 노고가 크셨습니까? 먼 길에 수고하셨습니다."
낯선 자가 일어서며 포권지례를 취했다.
"……."
살천문주는 대답하지 못했다.
상대가 누구인지도 모르는데 무슨 말을 할 수 있으랴.
"오랜만입니다."
이번에는 종리추에게 한 말이다.
"준비는?"
종리추는 대뜸 하대를 했다.
살천문주는 그게 또 이상했다.
살문 문도라면 오랜만이라는 말을 할 리가 없고, 문도가 아니라면 하대를 받으면서 일을 해줄 사람이 어디 있겠는가. 다른 일도 아니고 구파일방까지 개입된 살천문 사건에.
"다 마쳤습니다. 여기라면 앞으로 일 년은 버틸 수 있습니다. 아무리 눈과 귀를 번뜩여도 알아내지 못할 겁니다."
어둠 속에 서 있는 자는 여전히 공손했다.
"이것으로 약속은 지켰습니다."
종리추가 최종 통보를 했다.
살천문주는 자신이 살았다는 게 믿어지지 않았다. 다른 문파도 아니다. 개방이다. 개방이 촉각을 곤두세우고 자신의 뒤를 캐고 있다. 그렇게 알아낸 정보는 살천문에 흘러 들어가고, 비운적검은 어쩔 수 없이 살수들을 보낸다. 살수들이 죽어갈수록 살천문의 힘이 약해진다는 걸 알면서도.
모든 이목으로부터 숨을 수 있다?

꿈과 같은 이야기다.

"저 사람은 못 보던 사람인데?"

종리추의 눈이 어둠 한구석을 향했다.

어둠에 어느 정도 익숙해진 살천문주의 눈에 제일 상석에 앉아 있는 사람이 보였다.

차분하게 앉아 있는 모습.

'강자다!'

살천문주는 한눈에 상대의 기도를 읽었다.

상대는 자신이 건강한 몸일 때도 상대하기 벅찰 만큼 강해 보인다.

"소개하지요. 저희 문주님이십니다."

문주… 서 있는 자는 문주라는 말을 했다.

"오랜만입니다."

종리추의 첫마디는 담담하게 앉아 있던 사내의 어깨를 움찔거리게 만들었다.

"우리가 본 적이 있던가?"

"있죠."

"그런가? 난 기억에 없네만……."

종리추가 사내 옆으로 다가갔다.

"망주의 말에 따르면 한성천류비결을 시전했다고 하던데? 일수비백비. 그 말을 듣고 많이 궁금했지."

망주, 일수비백비……. 천살문주는 사내의 정체를 알아냈다. 하오문에서 축출된 전대 하오문주다. 그는 죽었다고 들었는데…… 살아 있었다. 그것도 멀쩡하게.

젊은 나이에 하오문을 장악했고 십여 년이 넘는 오랜 기간 동안 문주의 자리를 지켜왔던 거목(巨木), 그였다.
"부엉……! 부우엉……!"
종리추가 난데없이 부엉이 소리를 냈다.
"이, 이건!"
창!
경악성이 터지며 지금까지 호의적이었던 망주 천은탁이 검을 뽑아들었다.
하오문도가 아니라면 절대 알 수 없는 밀마.
어둠 속에서 사내의 눈이 빛을 토해냈다.
"일수비백비에 밀마까지. 알 것 같군."
종리추는 품속에서 옥패를 꺼내 탁자 위에 올려놓았다.
"사모(師母)께서는 잘 계시냐?"
하오문주의 말투가 온대에서 하대로 바뀌었다.
"모친이 되시지요. 잘 계십니다."
"……."
하오문주는 말을 잇지 못했다.
그의 어깨가 가느다랗게 떨렸다. 아마도 머리 속에서는 만감이 교차하고 있을 게다.
"그랬군. 하하하!"
이야기가 편하게 돌아가자 망주 천은탁이 민망한지 슬그머니 검을 집어넣었다.
하오문주가 옥패를 만지작거리며 말했다.
"그때 그 꼬마가 살문 문주가 되어 나타나다니. 적지인살이 다른 건

몰라도 사람 하나는 잘 키우는군."

하오문주도 살천문주와 같은 소리를 했다.

"지금은 어머님만 생각하고 계십니다. 설혼부 살수로 명성을 날릴 때보다 훨씬 만족해하십니다."

"그래야지."

종리추는 하오문주를 남겨두고 일어섰다.

살천문주도 부축을 받으며 거처로 정해진 별채 쪽으로 갔다. 망주천은탁도 일어서고 하오문 향주들도 몸을 일으켰다.

하오문주는 일어서지 않았다.

그는 옥패만 만지작거렸다.

파아앗……!

종리추의 전신이 물고기처럼 비늘로 뒤덮인다 싶은 순간, 화살보다 더욱 빠른 속도로 튀어나갔다.

짚으로 만든 인형은 고슴도치가 되었다.

머리 부분부터 발끝까지 촘촘히 비수가 꽂혔다.

일수비백비.

오랜만에 펼쳐 보는 무공이다.

"음……!"

하오문주가 탄식을 토해냈다.

"비슷한 듯하나 완전히 다른 무공이군."

"그럴 수밖에요. 어머님께서 전수해 주신 무공인데 부족한 부분이 많습니다."

"믿을 수 없군. 배 향주가 이런 무공을 전수했다니. 이 무공은 내 한성천류비결보다 뛰어나."

종리추는 이 빠진 부분은 자신의 심득으로 채워 넣었다는 말을 하지 않았다. 해봤자 의미가 없을 뿐 아니라 한 여인을 그리워하는 마음을 이해할 수 있을 것 같아 입을 다물었다.

어떤 때는 상상 속으로 생각하는 것이 사실을 정확히 아는 것보다 도움이 될 때가 있다. 지금이 그런 때다. 십 년이 지난 지금의 어머니를 보고 환상이 깨질지, 연모의 마음이 지속될지는 알 수 없지만 머리 속에 그려지는 한 여인의 모습을 퇴색시키고 싶지 않았다.

"배 향주는 무재가 아니라고 생각했는데 사람을 잘못 봤군. 무재는 아닐지라도 무공을 생각하는 깊이가 이렇게 뛰어날 줄이야."

"……."

"자네도 놀랍네. 난 한시도 쉬지 않고 한성천류비결을 수련했지만 이제 구성(九成)에 도달했을 뿐이야. 보아하니 자네는 완전히 습득한 것 같은데…… 놀라운 자질이야."

"그런 말씀이라면 사양하지 않겠습니다. 기분이 괜찮군요."

살천문주도 놀랐다.

종리추가 선보인 한성천류비결은 암기의 명가인 사천 당문이라도 따를 수 없을 만큼 지고하다. 종리추가 일수비백비로 가문을 일으킨다면 중원에서 사천 당문과 더불어 종리가라는 또 하나의 명가가 탄생할 것이 틀림없다.

적어도 자신은 막을 자신이 없다.

망주 천은탁과 향주들도 놀라움이 컸다.

'그때와는 또 달라. 그때는 비수가 보였는데 이제는 아예 보이지도 않아. 번쩍거렸을 뿐이야. 이렇게 빠른 비수를 누가 막을 수 있단 말인

가. 아무리 신법이 빨라도 비수 백 개를 일시에 던지면…….'
 그들은 종리추의 일수비백비를 견식한 적이 있다.
 놀라웠다. 무척 놀라웠다. 자신들의 문주 말고 또 일수비백비를 전개할 수 있는 사람이 있다는 데 놀랐다. 문주와 똑같은 무공을 사용하는 사람이 있다는 데 놀랐고 그 빠름과 정확성에 놀랐다.
 지금도 놀랐다.
 무공 성취는 꾸준한 노력의 결과다. 하루 이틀 반짝 수련한다고 성취도가 높아지는 예는 없다.
 종리추는 아주 짧은 시간에 놀라운 발전 속도를 보이고 있다. 처음 일수비백비를 봤을 때와는 천양지차다. 그때도 강했지만 지금은 더욱 강하다.
 하오문주는 인형에서 비수를 뽑아 유심히 살폈다.
 "자루를 없앴군."
 "날아가는 속도가 빨라집니다."
 "중심을 잡아내기가 힘들 텐데?"
 "속도로 대체했습니다. 비수의 폭을 좁히고 두께를 줄여서 속도가 더 나오게 했습니다."
 "그것도 방책 중 하나겠지만 근본적인 원인은 자네 내력이 심후하기 때문이겠지. 이런 비수는 아무나 던질 수 있는 게 아냐."
 비수에 관한 한 하오문주와 종리추는 말이 통했다.
 "문주님의 일수비백비도 구경하고 싶군요."

 파아앗……!
 하오문주의 일수비백비는 종리추의 무공과 사뭇 달랐다.

종리추의 일수비백비는 눈 깜짝할 순간에 펼쳐진다. 전신에 비늘이 돋는가 싶은 순간 세상은 폭우로 뒤덮인다.

하오문주는 천수여래(千手如來)가 하강한 듯하다.

순식간에 팔이 열 개로 늘어난 듯 희미한 잔상(殘像)이 보인다.

속도 면에서는 단연 종리추가 앞선다.

하지만 무공이란 속도만 가지고 따질 수 없다. 종리추의 일수비백비는 한꺼번에 터져 나가 순식간에 사라진다. 하오문주의 일수비백비는 순차적으로 세상을 장악하여 종내에는 숨 쉴 공간마저 없앤다.

한 사람의 움직임을 잡는 데는 비수 열 개면 족하다.

십비십향.

일수비백비는 십비십향에서 발전했다.

종리추는 일시에 열 개 방위에 십비십향을 점했고, 하오문주는 일차적으로 십비십향을 펼쳐 상대의 움직임을 유도해 내고 연속적인 비도(飛刀)로 숨통을 조인다.

사람이란 움직이지 않을 때는 몰라도 일단 움직였다면 방향을 틀기가 여간 어렵지 않다.

하오문주의 일수비백비를 깨는 유일한 방법은 일수비백비를 펼치지 못하게 만드는 방법뿐이다.

"대단하군!"

살천문주가 감탄했다.

하오문의 무공은 무림에서 인정받지 못한다. 그런 면에서는 살천문의 무공 역시 마찬가지다.

뛰어난 무공을 지니고 있으면서도 증명하지 못하는 문파가 살수들의 문파와 시정잡배들의 문파다.

무공을 증명하는 순간 그들은 죽는다. 마두, 효웅이 되어 무림 문파의 공적이 된다.

도둑의 무공이 뛰어나다면, 소매치기의 무공이 뛰어나다면, 기녀의 무공이 뛰어나다면… 그들은 사람들과 어울려 살 수 없게 된다.

"그것참……! 똑같은 비도술인데 누가 낫다고 할 수 없구먼. 같은 무공이라고 하기도 그렇고……."

살천문주의 중얼거림을 하오문주가 탄식하며 받았다.

"서로 맞부딪친다면 제가 집니다."

"문주의 무공도 놀라운데 겸양이시오."

"겸양이 아니라 현실입니다. 저는 살문주의 무공을 본 다음부터 일수비백비 파훼 방법을 생각했지만 방법이 없어요. 제가 십비십향을 펼친 순간 전 고슴도치가 됩니다."

"음……!"

"하하! 옛말이 틀린 게 하나도 없습니다. 청출어람(青出於藍)이라더니…… 제 무공에 그런 강점이 있는 줄은 처음 알았습니다."

살천문주는 하오문주의 마음을 짐작했다.

그는 삶의 활력을 얻었다.

종리추가 펼친 일수비백비를 받아들이는 것이 아니라 자신의 일수비백비로 파훼하고 싶어한다. 앞으로 그는 시간이 날 때마다 그 일에 몰두할 게다. 무공을 수련한다면 약간이나마 가능성있는 파훼법이 떠올랐을 때일 게다.

"그 일수비백비…… 펼칠 때가 된 것 같습니다."

종리추가 말했다.

*   *   *

꼬꼬댁! 꼭꼭꼭……!

성난 닭들이 고개를 빳빳이 세우고 목청을 돋웠다.

"소복(小福)에게 닷 냥."

홍철(洪徹)은 서슴없이 검은 닭에게 닷 냥을 걸었다.

몸집은 작지만 어쩐지 믿음이 간다.

"시작!"

신호와 동시에 닭 주인들이 닭들을 허공에 날렸다.

꼬꼬댁! 푸드덕……! 꼭꼭……!

닭들은 있는 힘을 다해 날개를 퍼덕였다.

투계(鬪鷄)에 나온 닭들 중에 싸움 경험이 있는 닭은 찾아보기 힘들다. 한 번이라도 싸워본 적이 있는 놈은 정말 어쩌다 한번 구경하는 게 고작이다.

싸움 경험이 있다고 반드시 이기는 것도 아니다. 많은 훈련을 받았어도 단 한 번의 싸움에 피투성이가 되어 닭집에 팔려가는 신세가 되고 만다.

닭들은 발톱에 새끼손가락만한 칼날을 달고 싸운다.

부리로 상대를 쪼는 것이 아니라 허공으로 몸을 띄워 발톱으로 할퀴는 싸움이다.

발길질 한 번에 살점이 푹푹 패여 나간다.

가장 멋있는 광경은 발길질이 제대로 들어가 목이 싹둑 잘려 나가는 모습이다. 두 번째로 멋있는 광경은 닭이 죽어갈 때다.

투계에 돈을 거는 사람들도 닭이 언제 어떻게 당했는지 아는 사람이 거의 없다.

승부는 찰나간에 결정지어진다.

당한 놈은 언제 날개를 퍼덕였나 싶게 피그르르 주저앉아 버린다.

이긴 놈도 무사하지는 못하다. 크든 작든 상처를 입게 되어 있고, 잘하면 한 번 더 나올 것이고 그렇지 못하면 역시 닭 집에 팔려가는 신세가 된다.

"그랫!"

홍철은 주먹을 불끈 쥐고 일어섰다.

그의 생각이 맞았다.

소복은 날개를 몇 번 퍼덕이지도 않았는데 상내 닭의 다리를 잘라 버렸다.

파다닥……!

다시 날개를 퍼덕였다.

인간이든 짐승이든 기회를 잡았다 하면 놓치는 경우가 드물다. 싸움을 하도록 길들여진 경우에는 특히 그렇다.

소복의 발길질에 상대 닭이 풀썩 무너졌다.

제일 멋있는 광경은 아니지만 머리를 모로 떨구는 모습이 멋있다.

소복은 별다른 상처를 입지 않았다.

놈은 다음번에 또 나올 것이다. 하지만 이긴다는 보장은 없다. 소복과 싸울 상대 닭이 어떤 상태인지 직접 눈으로 봐야 한다.

홍철은 닷 냥의 세 곱절인 열닷 냥을 받았다.

'오늘은 시작이 괜찮은데.'

다음 닭은 독귀(毒鬼)라는 놈과 대생(大生)이라는 놈이다.

홍철은 닭들을 살펴보기 시작했다.

구인(舊人) 125

벌써 칼날을 발목에 매단 닭들은 상대 닭을 죽여야 자기가 살 수 있다는 것을 아는 듯 기세를 올려댔다.

투계에는 왕도(王道)가 없다.

그야말로 운이다.

부리로 쪼아서 이기는 생투계(生鬪鷄)의 경우에는 실력에 따라 승패가 결정되지만, 발목에 칼날을 달고 싸우는 사투계(死鬪鷄)는 몸집이 크다고, 몸이 날래 보인다고 이기는 게 아니다.

아무리 싸움을 잘할 것 같아도 위치를 조금만 잘못 잡으면 가슴팍에 칼날이 박히고 만다.

'좋아, 이번에는 독귀!'

홍철은 뼈만 남은 듯한 닭을 점찍었다.

'독귀에 열 냥!'

홍철은 소리쳤다. 하지만 그 소리는 목 안으로 잠기고 말았다.

그의 귓전으로 낯선 음성이 파고들었다.

"잘 가, 독심광마(毒心狂魔)."

아주 작은 소리였다. 사람들이 떠드는 소리에 묻혀 들리지도 않는 속삭임이었다.

'크윽! 빌어먹을! 어떤 놈이……!'

생각도 길게 이어지지 않았다.

홍철은 의자에 털썩 주저앉아 잠이라도 든 듯 고개를 떨궜다.

의자 밑으로 붉은 선혈이 흘러내렸다.

그를 주목하는 사람은 아무도 없었다. 투계에 흥분한 사람들은 발밑에 흐르는 피를 밟아대며 소리쳤다.

"독귀에 석 냥!"

"대생에 스무 냥!"

사람들은 거의 대부분 조심씩은 융통성을 가지고 있지만 박장궤(朴掌櫃)만은 앞뒤 꽉 막힌 벽창호였다.
"사람은 착실한데 너무 꽉 막혔어."
"그러니까 이십 년이나 장궤를 맡고 있지. 그렇지 않았으면 벌써 잘렸을걸!"
"그럼 뭐 해? 말 못 들었어? 마누라가 해산을 했는데도 일하는 시간이라고 가보지도 않았대. 그것뿐이면 다행이게? 해산을 했으면 미역국이라도 끓여줘야 될 것 아냐. 널리고 널린 게 미역인데 글쎄 돈이 없다고 빈손으로 털레털레 들어갔대요."
"조금 너무했지?"
"조금이 뭐야, 많이 너무했지."
사방이 온통 뭍으로 둘러싸인 하남성은 해산물이 귀했다.
강에서 생선도 잡고 새우도 잡고 하지만 바다에서만 나는 해산물은 부르는 게 값이었다.
건어물(乾魚物)도 귀하고 비쌌다.
하지만 박장궤만은 얼마든지 해산물을 구할 수 있었다. 그가 바로 해산물을 파는 어물전의 장궤이기 때문이다.
건어물이 아무리 비싸다지만 이십 년이나 장궤(회계:장부를 맡아보는 사람)를 맡고 있는 박장궤가 미역 한 줄 얻지 못한다면 말이 되지 않는다.
그는 그런 사람이다. 자기 것이 아니면 미역 한 줄도 손을 대지 않는 벽창호다.

오랜 세월 장궤를 맡아 이름조차도 박장궤가 되어버린 사내.
그가 주판을 달그락거리며 셈을 했다.
'이상해. 셈이 안 맞아. 두 푼이 비는데……'
이십 년 동안 한 번도 없었던 일이다. 매상을 기록한 장부와 돈이 틀린 적은 한 번도 없었다. 그런데 틀리고 있다.
하루 일과를 되짚어보았지만 두 푼이 새어 나갈 구석은 한곳도 없었다.
집으로 돌아갈 시간이 훨씬 지났는데도 돌아가지 못하는 이유다. 셈이 틀린데 어떻게 돌아갈 수 있단 말인가.
'아무 이상이 없는데 돈이 빈다……? 그럼 배수 짓이군. 이곳 배수는 모두 아는데, 아는 얼굴은 없었고…… 다른 고장에서 흘러온 배수 짓이라고 볼 수밖에 없는데, 하오문은 영역이 뚜렷해. 그럴 리 없어.'
박장궤는 계속 주판을 달그락거렸다.
하나 그는 셈을 하고 있지 않았다. 주판을 달그락거리는 것은 혹시 있을지도 모를 밤손님의 이목을 잡아끌기 위한 가식 행동이었다. 그의 머리 속은 다른 셈을 하기에 부산했다.
단순한 일인가, 아니면 다른 어떤 일이 있는 것인가.
하루 일과를 되짚어보자는 생각이 치밀었지만 고개를 내둘렀다.
벌써 다섯 번이나 되짚어봤다. 건어물을 팔 때의 상황을 일일이 생각해 냈고, 건어물을 건네줄 때와 돈을 받을 때의 모습도 상기했다.
하자(瑕疵)는 없다.
'확실해. 배수 짓이야. 이건 중대 사건이닷!'
박장궤는 주판을 밀쳐 내고 벌떡 일어섰다.

순간, 그의 눈이 촛불에 일렁이는 그림자를 찾아냈다.
"누구……."
앞에 선 자는 씨익 웃었다.
'저자…… 기억나. 개봉 배문에서 제일 손이 빠른 자. 이름이 등천조인가 될 텐데…… 개봉! 개봉망주 천은탁은 전 문주의 수족이나 다름없는 자! 사단이다.'
박장궤의 몸놀림이 달라졌다.
착실하지만 융통성이라고는 손톱만큼도 없는 꽁생원에서 살기를 무럭무럭 피워내는 무림고수로 탈바꿈했다.
"후후후! 이름이 생각나는군. 등천조. 맞지? 무슨 짓이냐! 개봉을 떠나서는 안 되는 문규(門規)를 잊었을 리는 없고."
"너무 짖어대."
"뭣……?"
"개가 짖는 것도 어느 정도지, 너무 짖어댄단 말야. 지금은 밤이잖아. 밤에 그렇게 짖어대면 동네 사람들이 다 듣지."
'이자가 뭘 믿고…….'
박장궤는 분노보다는 경계를 했다. 한데,
슈욱!
그의 경계심은 너무 늦었다.
"컥!"
박장궤는 신음을 터뜨리며 가슴을 비집고 튀어나는 물체를 바라봤다. 창끝이다. 거무튀튀한 창끝이 붉은 피를 머금고 튀어나와 있다.
"후… 후후! 개봉망주 천은탁…… 그렇게도 말했는데…… 일찍 제거하지 않으… 면 당한다고……."

박장궤는 자신을 찌른 자가 누군지 보려고 고개를 돌렸다. 그러나 그러지도 못했다. 등 뒤에 있는 자는 창이 두 개인지 정확히 심장을 관통한 다른 창끝이 또 튀어나왔다.

◆第四十九章◆
복위(復位)

하오문 총단이 하남성 여주부(汝州府) 상점진(上店鎭)에 있다는 사실은 극비 중의 극비다.

그곳은 또 하오문 하남성 모지가 있는 곳이기도 하다.

하오문의 세력권은 중원 전역에 널려 있다.

각 성(省)에는 망주를 휘하에 두고 있는 모지가 있고, 하오문주는 특별한 일이 없는 한 모지에 머문다.

하오문주가 사천성 모지에 둥지를 틀면 하오문 총단은 사천성 모지가 되는 것이고, 하남성 모지에 머물면 그곳이 총단이 된다.

역대 대다수의 하오문주는 하남성 모지에 총단을 마련했다.

중원 전역에서도 가장 문물이 발달한 곳이기도 하려니와 중원무림의 중심지라고 할 수도 있기에 하남성에서 벗어나면 왠지 중심지에서 쫓겨나는 것이라고 생각했기 때문이다.

현 하오문주도 하남성 모지에 자리를 잡았다.

밤이 깊은 시각인데도 상점진의 허름한 고택(古宅)에서는 불빛이 새어 나왔다. 망주 천은탁이 초조한 모습으로 대문 앞을 서성이는 모습도 보였다.

저벅! 저벅……!

어둠 속에서 발걸음 소리가 들려오자 천은탁은 한껏 경계를 하면서도 기대에 찬 눈으로 어둠 속을 쳐다봤다.

저벅! 저벅!

발걸음 소리가 점점 가까워졌다.

이윽고 모습을 식별할 수 있게 되었을 때,

"휴우!"

천은탁은 자신도 모르게 깊은 한숨을 내쉬며 가슴을 쓸어 내렸다.

어둠 속에서 나타난 사람은 두 명이었다.

등천조와 살문 십전각 각주인 산화단창.

등천조가 천은탁에게 말을 걸었다.

"망주께서 직접 나와 계십니까?"

"이게 보통 일인가? 이 정도는 해야지. 늦어서 걱정했네. 휴우! 일은 어떻게 됐나?"

"여기 산화단창님께서 깨끗이 끝냈습니다. 다른 쪽은 어떻습니까?"

"모두 도착했네. 어서 들어가세. 수고하셨소."

산화단창은 포권지례로 대답을 대신했다.

등천조와 산화단창이 고택 안으로 스며들듯 사라지자 천은탁은 다시 한 번 주위를 둘러본 다음 대문을 잠갔다.

하오문주, 살천문주, 개봉망주, 개봉 다섯 향주······.

그들은 종리추를 쳐다보며 말문을 열지 못했다.

전광석화(電光石火)처럼 치러진 살겁(殺劫)이다.

전혀 예상하지 못했고 일을 벌일 준비도 되어 있지 않았는데, 종리추는 치밀하게 계획한 듯 순식간에 십은비(十隱秘)를 해치웠다.

반란이란 문주만 해치운다고 성공하는 것이 아니다.

다른 곳은 어떤지 모르지만 하오문은 그렇지 않다.

실질적으로 독립된 세력을 장악하고 있다고 봐도 좋은 모지의 동의를 얻어내지 못하면 문주를 죽이더라도 실패하게 된다.

십은비는 총단에 변괴가 발생했을 경우 각 모지에 반란 사실을 통보하는 임무를 맡고 있다. 단순한 통보가 아니다. 문주의 최후 명령인 반란 주모자를 처단하라는 명령을 담고 있다.

과거 하오문은 문주 직위를 놓고 많은 부침을 거듭했다. 평생 천한 일만 하던 사람들에게 중원 전역에 몇만 명이 될지도 모르는 사람들을 좌지우지할 수 있는 문주가 된다는 것은 크나큰 유혹이었다.

사람들은 싸웠다. 문주가 될 기회만 생기면 잡으려고 노력했다.

무공이 강한 자는 배분이나 위계 질서를 무시하고 하오문주가 되고자 하는 양상까지 보였다.

반란이 일어날 경우 하오문주는 죽었다고 봐야 한다.

하오문의 무공이 무림에 두각을 나타낼 만큼 강했다면 개방이 구파일방에 포함되었듯이 하오문도 무림의 별이 되어 아무도 무시하지 못하는 문파가 되었을 게다.

하지만 하오문은 이렇다 하고 내세울 만한 무공이 없다.

복위(復位) 135

단지 세상 사람들로부터 소외받은 사람들이 모여 조그마한 권익이라도 지키고자 노력할 뿐이다.

그런 상황인데 반란이 일어나면 무사할 리가 없다.

하오문 모지들은 안정을 원했고, 쉽게 반란을 일으키는 상황을 없애고자 노력했다.

십은비는 그런 상황에서 마련되었다.

그동안 모셨던 문주에 대한 마지막 배려로 문주의 마지막 소원을 들어준다는 철칙이 세워졌다.

문주의 마지막 명령은 십은비가 지니고 있다.

그들은 반란이 일어나면 곧장 모지에게 연락하게 되어 있고, 모지는 반란의 주모자가 누구든 그가 하오문주의 직위에 올라 무슨 명령을 내리든 십은비의 마지막 명령을 따르게 된다.

하오문을 봉문(封門)하라면 그렇게 해야 한다. 세상 사람을 모두 죽이라면 그렇게 한다. 모두 자진하라는 명령을 내려도 따른다.

하오문주가 그런 명령을 내릴 리는 없다. 하지만 한 가지만은 어렵지 않게 생각할 수 있다.

반란에 가담한 자들을 죽이라는 명령.

하오문주를 제거하기 위해서는 먼저 십은비를 제거해야 한다.

하오문도 중 십은비가 누군지 아는 사람은 아무도 없다. 십은비들도 자신의 역할만 알 뿐, 다른 아홉 명이 누구인지는 알지 못한다.

십은비를 제거하기는 쉽지 않다.

반란을 일으키기는 더욱 어렵게 됐다.

이 자리에 있는 하오문주가 하오문을 안정시키고자 선택한 고육지책(苦肉之策)이었다. 그가 십이 년 동안 별 탈 없이 하오문주라는 자리를 지킨 힘이기도 했다.

　현 하오문주는 반기를 쳐들 때 십은비를 간단히 제거했다.

　문주밖에 알지 못하는 십은비의 정체를 어떻게 알았을까? 그들의 거처는 또 어떻게 알았고, 그들을 어떻게 한꺼번에 없앨 수 있었을까? 무공도 만만치 않았던 사람들인데.

　의문은 종리추가 풀어주었다.

　"하오문도이든 문도가 아니든 모든 촉각을 문주에게 쏟아 붓고 있는 자."

　"그런 자를 어떻게 알아내는가?"

　"사람의 행동은 똑같을 수 없습니다. 한데 똑같이 움직인다면 의심해 볼 만합니다. 문주가 다른 지방으로 갔을 때 같이 따라가는 자가 누군가? 자신이 직접 움직이지 않아도 선이 닿아 있는 자를 보낼 수도 있겠고."

　"……."

　이해가 되면서도 납득할 수는 없었다.

　그런 사람이 한두 명인가? 설혹 한두 명이라도 그렇지, 모래 알처럼 많은 사람 중에 그런 사람을 어떻게 찾아낼 것이며, 하오문주는 바보란 말인가. 누가 뒤를 캐고 있는 것도 모를 만큼.

　"반란이 일어나고 총단을 움켜쥐는 것은 순식간이죠. 모지가 사태를 알았을 때는 손쓸 사이도 없을 겁니다. 십은비를 마련했다 해도 가장 빨리 연락을 취해서 늦어도 보름 안에는 일을 해결해야 하죠. 모지가 가장 빠른 시간에 총단으로 모이게 만드는 방법은 단 하나, 전서구. 문주에게서 시선을 떼지 않는 자들 중에 비둘기를 기르는 자는 십은비라고 봐야겠죠."

"……."

"총단을 알아내고 반년이면 됩니다. 천 명만 움직이면 반년이면 알아낼 수 있어요."

"처, 천 명!"

놀란 사람은 살천문주다.

살천문에도 정보를 캐기 위해 부심했지만 천 명이라는 인원을 일시에 움직이지는 못한다.

"현재 그만한 인원을 쉽게 움직일 수 있는 문파는 두 곳입니다. 하오문, 개방."

'한 군데 더 있지. 살문. 무섭게 컸군. 살문이 그 정도라니……!'

살천문주는 다시 신음했다.

종리추가 말한 식으로 전 문주를 몰아내고 문주를 차지한 현 하오문주도 놀랍지만, 그런 것을 알아내고 똑같은 방법으로 일시에 십은비를 제거한 종리추 또한 놀랍지 않을 수 없다.

살문의 정보력이 하오문이나 개방에 못지 않다는 것을 말한다.

"현 하오문주가 하오문을 동원했을 리는 없고…… 반란을 일으키는 데는 개방의 입김이 작용하지 않았나 생각됩니다."

"또 개방인가……."

이번에는 하오문주와 살천문주가 동시에 신음했다.

"개방이라고는 할 수 없죠. 개방은 소식통만 빌려주었을 뿐, 실은 구파일방이라고 해야겠죠."

"음……!"

"이제 움직이셔야겠습니다."

종리추가 먼저 일어섰다.

그날도 그랬다.

벌써 삼 년 전이다. 느닷없이 들이닥친 일단의 무리들에게 손쓸 사이도 없이 당했다.

한시도 몸에서 떼어놓지 않던 비수들은 그날따라 손이 닿지 않는 곳에 놓여 있었다. 평소에는 입에 대지도 않던 술을 마신 게 화근이었다. 배금향과 쏙 빼닮은 여인을 만났을 때부터 이상한 징후를 느꼈어야 한다.

그러나 그러기에는 너무 배금향과 닮았다. 얼굴 모습부터 키, 몸매, 말하는 어투까지…… 쌍둥이도 아니고 분신(分身)이라 믿어도 좋을 만큼 닮았다.

치밀하게 계획된 각본대로 움직여 준 결과 죽음 직전에 이를 만큼 치명적인 상처를 입었다.

살았다고 느꼈을 때 제일 먼저 떠오른 것이 십은비.

모지들은 반란을 용납하지 않을 것이다. 구파일방이 나섰다는 것은 짐작하지만 하오문 전 문도를 도륙하지 못하는 한 모지들의 행동을 막을 수는 없다.

한데 그것도 착각이었다.

십은비는 자신이 당하기 바로 직전에 몰살당했다.

모지들은 소식을 듣지 못했고, 그들이 소식을 접했을 때는 소란이 가라앉고 총단이 완전하게 장악된 후였다.

뒤늦게 조작된 십은비가 나타났다.

십은비를 생각해 낸 하오문주조차도 예상하지 못했던 큰 구멍이다.

그들은 하오문주의 유명(遺命)이라며 십여 년 전 살혼부 십망에 가담한 하오문도를 척살하라는 밀지(密旨)를 보내왔다.

무려 이백여 명이 죽었다.

적지인살 일행을 탈출시키는 데 가담했던 사람들, 배금향 향주와 뜻이 맞았던 기녀들…… 모두 죽었다.

구파일방은 십여 년이 지난 지금까지도 과거 살혼부 살수들이 십망을 벗어난 사실을 잊지 못하고 있었던 것이다. 그리고 그들이 탈출할 수 있었던 도주로를 분석했고, 하오문이 걸려들었다.

구파일방은 하오문주의 제거를 택했다.

물증이 있는지, 아니면 심증뿐인지는 모르지만 살혼부 살수들이 십망을 벗어나지 못했다고 공표한 이상 대놓고 징계를 가할 수는 없었으리라.

하오문주에게 문주 직을 되찾아주는 것은 종리추가 갚아야 할 빚이다. 구파일방이 살혼부를 잊지 않고 있다는 사실도 새삼 되새겨 보는 계기가 되었다.

하오문 총단에 가려면 미로처럼 굽이진 골목을 돌고 돌아야 한다.

너무 음침해서 귀신이 튀어나올 것 같은 골목도 있고 사람 한 명이 간신히 지날 정도로 좁은 골목도 있다. 남의 집으로 들어가 뒷문으로 빠져나가는 경우도 있었다.

골목마다 술 취해 자빠져 자는 자, 혹은 부랑배로 보이는 건달들이 어슬렁거려 여간한 담력이 아니면 발을 들여놓기 싫은 곳이었다.

"소리를 지르게 해서는 안 된다. 입에서 단 한 마디도 내뱉지 못하게 하라."

공격 명령이었다.

후사도와 음양철극 골목으로 파고들었다.

"누……!"

골목에 들어서기 무섭게 후사도와 마주친 사내는 입을 벙긋거리다 말고 픽 쓰러졌다.

등 뒤에서 꺼낸 소도가 사내의 복부를 휘젓고 지나간 후였다.

후사도는 쓰러지는 사내의 어깨를 감싸 안았다.

"누가 말하라고 했니? 넌 입을 벙긋거렸잖아. 그러면 안 돼. 알았지? 자, 조용히 가야지."

사내는 연신 입을 벙긋거렸지만 말이 되어 나오지는 않았다.

눈동자에 힘이 풀리더니 스르륵 감겼다.

"누구 집에 가세요?"

음양철극은 할 말을 다 하게 만들었다.

손에는 쇠 심장이라도 가를 만한 병기가 들려 있건만 쳐낼 수 없었다.

"제가 이 동네는 빠삭하거든요. 찾는 곳 있으시면 말씀만 하세요. 두 푼만 주시면 돼요. 아시겠지만 이런 동네는 몇 번 찾아와 봤어도 찾기 힘들거든요. 특히 밤에는 더욱 찾기 힘들어요."

'죽여야 하나……'

철극이 나가지 않았다. 아무리 무정한 것이 사람을 죽이는 병기라고 하지만 콧물조차 제대로 닦지 못하는 어린아이에게까지 무정할 수는 없었다.

"집에 들어가 있거라."

"에이, 아저씨도 참 야박하네. 좋아요, 그럼 한 푼만 줘요. 누구 집을 찾아요?"

"들어가지 않으면 혼난다."

"알았어요. 들어간다고요. 성질 낼 건 뭐예요!"

소년은 투덜거리며 걸어가기 시작했다. 순간,

쉬익!

허공에서 부드러운 바람이 일어난다 싶었는데 멀쩡히 걸어가던 소년이 픽 꼬꾸라졌다.

음양철극은 미풍을 제지하지 않았다. 자신의 손으로 해결할 수 없었을 뿐, 해결하기는 해야만 했던 일이다.

"죽일 때는 무정하라. 문주님 말씀을 잊었군."

후사도였다.

"잊은 게 아닙니다. 무정해야 한다고 생각했지만 마음은 유정이 되더군요."

"유정이라…… 덕분에 일이 복잡하게 꼬였어."

종리추가 입도 벙긋거리지 못하게 하라는 데는 이유가 있었다. 굽이지고 꺾어진 곳이 워낙 많은 골목길. 꺾어진 저쪽에 무엇이 있는지는 아무도 모른다.

혹 저쪽에 사람이 있다면 말소리가 들렸을 경우 경종을 울리는 격이 되고 만다.

살수에게 존재하지 않는 말이 있다면 '혹시' 라는 말이다. '혹시' 라는 말처럼 필요없는 말도 없다.

골목길 저쪽에는 사람이 있었다.

그는 음양철극과 소년이 나누는 말을 들었고 모습을 감췄다.

쒜에엑! 쒜엑……!

화살이 비 오듯 날아왔다.

음양철극과 후사도는 직각으로 꺾여진 골목을 들어서지 못했다. 고개만 내밀었다 하면 쇳소리와 함께 화살이 날아오는 통에 누가 쏘아대는지조차 알아내지 못했다.

골목 저쪽에 있는 자는, 혹은 자들은 대낮에 화살을 쏘는 듯 정확히 쏘아댔다.

'이건 방법이 없어.'

음양철극은 후회 막급했다.

한순간의 동정이 이런 사태를 불러왔다.

"한 시진을 넘기면 십은비를 죽인 효과는 사라진다. 십은비가 죽었다는 사실을 하오문주가 알게 되면 끝이야. 서신을 쓰고 직인을 찍고 전서구를 날리면…… 모지들은 십은비가 날린 전서로 알 테지."

종리추는 십은비가 죽은 사실을 하오문주가 알게 되는 시각으로 한 시진을 잡았다. 즉, 하오문주가 변괴를 알게 되는 시간에 목숨을 거두지 않으면 실패한다는 말이다.

서신을 쓰고, 직인을 찍고, 전서구를 날리는 시간은 계산에 넣지 않았다. 그런 시간은 그야말로 촌각이면 충분하니까.

'틀렸어.'

음양철극과 후사도는 어떻게 해볼 방도가 없었다.

목숨을 버려서라도 난국을 타개할 수 있으면 백 번이라도 내놓겠지

복위(復位) 143

만 지금은 한 사람의 목숨을 버린다고 해결될 문제가 아니었다.
 하오문 개봉 분타는 오늘부로 제명된다.
 망주 천은탁을 비롯한 향주 다섯 명은 한시 빨리 중원을 벗어나야 한다, 하오문의 추적을 피하려면.
 이미 하오문주는 사태를 파악했다.
 주변이 이렇게 소란스러운데도 알지 못했다면 그는 정말 문주가 될 자격이 없는 작자다.
 "몸을 빼야겠다."
 후사도가 어쩔 수 없이 결단을 내렸다.
 "그럴 수 없습니다. 제가 어떻게든……."
 음양철극은 종리추를 볼 낯이 없었다.
 처음으로 겪는 실패다.
 그렇다고 마냥 있을 수도 없다. 골목으로, 지붕을 타고 하오문도는 속속 늘어나고 있다. 자칫 시간을 지체하면 자신들조차 빠져나갈 수 없는 처지에 놓인다.
 "안 되겠어. 가자!"
 후사도는 음양철극의 어깨를 강제로 잡아당겼다.

2

 폭멸살도(爆滅殺刀)는 어른 키만한 대도를 움켜쥐고 의자에 앉아 허공을 노려보았다.
 그의 무공은 싸움판에서 익혀진 것이라 실용성이 강하다. 본인 스스로 '비무는 자신없지만 싸움이라면 어떤 놈하고도 자신있다'고 큰소리칠 만큼 파괴적인 도법을 구사한다.
 그는 싸움 냄새를 맡았다.
 싸움이 일어나기 전에는 으레 그렇듯이 머리끝부터 발끝까지 자르르하니 전율이 흐른다.
 싸움을 하다 보면 이길 때도 있지만 당할 때도 있다.
 질 때의 고통은 생각하기도 싫을 만큼 괴롭다. 하지만 이길 때의 쾌감은 말로 표현할 수 없을 만큼 짜릿하다.
 싸움을 즐기는 대다수의 사내들은 이런 맛 때문에 계속 싸움판을 기웃거린다.

　폭멸살도는 전형적인 싸움꾼이다.

　그는 가만히 앉아 있기보다는 싸움판에 뛰어들어 대도를 마음껏 휘두르고 싶어한다.

　대도에 척 걸리는 인육의 촉감은 세상에 존재하는 그 어떤 쾌감보다도 진하다.

　하오문주라는 직위는 많은 수하들이 있기에 즐겁다.

　작은 왕국의 왕이 되어 존경과 공경을 받는 몸이 되는 것이니 즐겁지 않을 리 없다.

　괴로운 점이 있다면 바로 지금과 같은 때다. 싸움 냄새가 진하게 풍기고 있는데 수하들에게만 싸움을 맡겨야 위신이 서니.

　'빌어먹을! 어떤 놈이 반란을 일으킨 듯한데…… 아이구! 몸이 근질거려 죽겠네.'

　폭멸살도는 금방이라도 의자에서 엉덩이를 떼고 싶었다.

　그 시간, 권붕(權棚)은 낯선 손님을 맞았다.

　"뉘시오?"

　일견하기에도 범상치 않아 보이는 무인들이다.

　"빨리 문주에게 기별을 넣어라. 구감일(俱邯一)이 왔다고 하면 아실 게다."

　'이자가 어디서 반말지거리를 해대는 거야. 혓바닥이 반 토박인가! 빌어먹을! 오늘 일진이 왜 이 모양이야.'

　권붕은 범상치 않아 보이는 무인 두 명이 두렵기는 하지만 자리를 뜨지는 않았다.

사태가 이상하게 돌아간다. 이럴 때 자리를 잘못 비우기라도 했다가 사단이 벌어지면 뒷감당을 하지 못한다. 목숨을 내놓거나 병신이 될 게 뻔한데 어떻게 움직일 수 있는가.

"이 자식이! 빨리 보고하지 않고 뭘 해!"

'호, 혹시… 다른 부(府)에서…….'

권붕은 자신에게 내려진 임무를 상기했다.

"저…… 시, 신패(信牌)를……."

권붕의 음성은 안으로 잦아들었다.

낯선 무인들이기는 하지만 서슬이 시퍼래 함부로 대할 수 없었다.

"신패는 무슨 신패! 총단에서는 신패가 통하지 않는다는 걸 몰라! 빨리 문주님께 보고나 하란 말야!"

낯선 무인은 검이라도 뽑아 들 기세였다.

"자, 잠시만… 잠시만 기다려 주시면……."

신패를 보여달라는 것은 그냥 해본 소리였다.

골목길을 통과할 때는 신패를 사용하지만 낯선 자가 총단 안으로 들어가기 위해서는 반드시 문주나 모지의 허락이 떨어져야 한다. 예외는 없다.

그는 아무런 재주가 없다. 배수 짓도 못하고 도둑질은 담이 약해 더더욱 못한다. 마차는 그럭저럭 몰 수 있지만 워낙 힘든 일이라 하기 싫어한다.

그는 아무런 재주도 없으면서 하오문에 몸을 담았다.

그가 맡은 일은 오직 하나, 누가 찾아오면 최대한 시간을 지연시키는 임무다. 그 누가 되었든 상황이 아무리 급박하더라도 그는 상대를 지연시킬 임무가 있다.

아무런 재주도 없는 그가 충분한 용채를 얻어 쓰면서 하오문에 기숙하는 이유다.

'빌어먹을! 언제까지 이렇게 있어야 하는 거야. 이러다가 정말 목이라도 잘리는 것 아냐.'

권붕이 어쩔 줄 몰라 쩔쩔매고 있을 때 안에서 사내 한 명이 걸어나왔다.

그가 방문자를 막고 있는 동안 숨어 있는 자들은 방문자의 신분 내력을 알아내고 있을 게다. 찾아온 용건이며, 어쩌면 대응 방책까지도 준비했을지 모른다. 하오문의 넓은 정보력이라면 충분히 그럴 공산이 크다.

'휴! 살았군. 총호법께서 직접 나오셨으니. 휴우! 그런데 이놈들 도대체 누구기에 기세가 이렇게 등등해. 어디 총호법 앞에서도 그렇게 기세등등한지 보자. 분명히 간살스런 목소리로 아양을 떨면서……'

권붕의 생각은 뚝 그쳤다.

낯선 무인들과 총호법이 마주 섰을 때 공손한 태도를 보인 사람은 오히려 총호법이었다.

"안으로 드시지요. 문주님께서 기다리고 계십니다."

총호법은 허리를 깊숙이 굽혔다.

"구감일, 여긴 어쩐 일이야. 옆에 모시고 온 손님은 누구고?"

폭멸살도는 자리에서 일어나지도 않고 물었다. 의자에서 엉덩이를 떼기만 하면 자신도 모르게 소란이 일고 있는 바깥으로 달려나가게 될 것 같아서.

"반란이 일어났습니다."

"흥!"

폭멸살도는 코웃음 쳤다.

이렇게 소란스러운 반란은 없다. 아니, 소란스러워졌다는 것은 반란이 실패로 돌아갔다는 것을 의미한다.

"넌 뭘 좀 아는 것 같은데, 들어나 보자. 어떤 놈이 반란을 일으킨 거야?"

"개봉망주 천은탁입니다."

구감일은 서슴없이 대답했다.

"네가 그걸 어떻게 알아?"

"이분이 소식을 전해왔습니다."

구감일은 옆에 선 무인을 가리켰다.

폭멸살도는 방금 전 자신이 던진 질문을 잊어버렸다.

십은비……. 그들은 문주의 신변에만 관심을 쏟게 되어 있다. 기타 무림 동향이나 다른 정보는 수집할 의무도 없고, 그럴 위치에 있지도 않다. 그들의 임무는 오직 모지들에게 전서구를 날리는 것뿐이다.

그들은 반란이 일어난 다음에야 사태를 알게 되는 것이다.

그런데 찾아와서 불쑥 한다는 말이 반란이라니…… 분명히 이상한 일이고 이상하게 생각했지만 옆에 서 있는 무인의 기도가 범상치 않아 관심이 그쪽으로 쏠렸다.

"누구요?"

"전에는 일수혈(一手血)이라고 불렸는데, 기억하십니까?"

"무, 문주!"

폭멸살도는 기어이 의자에서 일어났다. 그것도 벌떡!

"무슨 말씀을……. 문주는 당신 아니오?"

"아, 아냐! 당신은 문주가 아냐! 처음 보는 얼굴인데."

폭멸살도의 경악성은 낯선 사내의 행동을 보고 난 다음 침묵으로 이어졌다.

자신을 일수혈이라고 소개한 사내가 얼굴에서 가죽을 벗겨냈다. 그러자 눈에 익은 얼굴이 나타났다. 전 하오문주. 자신이 대도로 옆구리를 찍었던 그자…….

"흐흐흐! 살아 있었군. 목숨이 오질게도 질겨."

폭멸살도는 당황하지 않았다.

사태가 어떻게 돌아가는지도 생각하지 않았다. 십은비가 죽었는지 살았는지, 구감일이 왜 일수혈과 같이 있는지 그런 것을 생각하기에는 안에서 솟구치는 혈기가 너무 뜨거웠다.

그는 싸움 냄새를 맡았고 즐기고 싶을 뿐이다.

"폭멸살도, 하극상(下剋上)에 대한 형벌은 죽음이다. 널 하극상으로 처단해야겠다."

"흐흐흐! 문주의 일수혈은 귀가 따갑게 들었지. 어디 한번 견식해 볼까?"

스르릉……!

폭멸살도가 대도를 뽑아 들었다.

싸움은 그들보다 다른 곳에서 먼저 시작되었다.

구감일이 번쩍 하는가 싶더니 총호법의 면전으로 내려서며 일각(一脚)을 뻗어냈다.

쉬익!

총호법은 막 검을 뽑으려던 참이었다. 위기를 느낀 총호법이 상체를 뒤로 누이며 머리로 날아드는 일각을 피해냈다. 아니, 피해냈다고 믿었다.

허공에서 내지른 발길질이, 얼굴을 걷어차던 발길질이 문어발처럼 흐느적거리며 수직으로 뚝 떨어져 내릴 줄 누가 알았는가.

퍼억!

총호법의 몸뚱이는 워낙 큰 타격에 위로 솟구친다 싶더니 청석 바닥에 처박혔다. 상체를 뒤로 눕힌 것은 그의 의지였으나, 상체가 위로 퉁기고 이어서 바닥에 패대기쳐진 것은 그의 의지가 아니었다.

가슴에 쇠망치로 얻어맞는 충격을 느낀 것이 마지막 고통이었다.

구감일은 공격하던 기세 그대로 떨어져 내리며 총호법의 머리를 향해 한 번 더 발길질을 했다.

퍼억!

머리가 뒤로 뚝 꺾였다. 그 충격에 목뼈도 꺾여 나갔다.

구감일의 신형은 꽃밭을 나는 나비처럼 대청 안을 누볐다.

퍼억! 퍽퍽!

곳곳에서 둔탁한 타격음이 흘러나왔다.

하오문주를 호위하는 십이호법은 그의 상대가 아니었다.

복부를 걷어차던 발길이 위로 솟구쳐 얼굴을 걷어찬다. 이기각(二起脚)을 시전하는 듯하더니 선풍각(旋風脚)이 되어버린다.

구감일의 각법은 단순했다. 누가 봐도 한눈에 알아볼 수 있는 각법이었다. 무공을 배우기 시작한 초심자도 펼칠 수 있는, 도저히 절정무공이라고 할 수 없는 각법이었다.

그러면서도 현란했다. 단순함과 단순함이 어울린 것뿐인데 방향을 종잡을 수도 없고 막아낸다는 것은 더 더욱 생각할 수 없었다.

차 한 잔 마실 시간도 되지 않아서 총호법을 비롯한 십이호법은 유명을 달리했다.

그들은 자신의 죽음을 믿지 못하겠다는 듯 눈을 부릅뜬 채 죽었다.

"저, 저것! 저것……!"

폭멸살도는 방금 본 사실을 믿을 수 없었다.

환상인가 싶어 눈만 끔벅거렸다.

구감일은 십은비 중에서 가장 무공이 강한 자이기는 하지만 이 정도는 아니다. 지금 구감일이 보여준 무공은 자신이 상대하기에도 벅차 보이지 않는가.

'십은비가 죽었어!'

폭멸살도는 구감일이 자신이 알고 있는 구감일이 아니라고 단정 지었다. 처음 품었던 의문, 십은비인 구감일이 왜 이 자리에 나타났을까 하는 의문도 생각났다.

'당했군.'

오늘은 승리의 쾌감보다 패배의 고통이 기다리는 날이다.

폭멸살도는 대도를 고쳐 잡고 자신이 충성을 맹세했던 문주를 쳐다보았다. 그리고 말했다.

"문주."

"아직도 문주인가?"

"흐흐흐! 좋아, 일수혈. 저자와 싸워야 하나? 아니면 너와 싸울까?"

"……."

"흐흐흐! 난 어느 놈이든 상관없어."

"죽을 것이기 때문에?"

"흐흐! 그건 싸워봐야 아는 일이고."

"폭멸살도."

"말해."

"넌 기껏해야 향주나 될 놈이야. 망주나 모지가 되기 위해서는 무공도 중요하지만 머리가 있어야 돼. 넌 무공은 있으나 머리가 없어. 싸움판에 써먹기는 적당하나 수하를 맡기기에는 불안한 놈이야."

"흐흐흐! 맘에 안 드는 평가군."

"네놈도 하오문도라면…… 말해라. 누가 널 사주했나?"

"흐흐! 일수혈, 넌 똑똑한 놈이잖아? 스스로 알아봐. 차앗!"

폭멸살도는 성난 호랑이처럼 덤벼들었다.

일수혈은 천수여래가 되었다.

양손이 허공을 휘젓는 것까지는 보았는데 어떻게 해서 손이 열 개로 불어났는지도 보지 못했다.

퍼억!

비수 한 자루가 미간을 파고들었다.

퍼억! 퍽퍽퍽……!

또 한 자루가 심장을 화끈하게 지졌다. 또 한 자루는 목젖을 관통했고, 또 한 자루는…….

"컥! 컥컥……!"

폭멸살도는 무릎을 꿇고 숨을 헐떡였다. 그것도 잠시, 그의 몸은 밑동 잘린 거목처럼 무너졌다.

하오문 총단은 밤새도록 불을 밝혔다.

할 일이 너무 많았다. 그중 제일 먼저 할 일은 폭멸살도의 수족을 잘라내는 일이다.

살문 십사전각 각주들에게 저항할 의사를 잃어버린 자들의 목을 베는 것쯤은 식은 죽 먹기보다 쉬웠다.

밤새도록 살육이 계속되었다.

십사각주는 화상(畵像)을 서너 장씩 지녔고, 화상 속 인물들이 어디 있는지조차 알고 있었다.

'이건 싸움이 아냐. 살육이야.'

살천문주는 하오문주가 복위하는 모습을 처음부터 끝까지 지켜봤다. 종리추가 어떤 명령을 내리고 십사각주들이 어떻게 움직이는지도.

종리추는 심복인 십사각주에게조차 말할 필요가 없는 일들은 말하지 않았다.

후사도와 음양철극은 성동격서(聲東擊西)의 계(計)를 정말 몰랐다.

그들은 자신들이 골목길을 뚫어야 하고, 그래야 하오문 총단으로 쳐들어갈 수 있다고 믿었다.

후사도와 음양철극이 싸움이 끝난 후에도 문주에게 쉰소리 한마디 하지 않는 것도 놀라운 일 중 하나다.

온갖 계략에 익숙해져 있지 않다면 하다못해 퉁명스런 푸념이라도 내뱉는 것이 인간의 마음이 아닌가.

'살문 살수들은 계략에 능통해.'

살문은 무섭다.

살문을 힘을 빌린다면 자신도 살천문주의 직위를 되찾을 수 있을 것 같다.

하지만…… 아니다.

하오문과 살천문은 입장이 다르다.

하오문주나 살천문주나 구파일방의 눈 밖에 벗어났다. 그래서 당한 모반이다.

하오문주는 문주로 복위할 수 있다.

그는 십은비의 허점을 알고 있으니 보완 조치를 하게 될 게다. 구파일방은 마음에 들지는 않지만 똑같은 방법을 사용할 수는 없을 테고.

당분간 일수혈은 하오문주의 직위를 누릴 수 있다.

살천문은 그런 조치도 없고, 인원도 구파일방이 염려할 만큼 많은 것도 아니다. 하오문을 몰살하려면 심각하게 숙고해야 하지만 살천문을 몰살하는 정도는 밥을 먹다가도 결정할 수 있다.

"휴우!"

살천문주는 한숨을 내쉬었다.

모지들은 전대 문주가 복위한 사실을 알고 오히려 다행스러워했다.

폭멸살검은 문주 직을 찬탈하는 데는 성공했지만 신망을 얻는 데는 실패했다.

일수혈은 하오문을 빠르게 장악해 나갔다.

표면적으로는 문주가 바뀐 문파 같지 않게 평온했다.

하오문주는 보고 싶지 않은 자의 방문을 받았다.

도관(道冠)을 쓰고 도복(道服)을 입은 사람.

"무당파의 현복(玄馥)이오."

마주 앉아 차를 마시기도 싫은 자. 아니, 얼굴을 마주 보기도 역겨운 자다.

현복(玄馥) 도인(道人)은 무당파 팔궁(八宮) 중 태황궁(太皇宮)을 맡고 있다. 그렇다고 궁주(宮主)라고 하지는 않는다. 무당파는 장문인을 제외한 모든 사람은 직책을 부르지 않고 도호(道號)를 부른다.

"요수과의계율초(要修科儀戒律鈔)를 읽어본 적이 있으시오?"

아! 피곤하다. 귀를 막고 싶다.

"인간의 육신에는 신(神)이 있다오. 일정한 시간마다 하늘에 올라가 선악(善惡)을 보고하는데, 백팔십 번 죄를 지으면 모(耗)라 하여 가축이 잘 크지 않는다오. 백구십 번 죄를 지으면 루(瘻)가 되어 병이 걸리고, 오백삼십 번 죄를 지으면 소흉(小凶)이라… 사산아를 낳게 되죠."

어떻게 이런 말을 태연자약하게 할 수 있을까? 필요할 때는 하수인처럼 부려먹고 거침없이 문주도 갈아치우려는 자들이.

"죄를 칠백이십 번 지으면 대흉(大凶), 아들을 낳지 못하고 딸만 낳게 되며, 팔백이십 번이면 앙(殃), 장님이나 귀머거리가 된다오. 천팔십 번이면 화(禍), 재난을 만나 죽게 되고, 천이백 번이면 잔(殘), 폭도에게 습격을 당하며, 천육백 번이면 구(咎), 후손이 끊기고, 천팔백 번이면 색(塞), 다섯 대에 걸쳐 불행해지지요."

탁자에 놓인 차가 싸늘하게 식어갔다.

이번 사건으로 얻은 교훈이 있다면 타인과 같이는 절대 먹을 것을 먹지 않는다는 것이다.

"하오문주께서 이번에 어려운 일이 있었던 것은 전부 죄를 범했기 때문이오. 다행히 구함을 받아 다시 문주에 오르셨으니 앞으로는 선행을 항시 염두에 두어야 할 것이오."

"차가 식습니다."

차를 권했다.

현복도인은 힐끔 쳐다본 후 차를 마셨다.

"이번에 살문 도움을 많이 받았다고 들었소만……."

'이것이었군. 너구리 같은 놈들.'

하오문주는 긍정도 부정도 하지 않았다. 옅은 미소만 살짝 지어 보였다.

"살문은 살수 문파로 알고 있는데, 맞는지 모르겠소."

"야인(野人)으로 떠돌다 돌아온 지 얼마 되지 않아서……."

"그렇겠구려. 이제 막 옛집으로 돌아왔으니 무얼 알겠소만, 우린 살문을 예의 주시하고 있소. 살문이 정말 살수 문파라면 십망을 발동시킬 생각이오."

"……."

"살문과 쌓은 교분이 있다면 잊는 게 좋을 것 같소. 이제 막 문주에 복위했으니 모를 것 같아서 알려주는 게요."

결국 살문과 교분을 쌓지 말라는 말이다.

그 말을 하기 위해 무당파 현복 도인이 직접 하오문을 방문했다?

'살문이 신경 쓰인다 이거군.'

살문이 도와준 것은 고맙지만 교분은 끊어야 한다. 그것이 살문이 살고 하오문이 사는 길이다. 구파일방은 무림 동태를 예의 주시하고 있으며, 살천문이 그랬고 하오문이 그랬듯 이번에는 살문주가 표적이 되어가고 있으니까.

"충고 받들지요."

하오문주는 공손히 대답했다.

◆第五十章◆
참혈(斬血)

1

"웬 놈이냐!"

"소리치지 마. 귀 안 먹었어."

"뭣?"

"물었으니까 대답해 주지. 널 죽이러 온 사람."

"뭐? 네깟 놈이?"

"호오! 제법이군. 네 번째야."

"이놈이!"

"죽이러 왔다는데도 비웃는 놈이 네 번째로 많았다는 거야. 세 번째로 많았던 놈은 살려달라고 애원하는 놈이었고, 두 번째는 사력을 다해 도망치는 놈이었지. 아! 정말 피곤했어."

"하하하! 재미있는 놈이군. 살천문에서 온 놈이냐, 아니면 살문에서 온 놈이냐?"

참혈(斬血)

"그건 다섯 번째야. 많이 듣는 흔한 질문이지. 세상에 사람 죽일 곳이 살천문과 살문밖에 없나? 그런 질문들을 하게."

"건방진 놈! 실력은 있나?"

"당해보면 알지. 사실 네놈 정도는 내가 직접 오지 않아도 충분한데 어쩐 일인지 네 목숨만은 꼭 나보고 거두라고 해서 말야."

"이런! 천둥벌거숭이 같은 놈……!"

"이제 거둬야겠어. 밤이 길어서 좋을 건 없으니까. 먼 길을 왔더니 술 한잔 들이킨 다음 푹 쉬고 싶거든. 아! 술은 마셨나? 죽음의 공포를 잊는 데는 역시 술이 최고야."

"미친놈!"

쉬익!

목숨을 가지러 온 자는 양손을 활짝 펼치고 한 마리 새처럼 날아올랐다.

"이, 이건 용비구천(龍飛九天)! 운룡대구식!"

사내는 크게 놀랐지만 무인답게 대응도 빨랐다.

양손으로 창을 꽉 움켜잡고는 허공을 향해 곧장 찔러냈다.

순식간에 열다섯 번을 찔러낸다는 일창십오변(一槍十五變)이었다.

쉬익! 쉭……!

살수는 허공에서 허리를 틀어 재차 솟구쳤다.

운룡대구식은 허리의 탄력을 대단히 중요시한다. 허공에 뜬 상태로 신형을 네 번 미만으로 변화시키면 초급이요, 네 번에서 여섯 번 사이로 변화시키면 중급, 일곱 번 이상 변화하면 상급으로 간주한다.

신법 하나만으로도 무공의 척도를 알 수 있다.

살수는 무려 여덟 번이나 신형을 변화시켰다.

사내의 일창십오변도 변화난측하고 빨랐지만 살수를 잡아내기에는 변화가 너무 느린 듯싶었다.
"하하하……!"
살수의 입에서 낭랑한 웃음이 새어 나왔다.
순간 사내는 보았다, 사내의 오른쪽 무릎이 굽혀지면서 빙그르르 신형이 도는 것을. 왼쪽 발이 빙글 도는 신형을 따라 팽이에 칼날을 붙여 놓은 것처럼 휘저어오는 것을.
'회, 회련각(回連脚)! 이자가 누구이기에 곤륜 무공을!'
감탄만 하고 있을 시간이 없었다.
회련각은 무서운 속도로 전신을 짓이길 듯 다가왔다.
"차앗!"
사내의 입에서 고함이 터지며 창대가 허공을 갈랐다.
찌르는 수법으로는 효과를 보지 못했으니 후려치는 타법으로 다가오는 속도를 제지하겠다는 심산이었다.
빠악!
회련각과 창대가 강렬하게 부딪쳤다.
일반적으로 창대로 후려치면 피하는 것이 상리인데, 살수는 몸뚱이가 바위로 만들기라도 한 듯 거침없이 부딪쳐 왔다.
충격을 받은 사람은 사내다.
창대로 후려치기는 했는데 마치 쇠로 만든 바위를 두들긴 듯하지 않는가.
사내는 손목이 얼얼해지는 충격을 받았다.
충격뿐이면 괜찮을 텐데 손아귀가 찢어지는 느낌이 들면서 굳게 잡고 있던 창이 손아귀를 빠져나가 허공을 날았다.

"헉!"

사내의 입에서 다급한 경악성이 터져 나왔다.

회련각은 반탄력과 회전력을 모두 이용하는 각법이다. 발경을 극대화시킨 초식으로 파괴력이 강력하다.

퍼억!

회련각은 여지없이 사내의 얼굴을 짓뭉갰다.

사내의 얼굴 뼈가 안으로 함몰되며 핏물이 터져 나왔다.

사내는 비명도 지르지 못했다. 자신이 허무하게 쓰러질 줄은 더 더욱 몰랐다는 듯 손발에 잔경련만 일으켰다.

"이봐, 난 상당히 인자한 사람이라고. 사람이란 죽는 순간보다 죽음을 떠올리는 순간이 괴롭지. 난 그럴 시간을 주지 않아. 깨끗이 죽여주지. 넌 첫 번째가 무어냐고 묻지도 않더군. 그래, 의외로 묻지 않는 사람이 많지. 긴장했기 때문에. 이게 첫 번째야. 아무 소리도 하지 않고 부들부들 떨기만 하는 것. 하하하!"

사내는 경련조차 멈췄다.

그의 육신이 싸늘하게 식어갔다.

"안타까운 노릇이군. 여인을 죽이기는 싫었는데…… 여자면 여자다운 별호를 지녔어야지. 쯧! 탈혼삼도(奪魂三刀)라니. 여자에겐 어울리지 않는 별호야."

"웬 놈이냐!"

여인의 눈에서 얼음 조각이 쏟아졌다.

여인은 느닷없이 나타나 앞을 가로막은 사내를 보고도 눈썹 한 올 까딱하지 않았다.

스르릉……!

보기에도 섬뜩한 대도가 뽑혔다.

중원에서는 쉽게 볼 수 없는 만월도(滿月刀)였다.

"몽고 놈이냐!"

"곧 죽을 계집이 묻는 것도 많군. 그냥 죽어. 퉤! 오늘 정말 재수 옴 붙었군. 계집을 죽이라니."

가라랑……!

여인이 차가운 눈빛으로 도를 뽑아 들었다.

여인이 사용하기에는 부적합한 대도(大刀)다. 칠척거한들이 즐겨 사용하는 애병 중 하나로 자유자재로 도결을 뿌려내기 위해서는 타고난 신력(神力)이나 정순한 내공이 필요하다.

대체로 대도를 사용하는 자들은 전자가 대부분이다.

내공이 정순한 사람들은 대도를 사용하기보다는 소지하기 간단한 병기를 택하곤 한다. 그것으로 충분했으니까.

"대도라……"

사내가 중얼거렸다.

"대도라면 내가 전문이지. 하지만 난 병기를 바꿨어. 내 무공에는 대도보다는 이 만월도가 훨씬 낫거든."

사내의 말을 듣고 여인은 생각했다.

'만월도는 공기를 가르는 예기(銳氣)가 보통 날카로운 게 아니지. 속도에 치중하는 도법을 구사하겠군. 전에 대도를 사용했다면 패도(覇刀)를 사용했다는 말인데, 패도에서 쾌도로 전환했다? 완전한 쾌도는 아냐. 적당한 선에서 혼합한 도법이야.'

사내는 많은 단서를 주었다.

"물어도 말을 하지 않을 놈 같은데, 죽일 목적이라면 빨리 하자. 너 같은 놈하고 오래 있고 싶지 않아."

"계집이 입까지 거칠군."

사내는 만월도를 축 늘어뜨리고 일정한 보폭으로 걸어왔다. 그런데 왜일까? 그가 거침없이 성큼성큼 걷고 있다는 생각이 드는 것은.

"타앗!"

여인이 한달음에 달려나오며 대도를 휘둘렀다.

휘이잉……!

대도가 흐르는 것이 아니라 굵은 나무 기둥이 공기를 가르는 것 같은 소리가 울렸다.

여인의 몸으로 도를 사용하며 탈혼삼도라는 별호를 얻었을 만큼 높은 경지를 이뤘다. 싸움에서 삼 초(三招) 이상 도법을 시전한 적이 없기 때문에 얻어진 별호다.

휘이잉……!

제일초는 실낱같은 차이로 어깨 부근을 스쳐 갔다.

사내가 몸을 뒤로 빼지 않았다면 여지없이 목이 잘렸을 순간이었다. 여인의 도법은 강풍이 몰아치는 것 같았고 빠르기까지 했다. 무게가 상당한 대도를 나뭇가지처럼 휘두르는 것으로 보아 엄청난 신력이 있거나 내공이 상당히 높은 여자다.

휘이이잉……!

옆으로 흘러가던 대도가 땅으로 뚝 떨어지더니 밑에서 위로 올려쳐 왔다. 오른쪽 옆구리에서 상반신을 노리는 도법으로 전신의 모든 기력이 대도에 몰려 있는 만큼 무조건 피하는 것이 상책이다. 여인이 피할 틈을 줄지 모르지만.

이런 도법을 대하면 무인들은 뒤로 한 걸음 정도 물러서는 것이 보통이다. 그리고 대도가 위로 흘러간 틈을 타 바짝 다가서게 된다. 여인은 양손으로 대도를 휘두르고 있고 대도가 빗나갔다면 왼쪽 반신이 노출되기 때문이다.

사내는 뒤로 한 걸음 물러섰다.

여인은 상식과 달랐다. 위로 흘러가던 대도를 멈춰 세우더니 도신(刀身)을 빙그르르 회전시키면서 곧장 찔러왔다.

사내의 몸도 회전했다.

왼발을 축으로 반 바퀴 정도 빙글 돌았다. 손에 들려 있는 만월도도 신형을 따라 회전했다. 만월도를 휘돌린 것이 아니라 신형이 도니 마지못해 도는 듯 힘이 실려 있지 않은 듯했다.

타앙!

처음으로 만월도와 대도가 부딪쳤다.

만월도는 나비처럼 너울거렸고 대도는 장사가 나무를 뽑아 휘두르는 것처럼 무지막지했다.

그러나…… 결과는 의외였다.

힘이 없어 보이는, 도병(刀柄)을 손끝으로 살짝 잡은 듯 금방이라도 놓쳐 버릴 것 같던 만월도가 대도의 도신을 밀어 올렸다.

그 순간 만월도는 또 한 번의 변화를 보였다.

싸아악……!

여인은 눈을 부릅떴다.

대도가 위로 치켜진다 싶은 순간 손아귀에 더욱 강한 진기를 밀어 넣었건만…….

사내는 찍어 내리는 대도를 무시하고 가슴을 베어버렸다. 그리고 대도가 반으로 쪼개기 전에 옆으로 두 걸음이나 물러섰다.

무섭도록 빠른 신법이다.

'패도가 아니었어. 쾌도였어. 이자는 처음부터 쾌도였다. 도를 사용하되 힘이 아닌 속도로 중시하는……'

쩍 갈라진 가슴에서 피가 솟구쳤다.

여인은 대도가 무거운 듯 툭 떨구며 사내를 쳐다봤다.

그는 승부가 끝났다는 듯 만월도를 집어넣었다. 뒤로 돌아섰다. 볼 것도 없다는 듯 걸어가기 시작했다.

'무서운 자……'

여인은 마지막 진기를 두 다리로 밀어 넣었다. 죽더라도 땅에 쓰러져 죽기는 싫었다. 두 다리로 대지를 굳게 밟고 선 채 당당하게 죽고 싶었다. 사내들에게 뒤지지 않고 당당히 살아왔듯이.

사박! 사박……!

야심한 밤에 낙엽 밟는 소리가 유난히 크게 울려 퍼졌다.

팔극쾌검(八極快劍) 마종구(麻鐘九)는 모닥불 앞에 앉아 어둠 저편을 바라보았다.

발자국 소리의 주인이 모습을 드러냈다.

마종구의 눈가에 이채가 스쳐 갔다.

발자국 소리로 미루어 기다리던 사람들은 아닌 것은 알았지만 여인이라니. 그것도…….

'폐월수화(閉月羞花), 침어낙안(沈魚落雁), 미목수려(眉目秀麗), 일고경성(一顧傾城)…… 온갖 미사여구(美辭麗句)를 들어봤지만 이 여자에게 어울릴 만한 말은 찾을 수 없군. 요물이야.'

여인은 굉장히 아름다웠다.

눈길 한 번에 군주의 마음을 사로잡아 성을 기울인다는 일고경성의 미인도 여인에게는 부족할 듯싶었다.

마종구는 마음이 진탕되었다.

위험이 닥쳤다는 것을 직감했으면서도 좀처럼 여인에게서 눈길을 떼지 못했다.

여인이 사뿐히 다가와 모닥불을 사이에 두고 앉았다.

사람의 발길이 닿지 않는 외진 산속에 비파나 뜯고 시나 읊을 여인이 나타났다는 것은 무언가 심상치 않다.

선자불래(善者不來)요 내자불선(來者不善)이라.

좋은 목적으로 찾아온 여인은 아니다. 길을 잃어 불빛을 찾아온 여인도 아니다.

'누구냐?'는 물음을 던져야 옳다. 하지만 던지지 않았다. 그는 다른 말을 했다.

"아름답군."

여인이 싱긋 웃었다.

명모호치(明眸皓齒). 시원한 눈매에 새하얀 이빨, 붉은 입술, 어린아이 살결처럼 보드라운 살결……

"고마워요."

"꿩을 구워놨는데 좀 들겠소?"

"고마워요. 그렇잖아도 구수한 냄새에 시장기를 느끼던 참이에요."

마종구는 살점이 많은 다리 부분을 찢어 건네주었다.

여인은 싱긋 웃으며 받았다.

모닥불빛에 길고 가느다란 여인의 섬섬옥수가 밝게 빛났다.

"좋은 분인 것 같군요."

"드시오."

마종구는 여인의 입술이 참으로 아름답다고 느꼈다. 살점을 살짝 베어 물고 작게 오물거리는 입술이 무척 사랑스러웠다.

"술은 없나요?"

"독한 화주뿐이오."

"이 고기에는 화주도 어울릴 것 같군요."

"드시오."

그는 술도 건네주었다.

여인은 독한 화주를 벌컥벌컥 들이켰다.

취기에 여인의 볼이 발갛게 물드는 듯했다. 모닥불에 반사된 얼굴색이라 그렇겠지만 너무 보기 좋았다.

여인은 꿩고기를 안주 삼아 독한 화주 한 독을 모두 비웠다.

술을 잘하는 여인이 분명하다. 술을 알고 있는 여인이다. 하지만 마종구는 과음을 해서는 안 되는데 하는 엉뚱한 생각까지 들었다.

여인이 잠시 불기를 쬐다가 입을 열었다.

"오늘…… 그래요. 오늘 만남은 이뤄지지 못할 거예요."

짐작했다. 여인이 나타나는 순간부터 알지 못할 불안감이 머리 속을 휘저었다.

"전 당신을 죽이러 왔어요."

마종구는 고개를 끄덕였다.

그것 역시 짐작했던 일이다.

"우리 사형제에게 원한이 있소?"

"아뇨."

"그럼 왜……?"

"누가 죽여달라고 부탁했나 봐요."

"음……! 소저는… 살수요?"

"그런 것 같아요."

마종구는 침묵했다.

여인이 살수라는 걸 알았으면서도 여인이 측은했다. 어떻게든 살수 소굴에서 빼어내 정상적인 삶을 살게 해주고 싶다는 생각이 치밀었다. '그런 것 같다'고 말할 때 여인은 괴로운 듯했다. 본의 아니게 살수 집단에 몸을 의탁하지나 않았을까?

"살천문이오, 살문이오?"

"휴우! 아실 필요 없어요."

여인은 한숨을 내쉬며 말했다.

서시봉심(西施捧心)이라는 말이 있다. 서시는 일대의 미인이지만 가슴에 통증이 있어 늘 얼굴을 찌푸리고 다녔다. 마을 처녀들이 이 모습을 보고 자신도 그렇게 얼굴을 찌푸리고 다니면 서시처럼 아름답게 보일까 싶어서 얼굴을 찌푸리고 다녔다는…….

사람들이 앞에 앉아 있는 여인의 한숨 쉬는 모습을 보면 너나 할 것 없이 한숨을 쉬기 시작할 게다.

"소저, 어느 문파인지 말해 주시면 미력하지만……."

"아뇨."

여인은 고개를 흔들었다.

"제가 바라는 건 하나예요. 가장 빨리, 가장 고통스럽지 않게 죽일 수 있게 되기를…… 제가 그럴 수 있을까요?"

그제야 마종구는 깨달았다. 여인은 살수다. 무슨 말에도 변하지 않을 살수다. 그녀를 회유하여 밝은 세상으로 끌어낸다는 것은 불가능하다. 아마도 죽는 날까지 살수로 살 것이고, 살수들의 운명이 그렇듯이 비참한 말로를 맞이할 게다.

마종구는 생각을 바꿨다.

'어차피 죽을 운명이라면 내 손으로 고통없이 깨끗하게…… 휴우! 그래, 그게 이 여인에게 베풀어줄 수 있는 온정이겠지.'

스르릉……!

마종구는 검을 뽑았다.

시퍼렇게 날이 선 검날이 불빛에 반사되어 요요롭게 빛났다.

"소저, 무정한 손속을 원망 마시오."

"그래요."

"고통이… 오래가지는 않을 게요."

여인은 고개를 끄덕였다.

마종구는 진기를 끌어올렸다.

여인은 살수다. 목숨을 체념한 듯하지만 자신없으면 오지도 않았으리라.

긴장해야 한다.

'필살 비기가 숨겨져 있을 거야.'

그는 일어서서 조심스럽게 발끝을 움직여 조금씩 다가섰다. 그가 일족일검(一足一劍)의 거리에 들어서 막 검공을 전개하려는 순간,

"제가 죽으면 묻어주실 건가요?"

느닷없는 질문에 진기가 흐트러졌다.

"물론…… 컥!"

대답하는 게 아니었다. 일족일검에 들어선 후에는 항상 진기를 모으

고 긴장을 풀어서는 안 된다. 말을 하더라도 즉시 검을 칠 수 있도록 대비를 했어야 한다.

마종구는 심장에 바짝 붙어 있는 섬섬옥수를 보았다.

"당신은… 고수였군."

"그런가 봐요."

"정정당당하게 승부를 나눴어도……."

"이렇게 쉽게 죽일 수 있는걸요."

"하기는… 방심은 죽을 만한 죄지."

"그래요."

마종구는 전신 기력이 썰물처럼 빠져나갔다.

그는 심장에서 멀어지는 여인의 손을 보았다. 아주 작아 여인의 노리개나 장신구로 소용될 작은 소도가 보였다.

소도에는 피가 묻어 있지 않았다.

녹색으로 물든 칼날이 섬뜩한 귀기를 뿜어냈다.

'독이군. 독이 묻어 있어.'

그는 사제, 사매 역시 벌써 당했을 거라는 데 생각이 미쳤다.

자신들이 살수 문파의 표적이 되다니… 도대체 누가 살인 청부를 했단 말인가. 아무리 적이 없을 수 없는 무림이라지만…….

쿵!

마종구는 평색 절치부심(切齒腐心)하며 수련했던 무공을 단 한 초식도 펼쳐 보지 못했다. 목숨을 잃는 순간에는.

하남무림에는 인의대협의 상징으로 삼정(三鼎)을 꼽는다.

삼정 중 한 명인 구지신검은 죽은 지 십 년이 넘었다.

그를 죽인 살혼부는 멸문했지만 구지신검의 가문 또한 몰락하고 말았다.

구지신검에게는 애석하게도 그의 무공을 이어줄 기재들이 없었다. 자식들도 있고 제자로 거둔 젊은이도 많지만 그 누구도 구지신검처럼 협명(俠名)을 드날리지는 못했다.

둘째는 적수공권(赤手空拳)으로 삼정 중 하나가 된 철권(鐵拳) 구양춘(歐陽春)이다.

철권 구양춘의 무공은 권법(拳法)이다.

그의 권법은 단 일 격에 사람을 이 장이나 날릴 만큼 위력이 크다.

셋째는 검, 도, 창에 능통하여 삼절기인(三絶奇人)으로 불리는 정운후(鄭澐厚).

그를 알아보기는 쉽다.

오른쪽 허리에는 검을, 왼쪽 허리에는 도를 차고, 등 뒤에는 창을 메고 다니는 사람은 드넓다는 무림에도 오직 삼절기인밖에 없다.

삼절기인, 그가 분노했다.

"어떤 수법에 당한 것 같으냐!"

새하얗게 질린 안색에 비하면 지극히 차가운 음성이었다.

분노를 안으로 삭여 응어리로 만드는 현상이지 않은가.

십여 명에 이르는 제자들은 입을 굳게 다문 채 말문을 열지 않았다.

"팔극쾌검은 '날 죽여줍쇼' 하고 허점을 드러낸 것 같다. 그렇지 않고서는 이렇게 죽을 리 없어. 잘 봐라!"

삼절기인은 팔극쾌검의 웃옷을 벗겨냈다.

몸에서 흘러나온 피는 깨끗이 닦여 있었다.

팔극쾌검의 심장에 새겨진 가는 자상(刺傷)이 시커멓게 변색된 채 드러났다. 마치 장난을 하다가 상처를 입은 듯 아주 작은 상처였다.

"아주 작은 소도로 정확히 심장을 찔렀다. 아주 정확히. 너희 대사형을 이렇게 죽일 수 있는 사람이 누가 있다고 보느냐!"

"……."

제자들은 석상처럼 굳어져 분루(忿淚)를 삼켰다.

"암살이다. 정정당당히 싸웠다면 이렇게 죽을 리 없지. 흥! 그래도 검을 뽑기는 뽑았으니 그동안 가르친 보람은 있군."

삼절기인은 비꼬듯 말했지만 그의 말속에서는 진한 정이 아픔으로 변해 우러나왔다.

삼절기인은 두 번째 시신으로 다가섰다.

"탈혼삼도는 깨끗하게 당했다. 다만 적이 너무 강했으니…… 애석한 죽음은 아니다. 무슨 수법으로 보이느냐!"

"수법은 모르겠으나 병기는 만월도입니다. 들어가는 깊이와 중간 깊이, 나오는 깊이가 일정하게 변화하고 있습니다."

제자 중 한 명이 대답했다.

"잘 봤다. 가늘게 들어가서 깊이 패고 다시 가늘게 나왔다. 만월도야."

삼절기인은 마지막 시신 앞에 섰다.

마지막 시신은 보기에도 처참했다. 얼굴 뼈는 모조리 함몰되어 형체를 분간할 수가 없었고, 당연히 청수하던 이목구비는 온데간데없이 사라졌다. 더군다나 그의 얼굴은 살이 저미고 안을 살펴보았는지 얼굴 옆면을 따라 긴 자상이 있었다.

"이건 무슨 수법이냐!"

"……."

이번에는 쉽게 대답이 나오지 않았다.

상처로 보아서는 철추에 당한 것 같은데 그렇게 말하기에는 살갗이 너무 온전했다. 곤(棍)에 당했다고 하기에는 상처가 너무 넓고, 각법을 생각하기에는 위력이 너무 강하다.

철추만한 두께의 곤에 맞았다고 하는 편이 옳으리라.

"이건 각법에 당한 것이다."

"……?"

"무림에 이만한 위력을 지닌 각법은 몇 개 되지 않는다. 그중에서도 단연 압권이 소림사의 항마연환신퇴(降魔連環神腿), 곤륜파의 회련각이지. 무당파의 삼양장(三陽掌)이나 아미파의 복호금강권(伏虎金剛拳)도 이만한 위력을 지니나 수공(手功)을 제외한 것은 각법만의 특징을 발견했기 때문이다."

삼절기인의 음성은 점점 낮아졌다. 이를 악물고 혀만 살짝 굴려 말하는 듯한 음성이었다.

"발뒤꿈치는 동그랗지. 동그란 것이 가격당하고 넓은 것에 이차 가격을 당했어. 이마 뼈가 산산조각 났지만 자세히 보면 부서진 뼈에 금이 나 있는 것을 알 수 있다. 금이 간 상태에서 부서졌을 때 나타나는 현상. 각법 특유의 흔적이지."

"……."

"더군다나 너희 삼사형은……."

삼절기인은 말을 잇지 못하고 소리를 삭였다.

잠시 시간이 흐른 후 그가 다시 말했다.

"너희 삼사형은 이상한 각법에 당했다. 부서진 얼굴 뼈가 한쪽으로 몰렸어."

"회련각!"

제자 중 한 명이 부지불식간 소리쳤다.

삼절기인이 그를 노려보았다.

"넌 지금 당장 곤륜으로 떠나라. 회련각을 익혔고 중원으로 나온 자가 누군지 알아와."

"알겠습니다!"

제자는 깊이 읍을 취해 보인 후 바로 신형을 날렸다. 말할 수도 없을 만큼 먼 거리이지만 준비고 뭐고 할 틈이 없었다. 그들의 마음속에서는 분노가 들끓어 올랐다.

삼절기인은 깊이 침묵하고 있는 늙은 거지를 돌아봤다.

"복수는 내가 하겠소. 말은 들어 알고 있을 테니 살수 중에 만월도를 쓰는 자, 회련각을 쓰는 자, 그리고 은장도를 병기로 사용하는 자가 누군지 알아봐 줄 수 있겠소?"

"어떤 놈인지 꼭 알아봐 드리리다."

늙은 거지가 주먹을 불끈 쥐며 말했다.

그는 삼절기인과는 막역한 사이로 무림에서는 흑봉광괴라고 불렸다.

종리추는 수북이 쌓인 서신을 꼼꼼히 점검했다.

살천문주를 구하고 히오문주를 복위시키고…… 모두가 구파일방이 원하는 것과는 정반대의 행동이었다.

촉각을 곤두세우지 않을 수 없었다.

벽리군은 십사전각 각주들이 모두 돌아온 후에도 외장 문도를 거둬들이지 않았다.

그들은 불철주야(不撤晝夜) 눈과 귀를 열어놓고 무림 동정을 살피기에 여념이 없었다. 그리고 그들이 거둬들인 정보는 하나도 거름없이 모두 보고되었다.

'아직은 무사해. 심증은 잡은 듯한데 꼬투리를 잡으려는 움직임은 없어.'

벽리군은 다행이다 싶었다.

구파일방 장문인들의 생각과 정반대로 움직이고도 무사한 문파는 없었다.
꼭 짚어서 어느 문파라고 할 수는 없지만 이유없이 봉문하거나 멸문한 문파가 한둘이 아니다.
그런 문파에서 공통점을 찾으라면 어렵지 않다.
구파일방이 행했을 것 같은 일에 끼어들었다는 것.
종리추는 침묵을 지켰다.
속마음을 드러내지 않는 종리추인데 오늘은 심기가 무척 불편해 보였다.
'무슨 일이……?'
벽리군은 접수된 보고를 처음부터 다시 되새겨 보았다.
없었다. 종리추의 심기를 건드릴 만한 사건은 아무리 생각해 봐도 떠오르지 않았다.
'아냐, 큰일이 벌어지고 있어. 문주가 이런 표정을 지을 때는……. 천화기루에서 혈주를 들 때도, 살천문주를 구하러 갈 때도 긴장은 했지만 이런 표정은 아니었어.'
이제는 표정만 보아도 무엇이 필요한지 정도는 안다고 생각한다. 고갯짓 한 번에도 무엇을 원하는지 짐작한다. 날마다 문주의 생각을 하지 않는 날이 없기에 머리칼이 흘러내리는 사소한 변화까지도 알아낸다.
탁자에 수북이 쌓인 보고 중에 문주의 마음을 건드리는 것이 있다.
유구, 역석, 유회도 표정을 굳혔다.
그들 역시 종리추와 살아온 나날이 하루 이틀이 아니기 때문에 종리추의 인상을 찡그리게 만든 것이 얼마나 중차대한 일인지 짐작할 수 있다.
 적어도 어려운 청부 같은 종류는 아닐 게다.
 종리추는 아무리 어려운 청부가 들어와도 해결책을 찾을 사람이지 인상을 찡그릴 사람이 아니다.
 종리추는 등을 의자 깊숙이 묻었다.
 팔짱을 끼고 눈까지 감아버렸다.
 벽리군은 눈짓을 유구 등에게 던졌다.
 '나가요, 문주님이 조용히 생각하게.'
 유구 등은 벽리군의 눈짓을 알아듣고 마주 끄덕였다.

 "도대체 무슨 일이야? 벽 총관, 구파일방이 움직이기라도 한 거요?"
 유회는 종리추의 집무실을 벗어나자마자 궁금증을 캐물었다.
 "아뇨, 없어요. 평범한 것들뿐이었어요."
 "정말 구파일방이 움직이는 기미는 보이지 않았소?"
 이번에는 신중한 유구가 물어왔다.
 "예, 없었어요."
 "이것 참…… 도깨비한테 홀린 것도 아니고. 문주님 표정을 보면 큰일도 아주 큰일이 벌어진 것 같은데."
 "동감이에요. 무슨 일이 있기는 있는 모양인데……."
 "허! 총관이 그런 식으로 말하면 어쩝니까? 이럴 때는 속 시원하게 말해 줄 줄 알아야지."
 "미안해요. 하지만 아무리 생각해도 말씀드릴 만한 게 없네요."
 "기다려 봅시다. 말씀하실 때가 되면 말씀하시겠지."
 유구는 돌아가지도 않고 돌 계단에 털썩 주저앉았다.

역석과 유회도 따라서 앉았다.

벽리군도 따라 앉았다. 집무실이 바로 코앞이지만 돌아가서 기다릴 생각이 들지 않았다.

종리추가 벽리군을 찾은 것은 밤이 늦어 별들이 밝게 빛날 때였다.

그때까지 종리추는 깊은 생각에 몰두했고, 유구 등은 몇 번이고 살며시 들어왔다 나가곤 했다.

벽리군을 앉혀놓고도 종리추는 쉽게 입을 열지 않았다.

답답한 침묵이 거의 반 각 정도 이어진 후 종리추가 결심한 듯 입을 열었다.

"이 보고 중에 삼절기인의 세 제자가 죽었다는 내용이 있어."

"아! 있어요."

무심히 지나친 보고다.

눈과 귀를 막으면 일 년 내내 평화롭게만 보이는 곳이 무림이지만 자세히 들여다보면 하루에도 최소한 서너 명씩은 죽어가는 곳이 무림이다.

삼절기인의 세 제자들 역시 일상화된 죽음의 한 부분일 뿐이다. 그런데 그것이 잘못된 것인가?

종리추가 말했다.

"앞으로는 모든 살행을 중지해."

"네?"

"정보는 꾸준히 받아들이지만 활동은 중지해. 청부도 받지 말고."

"청부를 받지 않으면 정보도 받지 못해요. 외장 문도들이 사용하는 돈은 하루에 천 냥은……."

참혈(斬血) 181

"됐어."

"……."

"옛날, 천화기루에 수전노 천 노인이 온 적 있어."

"알고 있어요."

"천 노인이 구만 냥을 준다고 했지. 그 돈을 받을 생각은 없었지만…… 받아와. 그것으로 버티면 돼."

"알겠어요. 그런데 뭣 때문에 그런지나 알면 안 돼요?"

"알아도 상관없지. 그들은 그냥 죽은 게 아냐. 내 짐작이 맞다면 살수들에게 죽은 거야."

"넷? 누가 그들을……."

"옛날에 살혼부는 구지신검을 죽인 대가로 십망을 받았어. 삼절기인의 영향력 역시 구지신검에 못지 않아. 삼절기인은 동원할 수 있는 모든 힘을 동원할 것이고, 구파일방도 나 몰라라 할 수는 없지. 무림의 촉각이 최고조로 곤두섰다고 봐야 해."

"그렇군요."

벽리군은 이해되지 않았다.

살수 문파를 창건하면서 개파까지 했던 종리추다. 십사각 각주들은 아무리 촉각을 곤두세워도 감쪽같이 실행을 할 사람들이다. 청부를 조심스럽게 받으면 될 것 같은데…….

'옆집이 불났을 때는 미리 가재도구를 빼놓는 것이 좋지. 언제 불똥이 날아들지 모르니. 그래, 천 노인이 구만 냥을 건네준다면 충분히 버틸 수 있어.'

수많은 사람들이 정보를 얻어주는 대가로 소용되는 금액은 막대했다. 보통 사람들은 평생 모아도 못 모을 돈이 하루에 소용되는 것이 현실이었다.

청부금이 고액이기는 하지만 살문과 같은 체계로는 결코 고액이 아니다. 이문을 남기고 황제 부럽지 않게 살려면 옛날 살혼부나 현재 살천문처럼 청부 대상에 대한 정보만 수집해야 한다.

하오문이나 개방은 많은 사람들이 정보를 수집하지만 문파라는 이름으로 결속되어 있다. 그들은 귀중한 정보를 수집하기 위해서 목숨까지 버리지만 대가는 바라지 않는다. 반면에 살문은 목숨까지 걸 사람은 몇 명 되지 않으면서도 막대한 은자를 지불해야 한다.

극단적으로 나쁜 체계다.

하지만 어떻게 하랴, 이것이 살문이 살아가는 최선인데.

벽리군은 오랜만에 양성으로 발걸음을 떼어놓았다.

그날, 죽음 직전까지 들어선 날 이후로 꿈에서도 들여놓기 싫었던 양성 땅이다.

아는 사람도 많다.

양성 사람들 중에는 그녀와 긴긴밤 만리장성을 쌓았던 사내만도 백여 명이 넘는다.

관계를 맺지 않은 사내는 더 많이 안다. 기문 향주로 있으면서 많은 사내를 술과 향락으로 끌어들여야 했기 때문에.

그녀는 밤이 될 때까지 양성에 들어서지 못하고 먼발치에서 지켜보기만 했다.

"들어가기 싫으면 내가 들어가죠."

호법 겸 따라온 역석이 말했다.

벽리군도 무공을 지녔지만 살수들의 표적이 된 적이 있기에 혼자 몸으로 들어설 수는 없었다. 특히 지금은 살천문과의 사이도 불편한 터인데.

"아뇨. 제가 이따 밤에 들어가면 돼요."

벽리군은 '그래 줄래요?' 하는 말이 목구멍까지 치밀었지만 안으로 삼켜 버렸다.

역석은 말주변이 없는 사내다.

아무리 천 노인이 구만 냥을 내주겠다고 했지만 사람 마음이란 조석지간(朝夕之間)에 바뀔 수 있는 것. 못 주겠다고 하면 그만이지 않은가. 그럴 때를 대비해서 직접 들어가야 한다.

벽리군의 우려는 기우(杞憂)에 불과했다.

천 노인은 두말 않고 어음을 내주었다.

천 노인 명의로 된 천 냥짜리 어음 아흔 장이다.

"한 번에 돌리면 곤란하네. 그 속에는 전답도 있고 임야도 있어서 처분할 기간이 필요해. 만 냥 단위로 한 달 간격은 줘야 하네."

"알았어요. 고마워요."

"고마워할 것 없네. 오히려 내가 고맙지."

"……?"

"난 평생 돈만 모으며 살아왔어. 왜냐? 보고 싶었기 때문이지. 실수 중에 완전한 자유인이 존재할 수 있는지. 아니, 무림인 중에 죽음으로부터 자유로울 수 있는 사람이 있는지 보고 싶어서."

죽음으로부터 자유로운 사람은 없다.

사람은 누구든 죽게 되어 있다. 불로장생(不老長生)을 꿈꿨던 천하제일의 패자 진시황(秦始皇)조차도 죽음을 피하지는 못했다.

하지만 천 노인이 말하는 죽음이란 그런 죽음이 아니다. 천명은 피할 수 없다 해도 검을 든 자가 검에 죽지 않는 죽음을 말한다.

천 노인의 바램은 단순한 요망일 뿐이다.

상대를 비교적 자유롭게 선택할 수 있는 정파무림인도 하루살이 인생에 불과하다. 삼절기인의 세 제자처럼 명성을 드높이다가도 어느 날 시신이 되어 나뒹군다.

하물며 살수야 말해서 무엇하랴.

살수는 천하인이 적이다. 병기를 든 사람은 모두 적이다.

천 노인이 바라는 것을 보려면 무림인 중에서 골랐어야 가능성이 높다. 소림사 장문인 정도로 선택했다면 가능성이 훨씬 높다.

그에 비하면 살수는 가장 밑바닥부터 기어 올라가야 한다. 천하인을 상대로 살검을 휘두르며 최고봉에 올라서야 한다. 거센 풍랑을 막아주는 바람막이도 없고 물러설 곳도 없다.

최악의 선택이다.

사무령……. 그래서 사무령은 전설에 불과하다.

"난 믿네. 소고와 종리추. 둘 중에 한 명은 꼭 사무령이 될 거야. 둘 다 무공과 지혜를 겸비했어. 사무령이 되기 위해서는 그것만으로도 부족하지. 내가 두 사람에게 기대하는 것은 침착함과 결단력, 그리고 행동력이야. 두 사람은 침착하고 정확한 결단을 빨리 내릴 수 있고, 즉시 실행에 옮기는 행동력이 있어. 이 모든 것을 구비한 사람은… 사람이 모래 알처럼 많지만 찾기 힘들지."

'그래요. 잘 보셨네요.'

벽리군은 자신이 칭찬을 받은 것처럼 기뻤다.

종리추를 높게 보아주는 사람이 있으니 얼마나 기쁜가.

그녀의 기쁨은 오래가지 않았다.
"이런! 세상이 이렇게 흉흉해서 어떻게 살아?"
"자네가 무인인가? 무인도 아니면서 왜 그래?"
"아, 꼭 무인만 죽나? 재수없으면 자다가도 홍두깨를 맞는 거지."
"하기는… 꼭 무인만 죽으라는 법은 없지."
사람이 둘만 모였다 하면 죽음 이야기였다.
무림이 발칵 뒤집혔다. 뒤집히는 정도가 너무 심해 무림인이 아닌 사람까지도 죽음의 공포를 맛봤다.
하루가 멀다 하고 무인들이 죽었다.
낭인이나 강호초출의 풋내기가 죽는다면 이해할 수도 있지만 시신이 되어 나뒹구는 사람들은 그래도 명성깨나 얻었다는 무인들이었다.
개중에는 구파일방의 무인들도 포함되기 시작했다.
개방 분타주가 죽었고 소림승이 피살당했다.
"대살성(大殺星)이 등장한 거야. 엄청난 마두야. 소림사에서는 왜 가만히 있지?"
"아직 누군지 알아내지 못한 거지 뭐."
"개방이 있는데 설마 알아내지 못했을라고."
"그랬을 수도 있지 뭐. 개방이라고 자네 마누라 속곳 색깔까지 알아내지는 못하잖아?"
"이 사람, 무슨 소리를 그렇게 하는 거야!"
사태가 이쯤 되면 벽리군도 긴장하지 않을 수 없었다.
'일이 커지고 있어. 문주의 생각이 옳았어.'

벽리군이 양성에서 천 노인으로부터 돈을 받아 들고 오기까지는 십여 일밖에 소요되지 않았다.

그동안 무림은 엄청나게 변했다.

"우리 문파도 요주의 대상인 모양인데……."

역석이 신경질적으로 투덜거렸다.

살문 주위에 거지들이 진을 치고 앉아 있다. 알지 못하도록 숨어 있는 것이 아니라 공공연하게 드러내 놓고.

'이건 좋지 않아. 지하 통로가 있기는 하지만 언제 들킬지 몰라. 분운추월은 아는 눈치고. 이러면 정보도 차단돼. 눈과 귀가 막힌 채 구석에 틀어박혀 있는 꼴이 되는 거야.'

종리추는 천 노인으로부터 받아온 구만 냥은 거들떠보지도 않았다.

"총관이 알아서 써."

그 말이 고작이었다.

중원에서도 알아주는 갑부가 될 수 있는 돈을 일개 여인에게 맡긴 것이다.

눈과 귀가 막혔다는 소리에도,

"잘됐지. 당분간은 외장 문도는 얼씬도 하지 말라고 해. 우리 손과 발을 묶어놨으니 우리에게 덤터기를 씌우려면 고민깨나 해야 될 거야."

하며 가볍게 흘려 버렸다.

'그럴 수도 있네. 무림에서 벌어지는 살인이 우리 짓이라고 할 수는 없겠지. 그런데 도대체 누가 이런 짓을……..'

벽리군은 도무지 어둠의 암살자를 생각해 낼 수 없었다.

집무실로 돌아온 벽리군은 또 다른 사건을 발견했다.

적지인살, 배금향, 어린…… 외장 내원이라 할 수 있는 곳에 머물렀던 사람들이 온데간데없이 사라졌다.

그들이 어디로 사라졌을까?

종리추가 어디로 보냈다고밖에는 생각할 수 없었다.

'잘됐어, 어차피 부담스러웠는데.'

그런데 왜 이런 마음이 드는 것일까? 마음 한편으로는 잘됐다는 생각이 들면서도 보고 싶은 마음이 드는 것은.

또 하나의 사건…….

지하 밀실에서 지도 작업을 하던 사람들이 사라졌다.

사람뿐만이 아니라 십사각 각주에게 큰 도움을 준 지도들마저도 사라졌다. 지도를 올려놓던 서가도 사라졌고, 처음부터 지도 제작 같은 것은 없었던 듯 말끔히 치워졌다.

'이건……!'

종리추가 정리를 한다고밖에 볼 수 없다.

위험을 느끼고 어디로인가 빼돌렸다.

'그만한 위험은 아닌데…….'

하지만 종리추가 내린 결정이지 않은가. 그가 언제 허튼 명령을 내린 적이 있던가.

'알지 못할 위험이 닥치고 있어. 무언지 모르지만…….'

벽리군의 마음은 날이 갈수록 무거워졌다.

◆第五十一章◆
사향(死香)

소림사.

무림의 태두인 숭산 소림사에 갖가지 복장을 한 사람들이 모여 앉았다. 도인도 있고, 걸인도 있으며, 속인도 있었다. 복장은 각기 다르나 눈빛은 한결같이 예광(銳光)이 안으로 갈무리되어 범접하지 못할 위엄을 보였다.

걸인이 먼저 말했다.

"살문인지 아닌지는 판단할 수 없소이다. 겉으로 드러난 것만 보면 살문이 아니지만 대담하게 이와 같은 일을 벌일 자는 살문밖에 없는 것도 현실이니…… 종리추란 자는 아주 위험한 자요."

거지가 친근해 보일 수 있을까?

우선 거지는 더럽다. 전신에 땟국물이 자르르 흘러 곁에 다가서는 것도 싫다.

하나 방금 말한 거지는 달랐다.

얼마나 더러운지 골치가 아플 정도로 썩는 냄새가 진동했지만 인상은 무척 온화했다. 네모나게 각진 얼굴인데도 보기 좋게 살이 붙어 곱게 늙은 모습이었으며 맑은 윤기까지 흘렀다.

그는 용머리가 달린 지팡이를 들고 있다.

용두방주(龍頭幇主). 당금 무림에서 천하제일의 정보망을 지닌 개방의 방주가 바로 그다.

"아미타불! 그자는 나도 만나봤소. 대담한 자지. 아주 배짱있고. 방주 말씀대로 위험한 자이기도 하오. 빈승은 그자의 행동을 어느 정도 제약시켰다고 생각했는데, 아닌 것 같소."

키가 작고 깡마른 노승이 차분한 음성으로 말했다.

소림 방장이다.

이 자리에는 구파일방의 장문인들이 모여 있었다.

"……"

모두 태연한 신색이었다.

긴장을 한다거나 골치 아픈 사건들 때문에 신경을 쓰는 모습은 보이지 않았다.

그들은 거목이었다.

"태상삼존(太上三尊), 태상삼존……."

백염(白髥)이 가슴까지 늘어진 도인이 눈을 감은 채 도호를 외웠다.

도인이라고는 하지만 칠 척에 이르는 키에 어깨가 딱 벌어져 장사라고 해도 손색이 없을 사람이었다.

사람들은 그를 무당 장문인으로서보다는 명성(明星) 진인(眞人)으로 더 많이 알고 있다. 무림인이면서도 무인보다는 범인들에게 더 잘 알려진 도력 높은 도인이다.

"아미타불(阿彌陀佛)! 장문인께서도 고견을 말씀하시지요."

소림 방장의 재촉을 받은 후에야 도인이 눈을 떴다.

"옛부터 반골은 있었소이다. 반골치고 큰 그릇 아닌 자가 없고……. 방장, 빈도의 생각으로는 방장의 뜻을 접어야 할 것 같소이다."

"아미타불."

소림 방장은 한숨처럼 불호를 외웠다.

순간적으로 종리추의 얼굴이 떠올랐다.

이마가 넓고 윤기가 흐르며 안광이 밝다. 사기(邪氣)는 어느 구석에서도 찾아볼 수 없다.

그런 자는 살수가 되지 못한다. 살수의 길을 걷고 있지만 회개(悔改)가 가능한 자다. 그래서 강력한 경고를 하지 않았건만.

세상에는 언제나 반대적인 것이 존재한다.

낮이 있으면 밤이 있고, 양지가 있으면 음지가 있다. 사도인(邪道人), 마도인(魔道人)이 나쁘다고 해서 씨를 말리면 더욱 강한 모습으로 나타난다.

정도(正道)와 마도(魔道)는 그 어느 쪽도 상대 쪽을 완전히 말살할 수 없다.

반대적인 것은 공생 관계이지 상잔 관계가 아니다.

나쁜 것이 존재해야 한다는 것은 모순되는 말이지만 세상 이치가 그렇다.

마도 역시 사람들이 필요로 하기 때문에 탄생하는 것이기 때문이다. 그것이 잘못된 길이라 할지라도.

존재해야 하는 것이라면 적정한 선에서 견제하는 것이 옳지 않겠는

사향(死香) 193

가. 완전히 말살시켜 보이지 않는 곳에서 독버섯이 자라도록 하는 것 보다는 눈에 보이는 곳에서 어떤 모습으로 자라는지 관찰하고 너무 크게 자란다 싶으면 적절하게 가지치기를 해주고…….

살천문주는 너무 컸다.

자신의 위치를 망각했다고 하는 편이 옳다.

그는 살천문이 하남무림 살수계를 장악하자 신이라도 된 양 거만했다. 결정적으로 그는 건드려서는 안 될 사람을 건드렸다. 누굴 죽이든 살수 집단에서 선택할 사항이지만 항상 구파일방을 염두에 두었어야 하는데 그러지 못했다.

소림 방장은 대안으로 종리추를 생각했고, 장문인들 중에서도 세가 너무 커진 살천문 대신 새로 일어서는 신흥 문파 살문에 힘을 보태주는 게 낫다는 판단을 했다.

그런데…… 종리추란 자는 의외로 만만치 않다.

살문이 자리를 잡았을 경우 살천문처럼 호락호락 당하지도 않을 게다. 그때가 되면 아마도 거센 피바람이 몰아친 후에야 정리를 할 수 있을 게다.

긴 침묵이 흘렀다.

"방주, 살수계에 또 한 집단이 있다고 들었는데, 그쪽은 어떻소?"

"그쪽은 사라졌소이다."

개방주가 인상을 찡그리며 말했다.

무림에서 개방의 정보력은 단연 압권이다. 하지만 다른 문파와 비교하여 상대적으로 많은 정보를 얻는다는 것뿐이지 모든 정보를 얻는다는 것은 아니다.

개방에서 놓치는 정보도 많다.

도저히 용서하지 못할 무림공적이라도 인적이 끊긴 첩첩산중으로 기어 들어가 인간 세상과의 인연을 끊어버린다면 징계할 방법이 없다.

"갑자기 사라질 자들은 아닌 듯한데……."

눈처럼 흰 백삼(白衫)에 화려한 영웅건을 맨 노인이 말했다.

종남파(終南派) 역사상 최고의 융성기를 이뤘다는 종남 장문인 천하일검(天下一劍)이다.

"숨기는 했지만 조만간 나타날 것이오. 그런 무리들을 오래 참지 못하잖소."

"그렇지요. 오래 참지 못하지요."

"이 건은 빈승이 해결하기에는 역부족이구려. 공동(崆峒)에서 맡아주었으면 하오."

소림 방장은 한발 물러섰다.

공동파 장문인이 대답했다.

"허허! 방장께서는 골칫거리는 모두 우매하기 짝이 없는 이 늙은이에게 떠넘기는구려. 그렇게 하리다. 마침 시험해 볼 아이들도 있고 하니……."

"그럼 하남무림은 됐고……."

구파일방의 장문인들은 천하대세를 논했다.

그들에게 하남무림에서 벌어지는 살겁은 조그마한 편린(片鱗)에 불과했다. 오직 한 사람,

'모두 너무 가볍게 보고 있어. 종리추의 무공은 오독마군이나 혈암검귀에 못지 않아. 십망을 선포해도 빠져나갈 공산이 큰데…… 공동이 어떻게 해결할지 모르지만 일단은 지켜봐야겠지.'

중론은 살문의 제거 쪽으로 흐르고 있다.

사향(死香) 195

드러난 정황이 미비하니 약간의 손질이 필요한 작업이다.

'건드리려면 완전히 뿌리 뽑아야 해.'

종리추의 무공을 직접 견식해 본 사람, 소림 방장의 눈가에는 우울함이 깃들었다.

또 한 사람이 있다.

'살문에 대한 정보는 모두 부정확하다. 살문에 십사각이 있는 것은 알아냈지만 십사각주의 능력은 미지수다. 쌍구광살, 혈살편복, 후사도… 그들 따위를 믿고 이런 일을 벌일 수는 없는데…….'

개봉 방주의 고민은 그것이었다.

살문을 정확히 모른다는 것.

'분운추월 장로! 이 일은 이장로에게 맡겨야겠군.'

좌중의 이야기는 하남무림을 떠나 절강무림으로 넘어가 있었다.

"요 근래 혈영신마(血影神魔)라는 자가 나타나 살겁을 자행하고 다닌다고 하던데, 정말 혈영신공(血影神功)이 나타난 거요?"

개봉 방주는 생각을 접었다.

"혈영신공이 맞소이다. 시신에 찍힌 붉은 장인(掌印)에 시반(屍班)이 생기지 않소. 또 다른 장기(臟器)는 손상을 주지 않으면서 오직 심장만 파괴하고 있소. 그런 무공은 오직 혈영신공뿐이오."

마두의 출현이었다.

이런 경우는 오직 한 가지 해답밖에 없다.

척살(擲殺)!

종리추는 십사각 각주와 벽리군을 불렀다. 그들뿐만이 아니라 외장문도를 실질적으로 관할하는 등천조와 진무동도 불러들였다. 살문 살림살이를 도맡고 있는 남오도 들어왔다.

종리추가 총관 관할에 있는 사람들까지 모두 불러들인 것은 처음 있는 일이다.

대청은 바늘 떨어지는 소리도 들릴 만큼 조용했다.

종리추의 안색은 깊게 고민하고 있다는 것을 확연히 알 수 있을 만큼 어두웠다.

"오늘 들어온 소식은?"

"행와(杏枙) 제일의 인의대협인 장(張) 가주(家主)가 죽었어요. 전신이 난자당해 차마 눈 뜨고 보기 어려울 지경이었다고 하더군요. 동성(東筬)에서는 광무자(光武子)가 죽었구요. 독침에 당했어요."

"아예 무림인의 씨를 말리려고 작정했군. 도대체 이따위로 죽이는 법이 어디 있어!"

유회가 역정을 터뜨렸다.

"그게 언제 일인가?"

종리추의 안색은 더욱 어두워졌다.

"장 가주는 어제 아침 진시(辰時)쯤에 당했고 광무자는 오시(午時)쯤으로 추정돼요."

사인(死因)은 한결같다. 도에 난자당해 죽거나 독침에 죽는다. 또 다른 부류는 잡다한 병기에 죽고 있다. 어떤 때는 권각에 맞아죽는 시신도 있지만 도와 독침에 대한 인상이 너무 강해 묻혀 버렸다.

"무림인들의 동향은?"

"……."

벽리군은 쉽게 대답하지 못했다. 아니, 차마 말하지 못했다.

"우리… 살문을 원흉으로 생각하고 있습니다."

유회가 볼멘소리로 말했다.

사태가 이 지경이 되면 살문이라고 가만히 있을 수 없다. 그동안 수집된 정보를 바탕으로 직접 원흉을 찾아 처단해야 한다. 그렇지 않으면 하남무림의 공분을 견딜 수 없게 된다.

종리추는 아무 명령도 내리지 않았다.

'아! 그래! 그 여자……!'

벽리군은 선녀처럼 아름다운 여인을 떠올렸다.

젊음은 싱그럽다. 여인은 싱그럽다. 젊음만이 지닌 탄력을 유감없이 드러낸 여인.

종리추는 아직도 그 여인에게서 자유롭지 못한 것일까.

종리추가 괴로운 표정으로 말했다.

"이 사건을 일으킨 사람은…… 나다."

"……!"

"문주님!"

뜻밖의 말이었다.

"지금 뭐라고 하셨습니까? 제 귀가 잘못됐는지 엉뚱한 소리가 들리네요."

혼세천왕이 머리를 긁적이며 되물었다.

"잘못 듣지 않았다. 내가 이 사건을 일으켰다."

"……."

조금 전보다 훨씬 깊은 침묵이 흘렀다.

문주가 이런 사건을 일으키지 않았다는 것은 누구보다도 각주들이 잘 안다. 자신들이 움직이지 않았는데, 문주가 집무실에 틀어박혀 나오지 않았는데 누가 살인을 할 수 있단 말인가. 무엇보다 첫 살인은 문주도 모르는 사이에 일어났다.

"꼭 이래야만 하는 겁니까?"

유구가 눈을 빛내며 물었다.

종리추는 고개를 끄덕였다.

유구, 유회, 역석은 소고를 알고 있다. 그들이 살수라는 것도 알고 있다. 자신들이 소고의 소모품에 불과하다는 사실도.

이제 때가 된 것일까?

유구, 유회, 역석은 말을 잊었다.

너무 탄탄대로를 걸어서인지 잠시나마 인간이라고 생각했다.

언젠가 종리추가 한 말이 생각난다. 세상에는 세 종류의 인간만이 있다고. 남자, 여자, 살수.

그들은 살수다, 늘 죽음을 옆에 끼고 살아야 하는.

벽리군도 모든 사태를 명확히 깨달았다. 처음 실마리를 잡아내기가 힘들어서 그렇지, 일단 풀기 시작하면 끝까지 파헤치는 것은 어렵지 않다.

'대단해. 이 정도로 대단한 세력이었다니…… 그렇게 보이지 않았는데.'

벽리군은 사건이 터졌을 때 제일 먼저 그녀를 떠올리지 못했던 이유를 알아냈다.

소고는 연약해 보였다.

소고와 같이 있는 적사, 야이간, 소여은도 약해 보였다.

아니, 그들이 약한 것이 아니라 종리추가 훨씬 강해 보였다. 사실은 어떨지 모르지만 그녀가 생각하기에는 그랬다.

종리추는 적사, 야이간을 죽음 직전에서 풀어주었다. 소고까지 어쩌지 못했던 사건을 말 한마디로 간단히 해결했다.

그러니 살문도 버거울 정도의 살행을 소고가 저질렀다고 생각하기는 어려웠다.

소고는 그들 외에는 아무것도 없어 보였는데… 무서운 세력이 되어 나타났다. 하남무림을 이토록 떠들썩하게 만들고, 동에서 서로, 북에서 남으로 수백 리는 넘는 거리를 종횡으로 오가며 살인을 하기 위해서는 백여 명이 훨씬 넘는 일급살수가 필요하다.

소고가 그만한 세력이 되었다니!

종리추가 말했다.

"모두에게 미안하다. 처음부터 말했듯이, 우리는 죽음을 향해 달려왔고 얼마 달리지 못해서 죽음을 맞게 되었다."

쌍구광살이 낭인 출신답게 독기를 뿜어냈다.

"사정이 어떻게 된 건지는 모르지만 아직 죽은 게 아닙니다. 어떤 놈이든 죽이려고 덤벼들기만 하면……!"

"우리 얼굴은 이미 알려졌다."

쌍구광살의 입이 닫혔다.

"이렇게까지 되었는데도 내막을 말해 주지 못해서 미안하다."

종리추는 미안하다는 말을 하지 않는다. 한 번도 하지 않았다. 한데 오늘은 두 번씩이나 했다.

"난 무림의 이목을 집중시킬 만한 세력을 원했고, 도와준 덕분에 성공했다. 한마디로 이용한 거지."

"……."

"죽음을 피할 생각은 하지 마라. 전 무림인의 이목을 피해 중원을 벗어날 자신이 있다면 모를까."

비로소 사태가 진하게 느껴졌다.

죽음의 향기가 코앞에서 피어나는 듯했다.

"방법이 전혀 없는 것은 아니다. 현재 살문 앞에는 개방 문도가 진을 치고 있다. 그들에게 가라."

"……."

"할 말은 끝났다. 십사각 각주는 돌아가서 하인들에게도 내가 한 말을 전하고 목숨을 보존하라고 해라. 총관, 등천조, 진무동은 외장 문도를 해산시켜."

살문이 낱낱이 흩어지고 있다.

"남오, 살문에 한 사람도 남겨놓지 말고 떠나보내. 밖에 나가서 거지가 될지언정 살문에는 남겨놓지 마. 총관은 은자를 풀어줘. 밭뙈기나

사향(死香) 201

살 수 있게."

남오가 한마디 툭 던졌다.

"올 때도 자유고 갈 때도 자유죠."

종리추는 인망(人望)을 얻었다.

유구, 유회, 역석, 벽리군은 자신이 알고 있는 사실을 발설하지 않았다.

"대형, 어떻게 된 일인지 속 시원하게 말 좀 해보소."

"……."

"총관, 총관까지 이러깁니까? 무슨 일인지 알아야 떡이 되든 밥이 되든 뭘 할 게 아닙니까!"

"……."

문주 집무실을 물러난 십사각 각주는 네 사람을 다그쳤지만 네 사람은 입을 꼭 다물었다.

말해 줄 것 같았으면 종리추가 말했으리라.

네 사람은 종리추가 염려하는 것을 안다. 종리추는 묵월광이 드러나는 것을 우려하고 있다. 잡혀서 고문이라도 당하는 날에는 불지 않는다고 누가 장담할 것인가.

비밀이란 아는 사람이 적을수록 잘 지켜진다. 그런 면에서 네 사람이 아는 것만도 많이 알고 있는 게다.

'우리는 꼭 죽어야 해. 사로잡혀서는 안 돼.'

네 사람은 대답 대신 죽음을 생각했다.

"문주님도 그렇고 형님들도 그렇고… 사정이 있겠죠. 그만 합시다. 말할 것 같았으면 문주님이 말씀하셨겠죠."

구류검수가 각주들을 아울렀다.

그가 계속 말했다.

"한 가지만 물어봅시다. 대답할 수 있는 것으로. 대형, 죽을 겁니까? 그럴 결심입니까?"

유구는 구류검수을 바라보았다.

중원에 와서 사귄 친구라면 이들이다. 어떤 면에서는 일생 동안 사귀었던 사람들보다, 모진아라는 사부를 모시고 무공을 전수받았던 사형제들보다 이들이 더 가깝다.

유구는 고개를 끄덕였다.

뒤이어 역석, 유회가 고개를 끄덕였다.

"총관, 총관도 죽을 결심이오?"

벽리군이 배시시 웃었다.

"모두 미쳤군. 말은 안 해도 눈치는 환한 사람들이오. 당금 무림에서 벌어지는 암살 누명을 뒤집어쓰려는 모양인데, 이유가 있겠지. 난 알아야겠어!"

유구의 눈빛에 살광이 번뜩였다.

아무리 가깝게 정을 준 사이라고 해도 주공인 종리추를 핍박하는 사람은 용서할 수 없다.

"문주님은… 솔직히 말해서 문주님은 동생도 한참 동생뻘이오."

"구류검수, 말조심해라."

"조심해서 말하는 거요."

구류검수도 만만치 않았다. 유구를 똑바로 노려보며 계속 말했다.

"난… 사매를 강간했소."

"뭐얏!"

"허……!"

십사각 각주들도 돌연한 구류검수의 말에 혀를 찼다.

그들은 각기 아픔을 가지고 있다. 아픔이 아니면 야망을, 그것도 아니면 강한 무공을 쫓는 욕심이 있다.

그런 마지막 부분만은 서로 모르고 있었다.

"난 화산파의 매화검수."

모두의 눈에 경악이 떠올랐다.

구류검수가 뛰어난 검수인 것만은 알았지만 명문정파인 화산파의 매화검수일 줄은 몰랐다. 어쩐지, 하는 행동에 절도가 있더라니.

"난 화산파로부터 추적을 받는 몸이지. 하지만 피했어. 죽어라고 도망다녔지. 왜? 날 죽일 사람은 오직 사매뿐이오. 난 사매 손에 죽고 싶어."

구류검수의 눈가에 이슬이 아롱거렸다.

그는 사매를 진정으로 사랑하고 있었다. 방법이 치졸했지만 사매를 사랑하는 마음만은 진심이다. 그것도 명예, 부귀, 목숨… 모든 것을 버릴 만큼 강한 사랑이다.

"문주는 사매 손에 죽게 해주겠다고 약속했어. 그런데 치사하게 뭐? 이제 그만 가라고?"

십사각주는 구류검수의 말속에서 종리추에 대한 애정을 읽었다.

그의 말이 다소 과격하고 문주의 명예에 흠집을 내는 말이기는 했지만 아무도 제지하지 않았다.

그들 역시 알고 있다. 살수 문파로 개파를 하였지만 막무가내로 살행을 한 것은 아니다. 죽을 만한 자들만 죽였다. 그들이 생각해도 '이런 죽일 놈!' 하고 울분이 솟구치는 자들만 죽여왔다.

명문정파로부터 벌은커녕 상을 받을 만하다.

그들은 많은 살행을 했지만 하늘을 우러러 부끄럽지는 않다.

그것보다, 종리추는 살수 문파의 문주로서 살행을 하기보다 자신들에게 백전을 수련시키는 데 전념했다. 실제로 살행을 나갔을 때 죽음을 피하라는 최고의 배려였다.

종리추는 문주로서도 나무랄 데가 없다.

무공도 그렇고, 지혜도 그렇고, 집단을 구축하는 힘도 거파(巨派) 장문인들에 비해 조금도 부족하지 않다.

나이는 어리지만 사내로서 존경한다.

"살아남아야지, 난 사매 손에 죽어야 하니까. 그리고 오늘 일이 무엇 때문인지 꼭 들어야 하니까. 대형, 살아남으면 꼭 말해 주쇼."

유구는 고개를 끄덕였다.

한 명, 두 명…… 계획적으로 빠져나갔다.

그들은 멀리 가지 않았다.

"저… 분타주님을 뵙고 싶습니다."

"응? 왜?"

"살문에서 벗어나고 싶거든요. 요즘 돌아가는 것을 보니 사람을 죽여도 너무 많이 죽이는지라 겁이 나거든요."

거지의 안색에 놀라움이 새겨졌다.

"그 말은……."

"목숨만 살려주시면……."

거지는 하인으로 보이는 자를 분타주에게 데려갔다.

살문은 개방으로 말하면 허주(許州) 분타주의 영역 안에 있다.

개방 허주 분타주인 구곡신개(鉤曲神丐)는 투항한다는 하인을 붙잡고 여러 가지를 물었다.
"문주의 나이는?"
"모릅니다. 소인 같은 놈들이 그걸 어떻게 알겠습니까? 하지만 추측은 할 수 있죠. 이제 갓 스물을 넘었을까 하는 애송이입니다."
"무공은 당연히 모르겠고?"
"예."
"내원에 십사각이라고 있다던데?"
"있습죠. 거기야말로 살귀들이 머무는 뎁니다."
"열네 명인가?"
"마지막 십사각에 네 명이 있으니까 열입곱 명입니다."
하인은 자신이 알고 있는 사실을 한 점 거짓없이, 보탬도 없이 솔직히 고변했다.
구곡신개는 하인을 보내주었다.

다음날은 네 명이 슬그머니 거지들에게 다가와 살문을 벗어나고 싶다고 말했다.
'이것들이 뭘 눈치 챘나?'
구곡신개는 자신이 결정할 사안이 아니라고 생각했다.

분운추월은 여저부 서평 건도장에 머물렀다.
방주로부터 허주 분타를 통솔하라는 명을 받았지만, 사건이 생기면 연락하라는 말만 전했을 뿐 가지는 않았다.
'살문에서 저지른 일이 아냐. 또 누명이군. 살천문주를 구해준 것, 하오문주를 복위시킨 것이 비위를 건드린 게지. 불쌍한 놈… 작작 좀

나서지.'

분운추월은 종리추의 종말을 예감했다.

그에게 개방 이결제자가 다가와 읍했다.

"무슨 일인고?"

"분타주 구곡신개님의 전갈입니다."

"……"

분운추월은 시큰둥한 표정으로 유심히 관찰하던 개 발바닥으로 시선을 돌렸다.

어느 짐승이나 마찬가지로 개 발바닥에는 탄력적인 살점이 있다. 굳은살이라고 하기에는 너무 무르고, 보통 살보다는 훨씬 단단한.

동물들은 그런 것이 있기에 땅을 박찰 수 있다.

분운추월은 진기를 잘 운용하면 인간의 발바닥에도 동물과 같은 탄력을 줄 수 있다고 생각했고 목하 연구 중이었다.

"살문에서 하인들이 투항하고 있습니다."

"뭐야?"

분운추월은 무슨 소리냐는 듯이 고개를 돌렸다.

싸움이 시작되지도 않았는데, 시작할 기미를 보인 것도 아닌데 투항이라니?

"하인들이 속속 넘어오고 있습니다. 살문에서 벗어날 수만 있다면 무슨 일이든 하겠다면서."

'허허허……!'

분운추월은 속으로 웃음을 터뜨렸다.

보지 않아도 알 수 있다. 전부 종리추의 머리에서 나온 계략이다. 무림은 아무런 기미를 보이지 않았지만 무림이 돌아가는 상황을 알고, 현

무림에 가장 중대 사건이 무엇인지도 알고 있으니 향후 자신에게 닥칠 위험도 짐작하고 있는 게다.

그는 무슨 생각을 할까?

구파일방이 이렇게 광명정대하지 못한 행동으로 무림의 질서를 지키고 있다는 것을 알게 되었으니.

'애꿎은 목숨이라도 살리려는 거겠지. 혼자서 억겁을 걸머질 심산이냐? 불쌍한 놈. 포기하기도 쉽지 않았을 텐데 용케 포기했군. 그래, 살수 문파를 창건한 것이 죄지. 바보 같은 놈… 뭐가 그렇게 잘났다고 살수 문파를 입에 처바르고 다녀.'

"풀어주라고 해라."

"옛!"

이결제자는 깊이 읍을 취해 보인 후 신형을 날려 사라졌다.

분운추월을 문도의 뒷모습이 보이지 않을 때까지 멀거니 지켜봤다. 그리고 무슨 생각이 들었는지 황급히 문도의 뒤를 쫓기 시작했다. 얼마 지나지 않아 그는 문도를 추월했다.

"모두 몇 명이냐?"

"정보를 담당하는 것으로 보이는 놈들까지 모두 백스물아홉 명입니다."

"백스물아홉…… 우리가 파악한 숫자는?"

"백오십 두 명입니다."

"스물세 명이 남았군."

"실세는 한 명도 나오지 않았습니다."

분운추월은 갈증이 치민 듯 호로병에 담긴 독주(毒酒)를 벌컥벌컥

들이켰다.
 "그래도 인망은 있는 놈이군."
 "……?"
 구곡신개는 이장로가 무슨 말을 하는지 이해하지 못했다.
 '그래, 인망을 얻었으니 저승길도 편안할 게다. 모두 나왔다면 네놈에게 실망했을 게야.'
 분운추월은 그것이 알고 싶었다. 살수들이 투항을 하는지 안 하는지. 그런 생각이 치밀자 견도장에서 보고를 기다릴 만큼 느긋하지 못했다.
 종리추에게는 극한의 상황이다.
 이럴 때 살수들이 문주에게 등을 돌린다면 살천문이나 하오문과 다를 바가 없다. 아니, 다른 지방에 있는 살수 문파들 거의 대부분이 그럴 게다.
 자신들에게 위험이 닥친 것을 알게 되면, 그것도 피할 수 없는 죽음의 그림자라는 것을 알면 아무리 굳게 충성을 맹세했던 자들이라도 등을 돌릴 게 뻔하다. 한두 명 정도는 문주와 함께 목숨을 버리겠지만.
 분운추월은 종리추가 조금은 다른 살수 문파를 세웠기를 바랬다.
 그리고 그의 생각은 옳았다.
 살수들 모두가 문주와 함께 목숨을 버리기로 작정한 것은 명문정파도 흉내 내기 힘든 일이다.
 '아까운 놈이야. 미련한 놈……. 뭐 하러 살수 문파를 창건해서는…했으면 죽치고나 있지 개파는 무슨 빌어먹을 개파…….'
 분운추월은 종리추와 함께 벌였던 비무 시합을 떠올렸다. 오랜만에 상쾌했었다, 그때는.

종리추는 십사각 각주들이 남겠다는 의사를 들은 후 더욱 분주해졌다.

'오늘도……'

저녁 식사를 한 지 반 각밖에 지나지 않았는데 종리추의 모습은 어디에서도 찾을 수 없었다.

그는 밤만 되면 비밀 통로를 통해 어디론가 사라졌다가 아침이 되어서야 나타났다.

그의 옷은 온통 흙투성이였다.

어디서 무엇을 했는지 빨아도 지워지지 않을 것 같은 흙탕물이 배어 있는 적도 많았다.

벽리군은 종리추가 좋아하는 차를 끓여왔다.

마셔줄 사람은 없다. 오늘은 혹시나 하고 들러봤지만 역시 종리추의 모습은 보이지 않았다.

그녀는 다반을 탁자 위에 올려놓고 침상으로 갔다.

역시 깨끗하다.

밤을 꼬박 새웠으면 낮에라도 잠을 자야 할 텐데 침상은 누웠던 흔적이 보이지 않는다.

침대보를 깨끗한 것으로 갈았다.

어제 갈아놓은 침대보지만 날마다 깨끗한 것으로 갈아놓고 싶었다.

언제 누워서 편히 잘지 모르지만 세상에서 잠자는 마지막 순간일지도 모르지 않은가.

벽리군은 종리추의 수발을 들어주는 것이 즐거웠다.

그런 면에서는 시녀들이 모두 나간 것이 고맙게까지 느껴졌다.

침대보를 갈고 막 깨끗한 이불을 가지런히 펼쳐 놓았을 때,

스르릉……!
지하 통로로 통하는 서가가 움직이며 종리추가 모습을 드러냈다.
그는 도둑처럼 등에 보따리를 메고 있었다.
벽리군은 까딱 고개를 숙여 보일 뿐 '어디 갔다 왔냐', '뒤에 짊어진 게 뭐냐'는 등의 물음은 던지지 않았다.
"있었군."
"예."
"응."
"……?"
"응이라고 해봐요."
"……!"
"빨리."
"으, 응."
"누님, 수고 많았습니다."
벽리군은 가슴이 철렁 내려앉는 기분이었다.
"앉아요. 오랜만에 차나 한잔 같이 마십시다."
탁자를 향해 걷는 두 다리에 힘이 풀렸다.
종리추가 이렇게 말하는 것은 이별이 다가왔다는 소리이지 않은가.

햇차는 맛이 고소했다.
"금이 있었으면 좋겠네요. 누님은 금을 잘 탔는데."
"그런 소리 하지 마요."
"무슨 소리요?"
"누님이라는 소리요. 그냥 하대해 줘요."

"하하! 높여줘도 불만인 사람은 누님밖에 없을 겁니다."
"……"
종리추는 보따리 속을 뒤지더니 붉은 헝겊으로 둘둘 말아놓은 것을 꺼냈다.
"이게… 누님의 목숨을 살려줄지도 모르겠군요."
'필요없어. 다 필요없어. 문주님, 난 문주님과 같이 죽을 거야. 아직도 내 맘을 그렇게 몰라?'
벽리군의 간절한 소망이 눈가에 나타났다.
종리추는 애써 모른 척했다.
"한 가지만 약속해 주세요."
"말해 보세요."
구류검수가 말한 적이 있다. 동생도 한참 동생뻘이 된다고. 그렇다. 종리추는 너무 어린 동생이다. 그런데 그가 사내로 보인다. 아무리 동생으로 생각하려 해도 사내로만 보인다.
기녀였으면 좋겠다. 종리추가 팔난봉에 호색한이었으면 좋겠다. 그렇게라도 해서 그에게 모든 것을 주고 싶다. 하기는 그런 여건이 아니라면 언감생심 꿈도 꾸지 못할 사람이지만.
"이 보자기에 싼 것은 지하 통로에 들어선 다음 펼쳐 보세요."
"예."
"그리고 그대로 따라요."
"예."
"누님."
"……"
"걱정 마요. 난 안 죽습니다."

"약… 속할 수 있어요?"

"곧 만날 겁니다."

"약속할 수 있어요?"

"누님은 참 바보군요."

"말 돌리는 건 싫어요. 약속할 수 있어요?"

"약속하죠."

"됐어요."

벽리군은 비로소 활짝 웃었다.

종리추는 벽리군을 처음 봤을 때 현모양처의 현숙함과 요부의 요사함을 동시에 지닌 여인이라고 생각한 적이 있다.

그 생각이 옳은 것 같다.

벽리군은 요부의 요사함까지 지니고 있다. 강한 마력으로 사내를 끌어당겨 빠져나가지 못할 거미줄로 친친 감아대는… 그런 여인이다. 벽리군에게서 도발적인 매력이 느껴졌다.

벽리군은 사내를 너무 잘 안다. 사내가 하는 말, 표정, 눈빛만 보아도 무슨 생각을 하는지, 어떤 사람인지 알 수 있다.

종리추의 눈에 떠오른 흔들림은… 욕정이다.

'날 원하고 있어.'

벽리군은 일어섰다.

사내를 유혹할 수 있는 걸음걸이로, 몸에 배어 자연스럽게 흘러나오는 걸음걸이로 걸어갔다.

종리추의 몸이 닿을 만큼 가까이 다가갔을 때 그녀는 또 보았다.

차분하게 가라앉은 심요한 눈길을…….

'참아냈어, 욕정을…….'

욕정이란 정말 요물이다. 누구도 완벽하게 참을 수 없다. 참았다고 하는 것은 진실로 참은 것이 아니라 잠시 숨긴 것뿐이다. 그놈은 마음 속에서 일어났다 하면 곧 되살아날 기회를 엿본다.

'이 사람을 가질 절호의 기회야.'

눈과 눈이 부딪쳤다.

벽리군은 한참 동안 종리추를 쳐다보다 볼에 입을 댔다.

처음 접하는 사내의 살결도 아닌데 처음처럼 가슴이 두근거렸다.

'참 보드라운 피부야. 꼭 여자 살결 같아.'

"누님이라고 불러줘."

종리추의 귓가에 입을 대고 속삭였다.

"누님."

종리추의 음성이 떨려 나왔다.

아무리 냉정한 사내지만 역시 나이는 속일 수 없는 모양이다.

"이번에는 내가 이겼지? 다음에는… 다음에는 놓치지 않을 거야, 이런 기회가 생기면……."

"고… 맙습니다."

종리추는 싱긋 웃었다.

그 모습이 무척 해맑아 보였다.

다시 한 번 볼에 입을 맞춘 다음 돌아서는 벽리군은 입술을 잘근 깨물었다.

그녀도 욕정을 참아내야 했다.

이런 일은 처음이다. 가지고 싶은 사내를, 가지고 싶은 기회가 생겼는데도 갖지 않은 것은.

◆第五十二章◆
혈화(血花)

모두 떠나고 텅 빈 살문은 을씨년스러웠다.

마당은 하늘하늘 떨어지는 낙엽이 수북이 쌓였다. 마당을 쓸어낼 사람도 없고 그럴 정신도 없었다.

정문은 활짝 열려져 있다.

살문 문도 식솔들이 개방 문도를 향해 걸어갈 때 열려진 문이 아직까지 닫히지 않은 것이다.

청부를 하러 오는 사람도 없었다.

귀가 있는 사람이라면 하루가 멀다 하고 들려오는 죽음 소식에 몸을 사렸다. 살천문과 함께 하남 살수계에 이대 산맥으로 거론되는 살문이 무자비한 살인의 원흉으로 지목되고 있으니 가까이 올 엄두가 나지 않는 것은 당연했다.

남오는 나가는 사람도, 들어오는 사람도 없는 정문에 의자를 놓고

혈화(血花) 217

앉아 꾸벅꾸벅 졸았다.

날씨는 청명했다. 하늘은 높고 푸르렀으며 빗살처럼 쏟아지는 햇볕은 따뜻했다.

'응? 이건!'

꾸벅꾸벅 졸던 남오의 눈이 가늘게 떠졌다.

개방 거지들이 슬금슬금 빠져나가고 있다. 겉옷을 벗어 이를 잡던 자, 거적때기를 뒤집어쓰고 단잠에 빠져 있던 자…… 한 명, 두 명 몸을 빼고 있다.

'일이 벌어지고 있어!'

그래도 하오문에서는 눈치깨나 있다고 정평이 났던 남오다.

남오는 늘어지게 기지개를 켜며 하품을 했다.

왼손이 문 뒤로 가려지고 밧줄이 손에 잡혔다.

딸랑…… 딸랑……!

풍경 소리와도 같은 작은 울림이 장원 안에서 들려왔다.

'시작이야!'

벽리군은 벌떡 일어섰다.

그녀는 제일 먼저 종리추가 준 빨간 보자기를 챙겼다. 그 속에 그녀의 목숨을 살릴 수 있는 무엇인가가 들어 있다. 목숨이 아까워서가 아니라 종리추의 약속을 믿기에 살기로 작심했다.

검을 집어 허리에 찼다.

무공을 익히기는 했지만 검을 차본 적은 얼마나 오래됐는지 기억에도 없다.

검을 허리에 차자 무공을 익힌 사람답지 않게 어색하고 불편했다.

그녀는 종리추의 집무실을 향해 신형을 날렸다.

남오는 할 일이 끝났다는 것을 알았다.
누가 공격해 올지 모르지만 개미 한 마리도 빠져나갈 틈을 주지 않을 게다. 치밀하게 계획했을 테고 준비도 완벽할 게다. 살문이 살행을 나가기 전에 그랬듯이 적들도 살문 살수들에 대해서는 손바닥 들여다보듯 알고 있을 것이다.
'문주님을 복위시켰으니 내가 할 일은 다한 셈이지.'
그는 복위한 하오문주가 문도들에게 내린 명령을 알고 있다.

"살문과는 어떤 접촉도 갖지 마라. 부탁이 있어도 하지 말고, 부탁을 해와도 들어주지 마라. 하오문과 살문 사이에는 영원히 건널 수 없는 강이 있다고 생각해라."

개봉 망주 천은탁도 발길을 끊었다.
사람으로서 도리가 아니다. 하오문이 많은 도움을 주기는 했지만 문주를 복위시켜 준 공로에 비하면 조족지혈(鳥足之血)이다.
남오는 자신의 목숨으로 하오문주의 고충을 조금이라도 덜어주었다고 생각했다.
'됐어. 이제 은혜를 갚은 거야.'
하오문주에 대한 은혜를 갚았다고 생각하니 마음이 편했다.
십여 년 전, 문주는 뭇매를 맞아 빈사 상태에 빠져 있던 자신을 구해주었다.
도박판에 늘 있는 것이 사기 행각이고, 걸리지 않으면 많은 돈을 따지만 걸리면 목숨도 위태롭다. 재수가 없었다.
　나흘 만에 깨어났고 보름 동안 피똥을 쌌다.
　남오는 하늘을 올려다보았다.
　눈치가 남달리 빠르니 오늘 벌어질 일을 예견하는 것은 어렵지 않다. 아마도 살문은 피로 물들게 되리라. 마당에 수북이 쌓인 낙엽에도, 아직도 생나무 냄새가 피어나는 기둥에도.
　그런 생각을 하자 갑자기 몸이 오싹해졌다.
　해가 석양으로 뉘엿뉘엿 기울어질 무렵 남오는 정문을 향해 걸어오는 다섯 장한을 보았다.
　그들이 체격이 비슷했다. 키도 비슷하고 입은 옷은 똑같았다. 허리에 차고 있는 검도 똑같아 보였다.
　남오는 눈을 가늘게 뜨고 대낮에 한 것처럼 기지개를 켰다.
　딸랑…… 딸랑……!
　조그만 방울 소리가 전각 안에서 새어 나왔다.
　"무슨 용건인지는 모르지만 돌아가시오. 살문은 문 닫았소."
　남오는 귀찮다는 듯 손을 휘휘 저었다. 순간,
　쉬이익!
　눈앞에서 검광이 어른거렸다.
　남오는 눈을 부릅떴다. 갑자기 한순간 눈앞에 불이 번쩍이더니 세상이 노랗게 보였다.
　그는 땅바닥으로 쓰러졌고 사지를 부들부들 떨었다.
　팔이 잘려 나가고, 목이 떨어졌고, 허리도 잘렸지만 그는 알지 못했다. 자신이 그런 상태인 것을.
　다섯 장한 중 한 명이 저미한 음성으로 말했다.

"시작해라."

다른 네 명은 미리 약조라도 해놓은 듯 일제히 신형을 날렸다.

남은 자 스물세 명 속에는 유구의 아내가 된 정원지도 포함되었다.

딸랑거리는 방울 소리를 들었을 때 그녀는 손수 지은 백삼(白杉)을 꺼내놓았다.

"이걸 입으세요."

"이건 왜……?"

"수의(壽衣) 대신으로 입어요."

"수의? 하하하!"

유구는 흔쾌한 마음으로 백삼을 갈아입었다.

암연족에게 죽음이란 낯선 말이 아니다. 싸우다 죽는 것이야말로 아부타를 만나러 가는 길이다. 장소는 다르지만 중원에서 무인들과 싸우다 죽는 것도 전신의 뜻이려니.

정원지 걱정도 하지 않았다.

죽는 자가 무슨 걱정을 한단 말인가. 걱정을 한들 해줄 수 있는 일이 무엇인가. 죽는 자는 망각의 늪에 빠진다. 꿈도 없는 깊은 잠에 빠졌을 때처럼 할 수 있는 일도, 생각할 일도 없다.

남만에서라면 유구가 죽었을 경우 정원지는 유구와 함께 생매장당한다.

중원은 풍습이 다르니 생매장이야 당할까마는 그래도 걱정할 필요가 없다. 산 사람은 어떻게든 살게 되어 있으니까. 죽는다면 같이 손잡고 아부타 곁에 머물면 될 것이고.

솔직히 유구는 죽는다면 같이 죽고 싶었다.

"행낭(行囊)은?"

"제 걱정은 마세요."

정원지는 행낭을 보여주었다. 행낭 속에 들어 있던 노란 보따리까지 보였다.

"이 속에 살 길이 들어 있다."

유구는 종리추의 말을 믿었다.

같이 죽기를 원하지만 한편으로는 오래오래 행복하게 살기를 바라는 마음도 컸다.

"가봐."

"곧 만나요."

"그래."

'아부타 곁에서.'

유구는 정원지를 껴안고 진한 입맞춤을 했다.

입속에 감겨드는 그녀의 혀가 다른 때와 달리 정열적이었다.

"이제 그만. 가봐."

정원지는 뚫어지게 바라본 후 말했다.

"세상 남자들은 내게 실망만 줬어요. 만약 당신도 실망을 주면 다시는 용서하지 않을 거예요, 세상 사내들 모두를."

정원지를 종리추 집무실로 보낸 후 유구는 방 안 한가운데로 탁자를 옮겼다.

'어떤 놈들일까?'

의자에 앉아 눈을 감았다.

"살수는 지형을 얻어야 한다. 자신이 가장 잘 알고 있는 지형으로 상대를 끌어들여 싸워야 한다. 낯선 곳이라도 자신이 가장 자신있는 지형으로 탈바꿈시켜 놓아야 한다."

종리추가 말한 지형은 실질적인 지형이 아니다.
실질적인 지형을 얻으면 두말할 필요도 없이 좋지만 그러지 못할 경우에는 마음의 지형이라도 얻으라는 말이다.
유구가 가장 자신있는 지형은 남만의 밀림이다. 그중에서도 수환봉 밑에 있는 천폭은 지금도 눈에 선하다.
어디에 풀뿌리가 있고 어디에 번개 맞아 갈라진 나무가 있는지 훤히 알고 있다. 종리추와 눈에 보이지 않는 신경전을 벌이면서 갈고 다듬은 지형이다.
그곳은 실질적인 지형이다.
유구는 남만의 밀림을, 거세게 쏟아지는 천폭을 살문 제일전각으로 옮겨올 작정이었다.
우르릉……!
물줄기가 노도(怒濤)처럼 흩어져 내린다.
천폭을 등에 지고 있으면 안심이다. 천폭의 거센 물줄기를 뚫고 공격할 수 있는 사람은 아무도 없다. 그런 일은 종리추라 해도 감히 시도하지 못한다.
침상이 붙어 있는 벽을 천폭으로 설정했다.
기둥은 아름드리 나무다. 방문은 천폭으로 들어서는 길이며, 창문은 나무와 나무 사이에 난 허공이다. 천장은 하늘이다. 높이를 알 수 없는 키 큰 나무에 오르면 천폭 앞의 작은 공지가 한눈에 들어올 게다. 천장에 기어든 자가 있다면 그렇겠지. 한눈에 방 안 풍경을 세세하게 훑어볼 수 있겠지.

유구의 입가에 흐뭇한 미소가 매달렸다.

남만의 밀림을 생각한다는 자체가 행복했다.

파앗!

첫 공격은 천장에서 시작되었다.

어미 새가 벌레를 잡아 둥지로 돌아오듯 날쌘 인영이 가벼운 몸놀림으로 천장에서 내려앉았다. 그는 내려앉자마자 득달같이 쏘아왔다.

'하늘에서 내려오는 자, 하늘로 돌아가리라.'

유구는 위는 쳐다보지도 않았다. 단지 탁자 밑에 놓인 조그마한 나뭇조각을 발끝으로 톡 건드리기만 했다.

덜컹! 착! 쏴아악……!

변화는 유구의 등 뒤에서 일어났다.

앉아 있는 의자 바로 뒤, 바닥이 밑으로 툭 꺼진다 싶더니 손바닥 길이의 화살이 새털처럼 피어 올랐다.

"엇! 크윽!"

상대는 상당히 놀란 듯했다. 전혀 예상하지 못했던 공격을 받은 사람처럼 당황했고 쏘아져 오던 기세보다 더욱 빠르게 떨어졌다.

쿵!

건물을 지을 때부터, 바닥을 청석으로 만들 때부터 이유가 있었다. 단순히 각주들을 좋은 곳에서 푹 쉬도록 온갖 사치를 다한 것이 아니다.

전각은 철옹성(鐵甕城) 요새다.

제이 공격은 창문을 통해 쏟아졌다.

쾅! 콰앙……!

창문이 거칠게 부서져 나가며 검을 든 인영들이 재빠른 신법으로 쏟아져 들이쳤다.

기이잉! 착! 쐬아악……!

이번에 화살을 날린 곳은 기둥이다.

통나무를 그대로 옮겨온 듯한 기둥 중간 부분에서 화살이 무더기로 쏟아졌다.

침입자들은 맥없이 나뒹굴었다.

웬만한 무공으로는 막을 수 없을 만큼 화살이 빽빽하게 날아갔으니 최소한 부상을 입는 것은 당연했다. 무공이 약한 자들은 즉사하는 것이 당연하고.

'됐다. 머물 시간이 없어.'

유구는 잠시 정적이 흐른 순간을 이용해서 청석 바닥으로 몸을 굴렸다.

턱! 덜컹! 덜컹!

유구의 몸은 침상에 부딪쳤다. 순간 침상 옆면에 구멍이 뻥 뚫리더니 유구의 몸뚱이를 삼켜 버렸다.

침상은 곧 원래의 모습을 회복했다.

유구의 몸을 삼킬 만한 구멍이 있다고는 믿기 어려웠다.

벽리군과 정원지는 거의 동시에 지하 통로로 들어섰다.

먼저 벽리군이 빨간 보자기를 열었다.

보자기 속에서는 농가의 아낙이 입는 허름한 옷과 정교하게 다듬어진 인피면구, 그리고 서찰 한 장이 들어 있었다.

감격이 확 밀려들었다.

그동안 밤잠도 못 이루고 옷에 흙을 묻히고 다닌 것이 이런 인피면구를 만들기 위해서였던가.

그는 적어도 십여 일 동안 자신을 위해서 온갖 정성을 쏟았다.

서찰을 펼치자 눈에 익은 글씨가 보였다.

내용은 인피면구를 착용하는 방법이 절반을 차지했고, 나머지 절반은 미로처럼 엉킨 지하 통로를 빠져나가는 방법이었다.

벽리군에게 던지는 인사 같은 것은 단 한 줄도 적혀 있지 않았다.

정원지가 펼친 노란 보자기에서도 같은 내용의 물건들이 나왔다.

다른 점이 있다면 정원지가 입을 옷은 대갓집 부인들이나 입는 금의(錦衣)로 매우 호화스럽다는 것이다.

미로를 빠져나가는 방법도 달랐다.

벽리군은 북쪽을 향해 선이 그어져 있는데, 정원지는 동쪽으로 그려졌다.

서신 제일 뒷부분에는 미로를 빠져나간 후 사용할 이름이며 나이, 고향 등 인적 사항이 상세히 기재되었다. 그리고 화령(花翎)이라는 이해 못할 글귀로 마무리했다.

'화령……?'

벽리군은 정원지의 서신을 읽었다.

같은 내용이다. 모든 것이 다르지만 내용은 같다.

"금잔(金盞)이 뭘 말하는 거죠?"

정원지가 물었다.

그녀의 서신은 '금잔'이라는 글귀로 마무리되었다.

"몰라요. 이 서신대로만 빠져나가요. 나가는 동안 서신에 적힌 대로 인적 사항은 달달 외우고요. 자, 봐요. 제가 인피를 씌워줄게요."

그녀라고 인피면구를 사용해 본 적이 있는 것은 아니다. 그녀 역시 인피면구라는 것이 있다는 정도만 들었지 실제 눈으로 본 것은 처음이었다. 하지만 혼자 하는 것보다 둘이 서로를 도와주면 한결 완벽하지 않겠는가.

벽리군과 정원지는 서로를 고쳐 주었다.

"얼핏 봐서는 모르겠는데? 문주님도 참… 이런 게 있으면 밝은 곳에서 쓰라고 할 것이지."

횃불에 의지하여 인피면구를 쓴다는 것은 여간 어렵지 않다.

한곳이라도 잘못되면 당장 발각된다.

다행히 종리추가 건네준 인피면구는 딱딱했다. 듣기로는 매미 날개처럼 얇고 부드럽다던데 이건 나무판자처럼 딱딱했다. 가죽으로 만든 것이 아니었으면 가면이라고 착각했을 정도였다.

그러던 것이 서신에 적힌 대로 송진을 안쪽에 바르자 야들야들해졌다. 너무 딱딱해서 도저히 얼굴에 뒤집어쓸 엄두가 나지 않았는데 정확히 일 다경이 흐르자 부담없이 쓸 정도로 부드러웠다.

벽리군과 정원지는 인피를 쓰고 다시 반 각을 기다렸다.

서신에는 인피가 얼굴에 달라붙는 데 반 각이 걸린다고 했으며, 그동안은 심하게 움직이지 말라고 적혀 있었다. 될 수 있으면 말도 하지 말고 웃는 것처럼 얼굴 근육을 움직이는 것은 절대 안 된다고.

정원지와 벽리군은 어둠을 쳐다보며 각기 생각에 잠겼다.

한 여인은 종리추를, 한 여인은 유구를 생각했으며, 앞으로 어떻게 될 것인가 하는 공통적인 생각도 했다.

반 각이 흐르자 벽리군은 인피를 만져 보았다.

억지로 뜯어내도 벗겨지지 않을 만큼 단단하게 달라붙었다. 이러다가 영원히 벗겨지지 않을 수도 있지 않을까 하는 우려마저 들었다.

"이제 가요. 행운을 빌어요."

"예, 저도 행운을 빌어드릴게요."

정원지는 무림과는 인연이 없던 여자였다. 무림이 어떻게 생긴 곳인지, 무림인이 어떤 사고방식으로 살아가는지 관심도 갖지 않았다.

그러던 여인이 무공은 모르지만 사고는 무림인을 닮았다.

두 여인은 각기 북과 동으로 걸어갔다.

지하 통로는 깊고 깊었다.

갈랫길이 나올 때마다 서신에 적힌 대로 걸었지만 문득문득 지하 통로가 끝나지 않을 것 같은 생각이 치밀었다. 어떻게 이런 공사를 했을까 싶었다.

후텁지근한 공기에 시원한 공기가 섞여서 맡아졌다.

바깥 출입구에 가까이 다가가고 있다는 증거다.

벽리군은 힘을 내어 걸었다.

얼마 걷지 않아서 후텁지근한 공기보다는 시원한 공기가 더욱 많이 맡아졌다.

횃불에 비친 출구는 장작 더미로 막혀 있었다.

벽리군은 우뚝 멈춰 섰다.

장작 더미만 밀쳐 내면 바깥으로 나갈 수 있지만 그러기 위해서는 한쪽 구석에 앉아 있는 자부터 죽여야 할 것이다.

사내는 기골이 장대했다.

그가 일어서자 암굴이 답답하게 느껴졌다.

그가 말했다.

"기다리고 있었습니다. 가시죠."

종리추는 치밀했다.

그런 점이 느껴질 때마다 벽리군은 가슴이 아렸다.

사내는 장작을 밀쳐 내고 동혈을 나서자마자 장작 더미를 다시 쌓기 시작했다. 원래 있던 곳이 아니라 수레에.

동혈 밖에는 소 한 마리와 농가에서 흔히 볼 수 있는 수레가 대기해 있었다.

"여기서 얼마나 기다렸나요?"

"열흘쯤 됩니다."

"열흘요?"

"예."

열흘이라면 종리추의 안색이 어두워지기 시작했을 때다.

십사각 각주와 자신을 불러놓고 하인과 시녀들을 모두 내보내라고 명령했을 때다.

그때부터 그는 이미 준비를 하고 있었다.

"어디로 가나요?"

"장에요."

"장요?"

"장에 가야 장작을 팔죠. 부지런히 서둘면 나무 시장에 늦지 않을 겁니다."

종리추는 마음만 먹으면 살 수 있다.

혈화(血花) 229

그가 준비를 시작했을 때 도주를 생각했다면 누구도 쉽게 잡지 못했을 게다.

몸에 흙을 묻히지 말고 도주할 길을 찾았다면…….

그는 도망가지 않았다.

'모두 그 여자 때문이야. 소고. 소고가 저지른 일로 덤터기를 쓰고, 그 여자 때문에 도망가지도 않은 거야.'

종리추가 도주하면 무림인은 쫓을 것이고, 그러다 보면 우연찮게 소고의 행적도 드러날 수 있다.

종리추는 거기까지 계산했다.

'그럼! 결국 앉은 자리에서 맞서 싸우겠다는 건데… 그럼 죽을 때까지? 아냐, 산다고 했어. 산다고…….'

소고는 아름다운 여인이다. 자신이 질투를 느낄 만큼 빼어난 미인이다. 종리추는 젊은 사내다. 혈기가 주체하지 못할 만큼 치솟는 건장한 젊음이 있다.

종리추가 소고에게서 벗어나지 못하는 이유가 남자와 여자라는 관계 때문일까?

벽리군은 깊은 사정을 알지 못했다. 하지만 그것은 아니라고 단언할 수 있다. 종리추가 어린을 생각하는 마음은 너무도 깊고 넓다. 그의 마음속을 뚫고 들어갈 여자는 없다고 단언할 수 있다.

그도 젊은 사내이지 실수는 할 수 있지만 사랑하는 감정은 없으리라.

정원지는 어떻게 되었을까?

궁금하기는 했지만 크게 걱정하지는 않았다. 종리추가 펼쳐 놓은 안배이니 무사히 빠져나갔을 게다.

사내는 수레를 몰았다.

거지 두 명이 어슬렁거리며 다가왔다.

"못 보던 얼굴인데… 뉘쇼?"

"빌어먹을 거지 놈들! 썩 꺼지지 못해!"

사내는 우람한 소리로 호통을 내질렀다.

"허! 이 작자… 동냥은 못 줄망정 쪽박을 깰 위인일세."

"다리몽둥이를 부러뜨리기 전에 썩 꺼져! 사지육신 멀쩡한 놈들이 비럭질은……"

"아, 누가 거지가 되고 싶어서 됐나? 산에서 내려왔소?"

"시끄러! 저리 꺼져!"

사내가 무지막지하게 몰아치는 바람에 거지들은 화들짝 놀라 물러섰다.

벽리군은 똑똑히 보았다.

그들 허리에 이결 매듭이 묶여 있는 것을.

세상에 개방을 모르는 사람은 그야말로 순진하게 땅만 일구는 사람들뿐이다. 세상 돌아가는 것에도 관심없고 목구멍에 거미줄 칠까 봐 하루 끼니거리를 걱정하는.

거지들이 물러가자 사내가 작은 소리로 속삭였다.

"휴우! 간 떨어지는 줄 알았습니다요."

"저 사람들, 그냥 가지 않을 거예요. 이 근처 산이란 산은 모두 뒤질 거예요."

"하하! 뒤지라고 하죠 뭐. 저들이 찾을 수 있는 것은 우슬산(牛膝山) 화전민 중에 전(田)씨 부부가 살고 있다는 것뿐인걸요."

혈화(血花)

"전씨 부부?"

"몰랐어요? 총관께서 쓰고 계신 인피가 전씨 아낙 것인데."

아! 종리추는 살인을 했다.

완벽한 탈출을 위해 애꿎은 사람들을 죽였다. 그것은 종리추의 성격에 맞지 않는 행동이다. 그는 자신을 위해 죄없는 사람을 죽이는 사람이 아닌데.

"너무 괴로워하지 마세요. 전씨 부부는 겉으로는 장작을 팔아 끼니를 연명하는 사람이지만 기실은 산적이죠. 그들 부부 때문에 멀쩡히 길 가다 횡액을 당한 사람이 한두 명 아닙죠."

"누구세요?"

"예?"

"문주님을 잘 아시는 듯한데……."

"흐흐! 몰라보실 줄 알았습죠. 제가 덕삼(德三)입니다요."

"더, 덕삼?"

벽리군은 사내의 얼굴을 다시 뜯어보았다.

그녀가 알고 있는, 제칠각에서 음양철극의 수발을 들던 하인 덕삼으로는 보이지 않았다.

'인피면구를 쓰고 있군. 그래, 우슬산의 전씨가 이 얼굴일 거야. 풋! 정말 주도면밀한 사람이네. 하인들을 모두 풀어준 게 아냐. 그중 일부를 회유해 놨어.'

벽리군은 걱정하지 않기로 했다.

그는 약속한 대로 살 게다. 그렇다, 그렇게 쉽게 죽을 사람이 아니다.

쾅! 꽈르르릉……! 우르릉……!

거대한 굉음이 지축을 뒤흔들었다.

천년고목이 부르르 떨리고 만년거암이 뒤흔들렸다.

뿌옇게 피어 오른 먼지가 안개처럼 사방으로 퍼져 나갔다. 사방이 온통 한 치 앞도 볼 수 없을 짙은 먼지에 휩감겼다.

살문 내원 십사각이 무너져 내리는 광경은 장관이었다. 돌 조각이 사방으로 비산하는 모습도 진풍경이었다.

하나 살문 주위에 있던 무인들에게는 결코 멋있는 광경이 될 수 없었다.

"저, 저런!"

분운추월이 깜짝 놀라 자리에서 벌떡 일어섰다.

대낮부터 마시기 시작한 술기운에 몸이 휘청거렸지만 언제 술을 마셨냐 싶게 멀쩡했다.

"저, 저것…… 누, 누가 이런 짓을 하라고 했어!"

입에서 터져 나온 노성은 광야를 질타하고도 남았지만 천지를 뒤흔드는 폭음에 묻혀 바로 곁에 있는 구곡신개만이 들을 수 있었다.

"그, 글쎄……."

구곡신개도 어찌 된 영문인지 알지 못했다. 한 가지, 살문을 폭파시킨다는 계획 같은 게 없었다는 것만은 분명했다.

"알아보겠습니다."

구곡신개는 살문에서 일 리 안으로 들어서지 말라는 방주의 명령도 망각한 채 문도를 몰아쳤다.

"빨리 가서 알아보고 와!"

비운적검은 분운추월보다 훨씬 더 놀랐다. 그가 놀란 정도는 경악을 넘어 몸이 떨릴 정도라고 표현해야 옳았다.

"며, 몇 명이나 들어간 거야!"

"백 명이 훨씬 넘습니다."

말이 나오지 않았다.

살문은 눈엣가시였다. 그동안은 살천문주라는 자리를 차지하기 위해 고심하느라 등한시했지만 턱밑을 바짝 치고 올라오는 살문이 껄끄러웠던 건 사실이다.

지금이 살문을 초토화시킬 절호의 기회였다.

"누, 누가 들어갔지?"

그의 물음은 이미 물음이 아니었다. 절규였다.

"초특급살수님… 일급살수님……."

"모두 죽지는 않았겠지?"

"……."

비운적검은 몸을 부들부들 떨었다.

살문 정도는 마음만 먹으면 언제든지 없앨 수 있다고 생각했다. 수집한 정보에 의하면 살수라고 해봐야 겨우 열댓 명에 불과한데 신경 쓸 것이 무엇이랴.

초특급살수 열 명만 보내면 그 정도는 간단히 무너뜨릴 수 있다.

비운적검은 한 발 더 멀리 내다봤다.

'이 기회에 살천문의 위엄을 보여야 해.'

그는 가장 빠른 시간에 너무 잔인하여 고개를 돌릴 정도로 처참히 무너뜨릴 생각이었다.

그동안 살문을 기웃거렸던 사람들에게 살천문이 건재하다는 것을 똑똑히 보여줄 참이었다.

현 무림에서 벌어진 일련의 암살은 살문과는 무관하다. 그 정도는 살천문도 알고 있다.

제삼의 마두가 탄생했거나 거대한 사파(邪派)가 등장했다.

원흉이 누구든 비운적검은 그들에게도 살천문의 위용을 보일 생각이었다. 단단히.

그런 생각이 살문에 치명적인 타격을 입힐 줄이야.

살문에 들어간 자들 중 절반이 죽었어도 굉장한 타격이다. 살문 정도는 한두 명 정도의 희생으로 끝나야 하거늘, 많게 봐줘서 십여 명 선에서 끝나야 하거늘…….

"가."

"……."

"가서 알아봐!"

또 한 사람, 비영파파(飛影婆婆)도 벌떡 일어서 먼지로 자욱한 살문을 노려보았다.
"지, 지독한 놈들!"
비영파파의 음성이 가늘게 떨렸다.
살문에서 일어나는 먼지는 대외산 맑은 개울까지 흘러들었다.
자욱한 흙먼지에 숨 쉬기가 답답했다.
"유, 육천군(六天君)이!"
비영파파에게 차를 끓여주던 소녀가 놀라서 소리쳤다.
낙엽이 떨어지는 고목 아래 앉아 대외산의 맑은 개울물로 차를 끓여 마시는 풍류.
비영파파는 그런 사람이었다.
공동파 장문인의 사매(師妹)로 무림에서는 열 손가락 안에 꼽히는 여고수다.
"어, 어떻게 해요. 사형들이 모두 저기 있어요!"
소녀는 발을 동동 굴렸다.
"계집아! 넌 여기 꼼짝 말고 있어!"
"저, 저도……."
"시끄렷! 여기 꼼짝 말고 있어!"
비영파파는 진기를 최대한으로 끌어내어 신형을 날렸다.
쉬이익……!
그녀의 신형은 물 찬 제비처럼 우아하게, 그러면서도 번개처럼 빠르게 나아갔다.

'안 돼! 사형이 모두 저기 있어. 나쁜 놈들!'

소녀는 꼼짝 말고 있으라는 말이 귀에 쟁쟁했지만 가만히 앉아 있을 상황이 아니었다.

'가봐야 해!'

소녀는 진기를 한껏 끌어올려 신형에 실었다.

우두머리 된 자가 가장 괴로울 때는 수하를 죽음으로 몰아넣는 일일 게다. 방금 전까지만 해도 같이 웃고 같이 떠들며 같은 음식을 먹었던 수하들을 죽음이 빤히 보이는 곳에 밀어 넣는 일만큼 괴로운 일은 없을 게다.

열아홉 명.

종리추는 이들 중 절반을 죽여야 한다.

"주공!"

유구가 다그쳤다.

시간이 없다. 십사전각은 무너졌고, 악에 받친 무리들은 살문 전각 중 유일하게 멀쩡한 문주의 집무실로 몰려들고 있다.

누구를 죽일 것인가.

유구, 역석, 유회는 남만에서부터 진심으로 충성을 바쳐 온 심복이다. 쌍구광살은 처와 자식이 있다. 종리추만이 아는 비밀이다. 그는 자식이 무려 다섯 명이나 된다. 혈살편복에게는 동생이 있다. 배냇병신으로 혈살편복이 아니면 돌봐줄 사람이 없다. 그것 역시 종리추만이 아는 비밀이다.

모든 사람에게 죽어서는 안 될 사연이 있다.

무인이 무슨 사연이냐고 반문하면 할 말은 없지만, 그래도 살 수 있는 데까지는 살아야 할 사람들이다.

"유구, 역석, 유회."

"넷!"

"준비해."

"넷!"

"쌍구광살, 후사도, 음양철극, 좌리살검, 준비해. 외장에서는 진무동이 남고."

"넷!"

거명된 사람들이 몸을 날리려 했다. 그때,

"안 됩니다!"

종리추의 명령에 제동을 건 사람은 쌍구광살이었다.

"대사형, 이사형, 삼사형은 문주님의 피붙이 같은 사람, 살아야 합니다. 그래야 복수를 해도 합니다."

"유구 형님 대신 제가 하겠습니다."

쌍구광살의 의견에 동조한 사람은 광부였다.

"흐흐흐! 역석 형님은 가쇼. 내가 남죠."

혼세천왕이다.

이들은 모두 죽음이 뻔한 길을 자청하고 있다.

"명령을 내렸다. 거명되지 않은 사람은 빨리 피하도록."

"안 된다고 했습니다."

쌍구광살은 여간해서 물러서지 않았다.

문주의 명령에 이토록 정면으로 반박하기는 처음이었다. 그러나 아무리 뜻이 좋더라도 빨리 결정지어야 한다. 갑론을박(甲論乙駁)하기에는 시간이 촉박하다.

산화단창이 제안했다.

"그럼 이렇게 합시다. 음수(陰數)는 피하고 양수(陽數)는 남기로."

"……."

누군가는 죽어야 한다.

양수 중에는 종리추가 거명하지 않은 사람도 있다.

천왕검제, 산화단창, 광부, 살문사살.

산화단창과 광부는 본인 스스로 남겠다고 했으니 불만이 없더라도 다른 사람은 불만이 있을 수 있다. 누가 죽기를 바라겠는가.

"쓸데없는 소리 말고 빨리들 피해!"

유구가 소리쳤지만 그의 명령 또한 허공을 치는 데 불과했다.

천왕검제와 산화단창이 신형을 날려 맡은 자리로 갔다.

"흐흐흐! 문주님께 불만이 많았는데… 어떻게 우리를 맨 마지막 자리에 놓을 수 있어? 안 그래?"

"호호! 그렇죠. 사실 우리야말로 죽음의 사신들인데."

"보여주자고."

"문주님, 잘 봐야 합니다. 만약 살아남으면 유구 형님 대신 일각주 자리를 줘야 해요."

"이놈아, 암만 그래도 유구 형님 자리를 뺏냐?"

"그럼 누구 자리를 뺏어?"

"자리야 많…… 끄응!"

산적……. 그들은 그물을 메고 맡은 자리로 갔다.

종리추가 어떻게 할 사이도 없이 결정되었다.

산화단창이 음수를 피하라고 한 것은 음수 중에는 유구와 유회가 섞여 있기 때문이다.

종리추를 주공이라 부를 만큼 충성이 강한 사람들이고, 그들에게도 대형이 되니 꼭 살게 해주고 싶었다.

이유는 단지 그것뿐이다.

역석까지 피하게 하고 싶지만… 그러기에는 의견이 너무 분분해진다. 또 그런 식으로는 피하라고 해서 피할 사람들도 아니고.

"유구, 빨리 데리고 가라."

"주공!"

"걱정 마라, 살아남을 테니."

떠날 사람들은 눈물을 흘렸다. 그리고 서가를 밀쳤다.

전각이 무너지며 지하 통로까지 무너졌는지 매캐한 연기가 숨 막히게 다가왔다.

살천오살(殺天五殺).

그들은 살천문의 모든 것이다.

살천문에서 가장 뛰어난 다섯 살수를 꼽으라면 당연히 그들이다.

우연인지는 몰라도 다섯 명은 키가 비슷했다. 체격도 비슷했고 사용하는 병기도 모두 검이었다.

그래서 그들은 같은 옷을 입기 시작했다. 검도 특별히 주문하여 같은 모양으로 다섯 자루를 만들었다. 검집도, 자루도, 검날도 똑같은 검이다.

살천문 사람들은 그들을 살천오살이라고 부르기 시작했다.

살천오살의 의복은 먼지로 뒤덮여 회색 빛이었다.

검은 머리도 더러운 회색이다.

살천오살은 서로를 쳐다보며 피식 웃었다.

살천문 살수들에게는 수하가 없다. 필요에 따라 우두머리를 만들기는 하지만 일이 끝나면 별개의 각각으로 돌아간다.

이번 살문 멸살에는 살천오살이 살천문 살수들을 이끄는 우두머리로 지명되었다.

처참한 패배다.

하지만 상관없다. 그들이 죽는 것하고 자신들하고 무슨 상관이 있단 말인가. 실력이 없는 자, 운이 다한 자는 죽는 게 당연하지.

자신만 죽지 않으면 그만이다.

살천오살은 남은 자를 추렸다.

채 이십여 명이 되지 않는다.

전각에 설치된 기관에 서른 명 가까이 죽었고, 전각이 폭파되는 바람에 쉰 명 가까이 죽었다. 종리추를 노린 살천오살과 십여 명은 털끝 하나 다친 곳이 없지만.

살천오살 중에서도 이번 일에 총책임자로 지명된 백수검(白手劍)이 말했다.

"혈살오괴, 들어가."

"흐흐흐! 애송이 놈이 혓바닥이 반 토막이군. 살천오살, 살문을 정리하고 난 다음 보자고."

소림 십팔나한진과 어깨를 나란히 한다는 오방협격술의 주인공들은 살천오살을 노려보았다.

사천 같았으면 한 줌거리도 안 되는 놈들이.

그러나 살천오살은 현재 몸을 의탁하고 있는 살천문에서 제일 뛰어났다고 소문난 자들이다. 결코 만만히 볼 자들은 아니다.

"그런 말은 살아난 다음에 해."

백수검은 끝까지 혈살오괴의 비위를 건드렸다.

쉬익…… 쉭! 착!
혈살오괴는 암기가 날아올 때를 대비해서 은폐물을 선정한 다음에야 신형을 날렸다.
살문 문주의 집무실은 독아(毒牙)를 드러낸 뱀처럼 침묵만 지키고 있다.
일 장만 더 가면 문을 밀치고 안으로 들어서야 한다.
혈살오괴는 서로에게 눈짓을 보냈다.
'좋아.'
'준비됐어.'
무언의 말이 오갔다.
혈살오괴 중 꼽추노인이 신형을 제일 먼저 날렸다. 남은 자들도 거의 동시에 신형을 띄웠다.
착착착……!
혈살오괴는 문을 앞에 두고 원(圓)의 형태로 모였다. 서로 등을 맞대고 바깥을 경계하는 포진이었다.
꼽추노인이 문을 밀치고 안으로 들어서자 남은 네 명도 원이 부서지지 않게 재빨리 뒤따랐다.

종리추의 집무실은 텅 비어 있었다.
오래전부터 사람이 살지 않은 듯 싸늘한 냉기가 자욱이 흘렀다.
'숨어 있어! 그물에 걸려든 거야!'
혈살오괴는 고요함 속에 숨어 있는 살기를 읽었다.

입이 삐뚤어진 언청이노인이 품에서 검은 전낭을 꺼내 잠시 꼼지락거리더니 옆에 노인에게 건네주었다. 옆에 노인이 전낭을 받아 안에 있는 것을 꺼낸 후 또 옆으로 건네주었다.

시선을 자신이 맡은 방위에서 떼지 않았다.

원의 형태는 여러 가지 진(陣) 중에서 가장 완벽한 진이다, 방어를 하기에는.

이윽고 검은 전낭이 한 바퀴 돌았다.

다섯 번째 노인은 안에 있는 것을 모두 꺼낸 후 전낭을 바닥에 던져 버렸다.

종리추는 기다렸다.

살수의 자질 중에 가장 많이 요구되는 것이 인내심이라면 종리추는 딱 적격이다.

숨도 쉬지 않았다.

진기를 끌어올리기는 했지만 전신 모공을 막는 데 사용했다.

숨소리는 당연하고 온기도 흘려내지 않았다.

그는 죽은 사람이었다.

저벅… 저벅……!

혈살오괴는 매우 조심스럽게 다가왔다.

한 발을 떼어놓을 때마다 사방을 예리하게 관찰했다. 기둥 뒤, 집기들, 천장… 매처럼 날카로운 그들의 이목을 벗어날 수 있는 것은 없으리라.

'조금만 더……'

종리추는 더 기다렸다.

혈화(血花)

염려되는 것은 숨어 있는 다른 자들이 발각되지 않는 것이다.
척! 처적……!
혈살오괴는 꼽추노인이 반 걸음을 내디디면 다른 자들이 따라오는 식으로 이동했다.
'병기를 들고 있지 않아. 권법의 대가이거나 아니면 암기를 사용하겠지. 순간적인 판단…….'
척! 처적!
혈살오괴는 바로 밑에까지 다가왔다.
꼽추노인이 반 걸음을 내디뎠고 다른 자들이 막 발을 내딛고 있다.
'기횟!'
사아악……!
종리추의 신형이 스르륵 미끄러지며 아래로 떨어졌다.
그가 은신해 있던 곳은 천장이었다.

"놈이닷!"
언청이노인이 제일 먼저 종리추를 발견했다.
반응은 무척 빨랐다.
슉! 슈우욱……!
언청이노인이 손에 들고 있던 검은 환단을 허공에 뿌렸다.
'이건!'
기억난다. 십 년도 훨씬 더 된 어렸을 적… 적지인살에게 이끌려 캄캄한 암동에 있을 때, 살혼부 살수들이 모여들었고 하나씩 고르라고 건네주었던… 야이간이 지녔던 구슬이다. 쇠구슬. 이름이 투골환이라고 했던가?

'암기야!'

투골환은 맞받으면 안 된다. 맞받는 순간 투골환은 백여 개의 비침이 되어 사방으로 비산한다.

사사삭……!

혈살오괴는 부산히 움직였다.

그들의 육신 또한 피와 살로 이뤄진 것이기에 투골환의 영향력에서 벗어나기는 쉽지 않다.

언청이노인이 투골환을 던져 내기는 했지만 서로 간의 거리가 너무 가까웠다.

촤르륵……!

연녹색 뱀의 껍질로 만든 채찍이 풀려 나갔다.

채찍은 살아 있는 뱀처럼 꿈틀거리며 십여 개에 이르는 투골환을 밀어냈다.

촤악! 촤아악……!

"크윽!"

투골환이 터지며 쇠털 같은 비침이 비산했다.

혈살오괴 중 지팡이를 허리에 꽂고 있던 노인이 비침의 영향권을 벗어나지 못해 비틀거렸다.

비침에는 치명적인 독이 발라져 있다.

아무리 작은 비침이라지만 맞으면 단지 따끔거리기만 하지만 즉시 사지가 마비되고 피의 흐름이 중단된다.

투골환에 당하고도 반각을 살아 있으면 내력이 정말 강한 사람이라는 게 무림인들의 정설이다.

종리추는 허공에서 몸을 틀어 옆으로 굴러 떨어지며 계속 채찍을 갈겨냈다. 너무 가까이 날아와 채찍으로 걷어내지 못한 것은 손으로 움켜쥐었다. 비산하더라도 밖으로 튀어 나가지 못하도록 투골환을 꼭 움켜잡았다.

퍼억!

손아귀 안에서 무엇인가 터지는 느낌이 들었다.

다행스럽게도 투골환의 비침은 수투를 뚫지 못했다. 주먹을 펴자 쇠털 비침이 우수수 떨어졌다.

천하의 종리추가 기습에 실패했다.

가장 완벽한 거리를 잡았고 상대가 방심한 틈을 노렸지만 공격을 하기는커녕 방어하기에 급급했다.

혈살오괴는 바닥에 쓰러져 꿈틀거리는 노인을 발길로 걷어냈다.

그는 방해만 될 뿐이다. 협격술을 펼치는 데 장애물이 있으면 그만큼 위력이 감소한다. 그때,

촤아악……!

혈살오괴의 뒤쪽에서 기괴한 음향이 터져 나왔다.

"안 돼!"

종리추는 다급하게 소리쳤다.

바닥까지 떨어졌다가 막 퉁겨 일어서던 참이었다.

◆第五十三章◆
혈루(血淚)

천장에 거대한 거미줄이 펼쳐졌다.

살문사살이 던져 낸 그물망이 빠져나갈 공간을 주지 않고 사방에서 덮쳐 왔다.

오방협격진의 달인이라는 혈살오괴도 살문사살이 전개하는 그물망에는 대처할 방도를 찾지 못했다.

장소나 넓으면 모를까 움직일 공간이 한정된 집 안이다. 상대는 사람이 아니고 한낱 그물이다.

그들이 처음 겪어보는 공격이었으리라.

"타앗!"

혈살사괴가 살문사살을 향해 투골환을 던졌다. 동시에 신형을 날려 그물을 발길로 걷어찼다. 약속이나 한 듯 일사불란한 공격이었다.

하지만 그들은 살문사살의 그물을 너무 몰랐다.

촤아악……!

그물은 거센 발길질에 밀려나는가 싶더니 곧바로 노인들을 휘감아 버렸다. 그물에 달려 있던 가시 같은 침들이 순식간에 노인들의 살 속으로 파고들어 갔다.

"컥!"

"끄응……!"

혈살사괴는 살문사살의 그물 아래 무너졌다. 그 순간,

퍽! 파앗……!

"헉! 크윽!"

"악!"

살문사살도 투골환에서 벗어나지 못했다.

막 웃음을 흘리던 참이었다. 살문사살은 득의의 미소가 입가에 걸린 채 비명을 질렀다.

"아!"

종리추는 망연자실했다.

막을 수 있는 죽음이었다. 어떤 일이 있어도 나서지 말라고 그렇게 말했건만… 그들은 종리추가 위험하다고 판단한 듯하다. 그렇기에 일조라도 하겠다고 그물을 펼쳐 냈으리라.

확실히 혈살오괴처럼 뭉쳐 있는 사람들에게는 살문사살의 그물 공격이 효과적이다.

종리추는 그들에게 너무 많은 것을 가르쳤다.

그가 가르친 백전에는 필전(必戰)이 있다. 허점을 발견했으면 즉시 공격하라는.

여러 가지가 살문사살을 죽음으로 몰아넣었다.

"후후후! 대단하군. 사천의 제왕으로 군림하던 혈살오괴가 이처럼 간단히 무너지다니."

살천문은 죽음을 애도할 시간조차도 주지 않았다.

종리추는 살문사살에게서 눈을 거두고 문가를 바라봤다.

거의 같은 키에 같은 복색을 입은 사람들이 막 방문을 넘어서고 있었다.

"문주라는 위치가 높은 줄은 알지만 이렇게 만나뵙기 힘들어서야 어디 청부나 하겠나."

살천오살 중 한 명이 비아냥거렸다.

그들은 종리추의 목숨을 이미 장악하기라도 한 양 여유만만했다.

살천오살의 뒤를 이어 살천문 살수들이 속속 들어섰다.

그 수는 거의 스무 명에 가까웠다.

'이들은 죽일 수 있다.'

종리추는 이쪽과 저쪽의 세를 비교했다.

이쪽은 여덟 명, 저쪽은 이십여 명. 이쪽에서는 진무동을 제외시켜야 되니 일곱 명이다. 한 명이 세 명을 상대해야 한다. 그래도 승산이 있다. 이쪽은 숨어 있고 저쪽은 드러나 있으니까.

문제가 생겼을 때 사람들은 뒤를 생각하지 않는다.

당장 발등에 불이 떨어졌는데 불부터 꺼야지 발등에 생길 흉터 걱정을 한다면 미련하다는 말을 들을 게다.

종리추는 뒤를 걱정했다.

뒤를 생각하지 않으면 불을 정확히 끌 수 없다는 판단이다.

불은 모래로 끌 수도 있고 물로 끌 수도 있다.

'살천문이 급습을 가해온 것은 뒤에서 구파일방이 받쳐 주기 때문이야. 그렇지 않고서는 전력을 모두 쏟아 부을 수 없어. 이건 싸움이 아니라 전쟁이니까.'

백수검이 검을 뽑아 들며 말했다.

"쥐새끼들은 언제까지 숨어 있을 건가? 살문이 겨우 이 정도밖에 안 됐나? 문주는 목숨을 내놓고 싸우는데 수하라는 작자들은 꽁무니나 빼고 있으니 말야."

'이들을 죽이는 것은 문제가 아니지만 구파일방이 뒤를 쫓지 못하게 만들어야 해. 방법은 하나, 살문의 와해다. 다시는 일어서지 못한다고 판단하게끔 철저히 무너져야 해. 추적을 포기하게 만드는 방법이 있다면 오직 그것뿐이야.'

무너진 전각에는 시신이 가득 쌓여 있다.

얼굴이 짓이겨지고 육신이 조각나 형체를 알아볼 수 없는 시신도 상당수다. 채찍을 든 자, 철극을 든 자… 그들 중 몇 명은 살문 살수들로 오인받을 수도 있다.

살문 살수들의 시신도 필요하다. 그래서 남았고, 남은 자들은 죽어야 한다. 살천문 살수에게 죽은 외장 문도나 방금 전에 죽은 살문사살은 살문이 몰살당한 증거의 일부분이 될 것이다.

몇 명이면 된다. 몇 명만 살문 살수들로 착각을 일으키게 하면 빠져나간 사람들의 안위는 보장된다. 그러나… 가장 중요한 사람은…… 역시 살문주의 시신이지 않겠는가.

'아직은 부족해. 그 정도로는 살문이 재기할 수 있다고 생각하겠지. 문제는 나, 내가 죽어야 해.'

"듣자 하니 살문주의 무공이 신화경에 접어들었다던데 구경할 수 있나? 아니면 목숨을 살려줄 테니까 순순히 오라를 받을 텐가?"

오라로 묶을 자들이 아니다. 피해를 최소한으로 줄이면서 살문주를 죽이려는 얕은 속셈이다.

스르릉……!

종리추도 검을 뽑았다.

일 년 전 유구가 습득해 온 보검이다.

적룡검에서 은은한 자광이 발산되었다. 날이 무려 날카로운 기운은 눈을 씻고 봐도 찾을 수 없다.

'저자들을 죽이지 않으면 피해가 커져.'

"타앗!"

생각을 굳히자 서슴없이 신형을 띄웠다.

자연의 소리를 들으며 터득한 신법이다. 발바닥 용천혈에서 진기가 퉁기며 육신을 허공으로 밀어 올렸다. 검법은 무형초자의 천풍선법이다. 살혼부 부주였던 청면살수는 천풍신공만으로도 사무령이 될 수 있다고 믿을 만큼 강하기 이를 데 없는 선공이다. 종리추는 부채 대신 검으로 삼십육초천풍선법을 시전했다.

타앙!

검과 검이 부딪쳤다.

검 한 자루로 살천오살에 오른 청운검객(青雲劍客)은 종리추를 베고 싶은 마음이 너무 강해 제일 먼저 검을 부딪쳤다.

검은 양날을 사용한다. 그렇기에 초식도 다양해진다.

검이 사양길에 접어든 것은 도가 나오면서부터다. 도는 한 날을 사용하며 강한 파괴력을 지닌다. 검과 도가 부딪쳤을 때 손해를 보는 쪽은 검이 되기 십상이다. 양날을 사용하는 만큼 검신이 약해 도배(刀背)가 두꺼운 도에 밀린다. 심할 경우에는 검이 부러지기도 한다.

전에도 중병기와 부딪칠 때는 극도의 조심성이 필요했지만 검에 필적할 만큼 다양한 초식을 구사하는 도가 활성화되면서부터는 급격히 자리를 내주고 있다.

쩌엉……!

검신이 부러졌다.

검과 검이 부딪쳤는데 한가운데가 뚝 부러져 버렸다.

"억!"

청운검객은 검신을 부러뜨리고 달려든 검날에 한쪽 팔과 가슴을 내주었다.

단 일 검에 살천오살 중 한 명을 베어버린 종리추는 금계독립(金鷄獨立)을 취하더니 빙글 회전하기 시작했다.

아버지 적지인살의 무공인 혈영도법 제삼절 비응회선이다.

촤라락……!

회전하는 육신을 따라 자광이 위에서 아래로, 아래에서 위로… 파랑(波浪)처럼 물결쳤다.

"타앗!"

구중철검(九重鐵劍)이 일검양단(一劍兩斷)의 기세로 달려들었다.

타악!

저녁놀처럼 부드럽고 아름다운 자광이 날카로운 기운을 슬며시 밀어냈다. 적룡검의 검신으로 구중철검의 검신을 밀쳐 낸 것이다.

날아오는 검을 맞받기는 쉽다. 하지만 검신으로 검신을 밀어내는 것은 지고한 경지다. 살검이 아니라 활검을 익힌 무인만이 전개할 수 있는 무공이다.

"헛!"

구중철검이 헛바람을 내질렀다.

적룡검은 구중철검을 밀어내고 빙글 돌았다. 그리고 다시 돌아온 검날은 구중철검의 복부를 깊숙이 갈라 버렸다. 구중철검이 주춤 밀려난 후 미처 검을 회수하기도 전, 눈 깜짝할 순간이었다.

"무, 무서운 쾌검!"

백수검의 입에서 경악이 새어 나왔다.

그들은 숱한 살행을 했지만 지금과 같은 무공을 본 적은 없었다. 당연하다. 초절정고수들은 구파일방과 연관이 있고, 연관이 있는 자들은 아무리 청부금이 비싸더라도, 죽일 자신이 있어도 건드려서는 안 되는 특혜받은 사람들이니까.

종리추의 신형이 또 변했다.

이번에는 손과 발이 따로 놀았다.

손에 든 검이 동쪽을 찌르면 발뒤꿈치는 서쪽을 후려쳤다.

종리추가 초식을 전개하는 범위는 점점 넓어졌다.

일족일검의 거리란 한 발자국만 내디디면 상대의 몸통을 가격할 수 있는 거리를 말한다. 반대로 한 발만 뒤로 물러서면 상대의 공격으로부터 피할 수도 있는 거리다.

거리를 재는 데 중요한 것은 내 팔의 길이와 검의 길이다. 거기에 한 발자국을 더하면 일족일검의 거리가 나온다.

종리추를 베기 위한 거리는 계산하기 난해하다. 그의 경우에는 신장(身長)에 검의 길이를 더해야 한다.

살천문 살수들은 주춤주춤 물러섰다. 그때,

혈루(血淚) 255

"크윽!"

물러서던 자들 중 한 명이 정신이 바짝 들 정도로 큰 비명을 내질렀다.

그는 두 군데 상처를 입었다.

머리와 옆구리.

머리는 반쯤 갈라졌고 옆구리는 갈고리로 잡아 뜯은 듯했다.

쌍구광살의 모습이 보였다. 그의 쌍구는 피와 내장 조각으로 번들거렸다.

"크윽!"

또 한 명이 짤막한 비명을 토해냈다.

쌍구광살에게 죽은 자와는 정반대 방향이었다.

그는 허리를 비틀며 괴로워했는데, 뒤에서 어깨를 잡힌 그는 몹시 고통스러워했다.

역석이었다. 그의 등 뒤에서 짧은 비수로 척추를 부숴 버렸다.

그제야 살천문 살수들은 살문 역시 살수 집단이란 걸 새삼 깨달았다. 살천문은 무인들처럼 정공을 취했지만 살문은 철저하게 죽음만을 생각하고 있다.

살수들에게 체면이란 사치다. 정정당당한 비무란 애당초 존재하지 않는다.

'이대로 버티다간 몰살당해! 자신없어! 저런 괴물은 암살을 해야지 무공으로는 안 돼!'

정공으로는 도저히 상대가 안 된다. 무공 차이가 워낙 크게 난다. 강아지 스무 마리가 호랑이에게 덤벼드는 꼴이다.

"물러낫!"

백수검은 후퇴 명령을 내렸다.

쌍구광살이 살문사살의 시신을 수습하려고 했다.
"그만둬."
"……."
"싸움은 아직 끝나지 않았어. 명심해 둬. 한순간 방심에 목숨을 잃는 거야. 살문사살이 그랬어."
"……."
쌍구광살은 고개를 떨궜다.
아무리 그래도… 시신을 매장해 주지는 못해도 편히 잠들 수 있도록 눈이라도 감겨줘야 하지 않는가.
"뭐 하고 있나? 기회는 자주 오지 않아."
종리추는 알지 못할 소리를 했다. 그 순간,
쉬익……!
서가 뒤에 몸을 숨기고 있던 후사도가 번개처럼 튀어나오며 바로 옆에 있는 병풍을 찔러갔다.
와당탕……!
병풍이 거칠게 쓰러졌다. 그리고 병풍 뒤에서 신형이 솟구치더니 이장 옆으로 내려섰다.
후사도는 기회를 잡았으나 병기가 너무 짧았다.
그의 병기가 창이었다면, 하다못해 검이었어도 병풍 뒤에 있던 자는 상처를 입었으리라.
쌍구광살의 눈이 부릅떠졌다.
'맙소사! 적이 바로 등 뒤에 있었어!'

혈루(血淚) 257

그는 자신이 지옥 문전까지 갔다 왔다는 사실을 알았다. 종리추가 말하지 않았으면 후사도는 좀 더 기회를 기다렸을 게 분명하다. 후사도가 단병(短兵)의 약점을 망각했을 리 없다.
그렇다. 지금은 죽은 자를 애도할 때가 아니다.
쌍구광살은 쌍구를 굳게 움켜쥐고 병풍에서 튀어나온 사내를 노려보았다.
사내는 태연자약했다.
서른이 채 안 되어 보이는 젊은 나이지만 전신에서는 당당함이 무럭무럭 피어났다.
'살천문에 어찌 이런 자가 있단 말인가.'
쌍구광살은 강한 자를 찾아 중원을 떠돌던 낭인이었다.
종리추를 처음 만났을 때 한 말이 있다.

"비겁한 놈들이 꼭꼭 숨어서 싸울 생각을 안 해."

사내는 강자였다. 단번에 알아볼 수 있었다. 그리고 자신이 생각한 것처럼 뒤에 숨어서 싸울 생각을 하지 않는 소인배도 아니었다.
쌍구광살은 투지가 끓어올랐다.

"소문을 들었지."

종리추가 먼저 말을 꺼냈다.

"……?"

"구름 속에 노니는 용이여, 구름 밖으로 나오지 마라. 향기를 뿜어내는 귀신이여, 사천을 벗어나지 마라. 부동(不動)은 석상이니, 부처님이 기뻐하네. 세상에 가장 자유로운 것은 허공을 노니는 열여덟 마리 매라."

"능공십팔응(凌空十八鷹)!"

종리추가 시조처럼 읊은 말에 쌍구광살이 경악했다.

능공십팔응은 하나의 신법을 말한다.

운룡대구식, 암향표, 금강부동신법. 천하에 이름난 절기들을 과오하게 매도할 정도로 뛰어난 신법이다. 신법을 펼치면 실상(實像)을 분간

혈루(血淚) 259

하기 힘들고 유연성이 지극히 뛰어나 실전에서는 정(靜)의 금강부동신법과 더불어 동(動)의 절정 신법으로 꼽힌다.

능공십팔응은 사십여 년 전에 실전(失傳)되었다.

신법이 지고한 만큼 수련하는 자의 자질도 뛰어나야 하나 그만한 인재가 없었던 까닭이다.

그런 신법이 다시 거론되고 있다.

"무공만 놀라운 줄 알았더니 식견도 뛰어나군."

낯선 자는 당당함이 지나쳐 거만했다.

종리추에게 말하는 투가 하인이나 수하를 대하는 듯했다.

"공동에 능공십팔응을 익힌 문도가 여섯 명 있다고 들었다. 육천군이라고 불린다던데. 넌 몇 번째냐?"

이번에는 거만하던 사내도 놀란 표정을 지었다.

정파무림인들도 공동파에 육천군이 있다는 사실을 아는 사람은 드물다.

육천군은 지옥에서 살았다.

공동파 다른 문도들처럼 밝은 태양을 보며 수련한 적이 거의 없다. 그들은 연공실(練功室)이 세상 전부인 줄 알았다. 그들은 능공십팔응을 완벽하게 재연할 책임이 있었고, 책임을 완수하지 못하는 한 바깥세상은 구경하지 않으리라 작심했다.

일개 살수가 대공동파에 육천군이 있다는 사실을 알고 있다니.

"넌 반드시 죽어야 할 놈이군. 일개 살수 집단을 너무 과대평가한다 싶었는데… 그렇지 않았어. 이만한 대우를 받을 만해."

"무슨 대우?"

"내가 나설 만하다는 거지."

"그런가?"

"그래."

"지금 말뜻은 일 대 일의 비무도 감수하겠다는 말이냐?"

종리추의 어감은 상당히 도전적이었다.

사내는 비웃음을 떠올렸다.

"그렇……."

"아니다!"

사내의 말을 카랑카랑한 음성이 막았다.

기품있는 노파가 사내의 말을 잘랐다. 대외산에서 한달음에 달려온 비영파파였다.

사내는 볼멘 표정을 지었지만 감히 반박하지는 못했다.

"젊은 놈이 유도 신문을 꽤 잘하는군."

"과찬이야."

종리추는 머리가 희끗한 노파에게도 하대를 했다.

그것은 그만의 자존심이었다. 최소한 적이라 간주되는 사람들에게는 조금치도 양보를 하고 싶지 않았다.

비영파파는 종리추의 전신을 훑어 내렸다.

'죽이기는 아까운 놈…….'

대선배 앞에서 이토록 무례하기도 드물다. 배분은 차치하고라도 무공에 질려서라도 무례하지 못한다.

그녀는 분운추월이 왜 대낮부터 술에 취해 있는지 이제야 알았다. 종리추는 정이 가는 사내다. 살수만 아니라면……. 그러나 살수이기에 더욱 미운 사내다.

"내가 누군지 알지?"

"육천군은 공동파 후기지수(後起之秀), 육천군에게 일갈을 내지를 수 있는 고인이시라면 비영파파겠군."

"아는군."

"……."

"넌 나와 겨뤄야겠어."

뜻밖의 말이었다.

비영파파쯤 되는 사람은 여간해서는 손속을 나누지 않는다. 특히 종리추처럼 나이가 어린 사람과는. 이기면 본전이요, 지면 낯을 들지 못한다.

비영파파의 생각은 달랐다.

'싸움이 있을 걸 미리 알았다는 것은 머리가 있다는 거지. 사람들을 하인까지 모두 내보냈다는 것은 인의(仁義)를 안다는 것이고, 전각을 폭파시킨 것은 결단이야. 살문을 포기한다는 거지. 이런 자는 강해.'

경험에서 우러나온 생각이었다.

문파를 창건한 사람은 목숨을 잃을지언정 전각을 파괴하지는 않는다. 전각이 파괴된다면 공격하는 사람이 독심을 품었을 때뿐이다.

아무것도 아닌 일 속에 사람 마음이 담겨 있다.

종리추는 제법 자리를 잡아가던 살문을 과감히 포기했다. 싸움이 있을 것을 알면서도 협상을 시도하지 않았다. 하다못해 분운추월과 안면이 있으니 구명(求命)이라도 했어야 했는데 그마저도 하지 않았다.

포기는 하되 죽겠다는 심산이다.

육천군은 실전 경험이 일천하다.

연공실에서 손에 사정을 두며 익힌 초식으로 사람 죽이는 것을 업으로 삼은 자들을 상대할 수 없다. 무공 차이가 워낙 크게 난다면 모를까 종리추 같은 자를 상대하기에는 역부족이다.

공동파 장문인이 자랑스럽게 내놓은 육천군이지만 비영파파는 육천군 모두가 나선다 해도 종리추를 이길 것 같지 않았다.

비영파파가 품속에서 조그만 원반 네 개를 꺼냈다.

"월영반(月影盤)이라는 병기다. 좋은 경험이 될 거야."

"밖으로 나가지."

"뭐라고?"

종리추는 비영파파의 응답을 기다리지 않았다.

그는 등을 환히 열어놓은 채 문을 향해 뚜벅뚜벅 걸어갔다. 뒤에서 공격하든 말든 남은 사람들이 어떻게 되든 상관없다는 투였다.

밖으로 물러나 있던 백수검은 걸어나오는 종리추의 뒤를 보고 자신도 모르게 뒷걸음질을 쳤다.

백수검은 동공은 더 이상 커질 수 없을 만큼 크게 열렸다.

'저, 저 노파는 비영파파!'

비영파파를 알아보지 못할 사람은 하남무림에 없다.

노파이면서도 주름살이 별로 없어 중년을 조금 넘은 것 같고, 입고 있는 옷도 단정하여 추레해 보이지 않는다. 얼굴에는 항상 부드러운 훈기가 돌고. 하지만 입은 거칠기 짝이 없어서 말만 꺼냈다 하면 욕이다.

'저, 저 노파가 언제……?'

백수검은 비영파파가 언제 나타났는지도 몰랐다. 숨어서 살천문과의 싸움을 모두 지켜봤다는 사실은 더 더욱 몰랐다.

백수검은 뒤로 더 물러났다.

혈루(血淚) 263

종리추와 친구라도 되는 듯 일정한 거리를 유지하고 따라오는 비영파파의 모습에서 싸움을 읽은 탓이다.

종리추와 비영파파의 결전.

덕분에 다른 싸움은 중지되었다.

"일군(一君)."

"네."

심술궂은 사람처럼 아랫볼이 축 늘어진 사내가 대답했다.

"내가 싸우는 동안 살문을 정리해."

"네."

"방심하지 말고."

"걱정하지 마십시오."

비영파파와 육천군 중 맏이 일군은 종리추가 듣지 못하게 작은 소리로 속삭였다. 그들은 정말 몰랐다, 등을 보이고 있는 종리추가 그들의 이야기를 모두 들었다는 사실. 그가 개미 기어가는 소리도 들을 수 있을 만큼 자연의 소리를 높이 이해하고 있다는 것을.

파앗! 팍팍팍……!

비영파파의 월영반은 쉴 새 없이 쏟아져 나왔다.

원반의 개수는 분명 네 개이나 수십 개나 되는 듯 한 치도 틈을 주지 않았다.

원반은 종리추를 노리고 날아왔다가 빈 허공을 때리고는 돌아갔다. 회수가 가능한 원반이다. 허공을 나는 속도도 너무 빨라 느낌으로 피해야 한다.

원반은 파파의 손에서 세 개쯤 빠져나갔을 때 처음 던진 원반이 되돌아올 만큼 빨랐다.

쉭! 쉭쉭……!

월영반을 눈에 보이지 않을 속도로 던져 내는 비영파파의 무공도 놀랍지만 그것을 피하는 종리추의 신법도 탁월했다.

종리추는 쉴 새 없이 움직였다. 발바닥을 땅에 붙일 틈이 없었다. 땅바닥에 발끝이 닿은 것으로 만족하고 다시 신형을 날려야만 했다.

이런 싸움은 신법이 뛰어나도 결국은 비영파파의 승리로 돌아간다.

월영반을 날릴 때 소용되는 진기보다 신법을 전개하는 데 사용되는 진기가 훨씬 막대하기 때문이다. 그렇기 때문에 상대가 월영반과 같은 기형병기를 꺼내면 속전속결(速戰速決)로 끝내고자 달려든다. 그것 역시 중도에서 막히기는 매일반이지만 공격다운 공격 한번 못해보고 죽도록 피하기만 하다가 당하는 것보다는 한결 낫다.

종리추는 긴 싸움을 택했다.

피잉! 핑핑핑……!

반 각이란 시간이 지났지만 월영반이 허공을 나는 속도는 조금도 줄어들지 않았다. 종리추가 신형을 날리는 속도도 처음과 마찬가지였다.

'대단해! 정말 대단해!'

소녀는 살문이 환히 내려다보이는 나무 위에 앉아 비영파파와 종리추 간의 싸움을 지켜보았다.

솔직히 감탄했다.

적이 살수 문파의 수괴이기는 하지만 비영파파의 공격을 이토록 오랫동안 막아낸 사람은 없었다.

'아름다워. 살문주가 월영반을 피하는 게 아니라 월영반이 살문주를 피해가는 것 같아.'

소녀는 실전을 처음 보았다. 비무는 숱하게 치렀지만 목숨을 걸고 싸우는 광경은 처음이었다.

싸우는 사람이 비영파파이고, 비영파파에 못지 않은 무공을 지닌 사람이라 더욱 흥분되었다.

'하지만 견디지 못할 거야. 파파는 하루 종일이라도 던질 수 있는 걸.'

얼마나 견딜 수 있을까?

호기심은 시간이 지날수록 진한 열정으로 뜨거워졌다.

살문주라는, 살인을 밥 먹듯 하는 괴수라는 생각을 떠나 뛰어난 무인을 접한 무인의 열정이다.

종리추가 스무 살이라도 상관없고, 예순 살이라고 해도 상관없었다. 나이, 성별 모든 것에 관계없이 오로지 무공 하나만을 지켜보는 무인의 관심이었다.

육천군은 당당하게 움직였다.

숨어 있는 곳에서 나와 암습을 할 테면 해보라는 듯 가슴을 활짝 열고 이곳저곳을 뒤졌다.

쉬익!

제일 먼저 공격을 시도한 사람은 역석이었다.

그의 곁으로 육천군 중 한 명이 다가왔고, 그가 숨어 있는 바닥을 유심히 살펴봤다.

'들켰군.'

역석은 망설이지 않았다. 청석을 확 밀쳐 냄과 동시에 하오문주에게서 종리추에게, 그리고 그에게 이어진 비류혼을 전개했다.

파앗! 팟팟팟팟……!

남만에 있을 때도 권투왕이라는 말을 들을 정도로 손이 빨랐던 역석이다. 비류혼을 익히면서는 접근전에 훨씬 강해졌다.

중원무인들은 단병을 사용하는 사람이 드물다.

몸이 바짝 붙어 있으면 무공이 두세 배 높은 고수라도 상대할 자신이 생겼다.

짧은 비수가 허공에 아름다운 선을 그어냈다.

바깥과는 다르게 역석은 공격일변도였고 육천군은 방어만 했다.

'잘못됐다. 이자는 처음 만난 고수야!'

역석은 일이 틀어졌다는 걸 깨달았다.

자신의 공격으로는 육천군의 털끝조차도 건드릴 수 없다. 상대는 너무 빠르고… 곤욕스럽게 만든다. 형체가 분명하지 않다. 술에 만취된 사람이 세상을 보듯 두 겹 세 겹으로 겹쳐 보인다. 그래서야 어떻게 찌르겠는가.

비무라면 귀신같은 놈이라고 웃고 말겠지만 목숨을 건 사투이니 비수를 거둘 수도 없다.

역석은 그 와중에도 다른 살수들을 생각했다.

"모두 나갓! 이자들은 암습이 통하지 않아!"

싸움 중에 정신을 분산한 것이 화근인가?

슈우웃……!

역석이 날카로운 경기를 느꼈을 때는 이미 늦어 배가 화끈거렸다.

역석은 급살맞은 개구리처럼 부들부들 떨었다. 아랫배에서는 시뻘

건 피가 꾸역꾸역 솟구쳐 나왔다.
"쳇! 더럽게 빠르군."
그가 육천군을 보았을 때 육천군은 두 번째 공격을 날리고 있었다.
빠악……!
역석은 의식을 잃었다. 그의 머리는 길거리에 던져진 수박처럼 으깨졌다.

싸움이 곳곳에서 일어났다.
쌍구광살은 자신이 원하던 대로 아주 강한 무인을 만났다.
능공십팔응이라는 신법은 전설상의 이형환위(移形換位)와 비슷한 종류 같았다.
그의 쌍구는 허공만 후려쳤고 상대는 늘 그보다 한 걸음 멀리 떨어졌다.
'잡을 방법이 있어. 있을 거야.'
지금처럼 살문사살이 원망스러울 수가 없었다.
그들이 살아 있었다면, 살문사살의 그물이라면 능공십팔응을 멈추게 할 수 있었을 텐데.
쌍구광살의 이마에서 식은땀이 흘러내렸다.
'졌어.'
투지도 꺾였다.
세상에서 가장 무서운 것이 무관심이다. 대답없는 물음처럼 사람을 지치게 만드는 것도 없다.
쌍구광살은 줄기차게 묻고 있지만 상대로부터 돌아오는 대답은 없었다. 그때 쌍구광살의 눈에 머리가 으깨져 쓰러지는 역석의 모습이 비쳤다.

'이런 죽일 놈들! 좋아, 이럴 바엔 동귀어진. 좋아!'

쌍구광살은 공격을 중단하고 뒤로 한 걸음 물러섰다.

쌍구를 양 옆으로 활짝 벌리고 가슴은 드러냈다.

"……."

육천군이 의아한 기색을 보였다. 무슨 초식이냐고 묻는 듯했다.

쌍구광살은 입가에 잔인한 미소를 보였다. 죽이고 싶으면 죽여보라는 도전적인 눈빛을 보냈다.

쉬익……!

육천군은 어김없이 공격해 왔다.

가슴이 비었어. 쳐봐. 오냐, 치마.

촤아악……!

육천군의 손에서 은빛 광망이 튀어나왔다. 보기에는 짧은 단봉(短棒) 같았다.

'기형병기군.'

쌍구광살의 생각이 맞았다. 육천군의 신형이 팔만 뻗으면 닿을 거리에 이르렀을 때 단봉에서 '찰각!' 하는 소리가 울리더니 창날이 튀어나왔다.

푸욱!

창날은 어김없이 쌍구광살의 가슴팍을 파고들었다.

"흐흐흐……!"

쌍구광살은 웃었다. 동시에 쌍구가 움직여 육천군의 은빛 단봉을 꽉 움켜잡았다. 쌍구의 효능 중에 하나가 상대의 병기를 움켜잡는 것이지 않은가.

육천군의 입가에 비웃음이 흘렀다. 곧 죽은 놈이 무슨 발악이냐는 듯이.

 쌍구광살은 단봉을 잡고 있는 쌍구를 놓아버리고 그 손으로 육천군의 어깨를 움켜잡았다. 동시에 다른 손이 아래에서 위로 번개같이 치켜 올랐다.

 비무에서는 지면 끝난다.

 서로 병기를 거두고 서로 무엇이 좋았고 나빴는지 이야기한다.

 싸움은 목숨이 완전히 끊어질 때까지 방심하면 안 된다.

 육천군은 그 점을 간과했다. 심장이 창날에 꿰뚫린 자도 반격할 수 있다는 사실을 몰랐다. 세상에 그토록 지독한 자가 있다는 걸.

 퍼억! 쓰으윽……!

 육천군의 몸이 꿈틀거렸다. 쌍구광살을 쳐다보는 눈이 부릅떠졌다. 그의 낭심은 피로 물들었다. 혈선(血線)은 점점 위로 올라가 단전을 꿰뚫고 있었다.

 "아아악……!"

 커다란 비명이 터져 나왔다.

 '육천군도 비명을 지르는군.'

 쌍구광살은 미소 지었다.

◆第五十四章◆
전후(戰後)

비영파파의 내력은 무척 높았다.

오로지 무공 수련에만 전념하면 이런 경지에 이를 수 있다는 본보기라도 보여주려는 듯 진기가 끊이지 않았다.

'당황하고 있어.'

종리추의 상단전이 활짝 열렸다.

그는 비영파파의 눈 속에서 당황하는 기색을 읽었다. 눈가가 파르르 떨리고 있다는 것은 분명 당황이다. 아마도 일개 살수 문파의 살수가 이토록 오래 견디리라고는 생각하지 못했으리라.

'기회는 단 한 번!'

쉬익! 쉬이익……!

월영반이 날아왔다.

종리추는 월영반의 형태를 보지 않았다. 소리로 월영반의 형태며 날아오는 기세를 알아냈다.

"차앗!"

종리추의 양손이 부지런히 움직였다.

그의 십비십향이 아니라 하오문주가 선보였던 십비십향이다.

양손이 허공을 휘저어 천수여래의 형상이 생길 때,

타앙! 탕! 탕탕!

비수는 정확히 월영반의 가운데를 때렸다.

월영반은 다시 돌아가지 않았다. 나는 기세를 잃고 비틀거리더니 뚝 떨어져 내렸다.

"십비십향!"

비영파파는 하오문주의 십비십향을 아는 듯 경악에 차 저미한 음성을 흘려냈다.

"차앗!"

종리추의 전신이 비늘로 덮였다. 그리고 몸에 돋은 비늘이 사방으로 비산하기 시작했다.

"컥!"

"크윽!"

구경만 하던 살천문 살수들이 푹푹 꼬꾸라졌다.

사방을 향해 날아간 백 개의 비수는 많은 사람의 목숨을 한꺼번에 거둘 수 있는 악마의 혼령(魂鈴)이었다.

"스으윽……!"

비영파파는 당하지 않았다. 눈 깜짝할 사이에 짓쳐간 비수이건만 비영파파의 옷깃조차 건드리지 못했다. 월영반을 사용하는 관계로 병기의 빠른 움직임에 눈과 몸이 익숙해져 있었던 탓일까.

환상처럼 뒤로 물러서는 신법에 비영파파를 향해 날아간 비수 스무 자루는 꽂힐 곳을 잃고 떨어졌다.

"쉬이익……!"

종리추의 신형이 비수의 뒤를 쫓았다.

"음……! 구연진해!"

비영파파는 구연진해까지 알아봤다.

허공에 떠 내지른 다섯 번의 발차기는 구연진해 중 흑살각이다. 땅에 떨어지면서 몸을 빙글 돌려 내지른 각법은 천둔각이다. 몸을 일으키며 올려 찬 각법은 원음각의 변형이다.

종리추는 자신이 당했던 것을 고스란히 돌려주려는 듯 매몰차게 몰아붙였다.

비영파파는 견디지 못하고 주춤 물러섰다.

한 번 물러서기는 어렵다. 두 번 물러서기는 쉽다.

비영파파는 연신 물러섰다. 능공십팔응을 펼쳐 신형을 흐리고 있지만 소리로 발자국 소리를 감지해 내는 종리추의 귀만은 속이지 못했다.

"음……!"

비영파파가 곤혹스런 신음을 토해냈다. 그때,

쉬익! 쉬이익! 쉬익!

종리추는 세 방향에서 날아오는 인영을 보았다.

한 명은 생면부지였고 또 한 소녀도 낯설었다. 가장 멀리서 신형을 날렸으나 가장 빨리 다가오는 분운추월은 알아봤다.

"파파! 다음에 보지."

종리추는 연속적으로 단철각(斷鐵脚), 환영각(幻影脚), 자오각(子午脚)을 펼쳐 낸 후 집무실로 뛰쳐 들어갔다.

전후(戰後) 275

집무실은 시체로 가득했다.

혈살오괴, 살문사살, 살천문 살수들…… 새로 추가된 시신도 있다. 머리가 으깨진 역석, 가슴에 단봉을 박은 쌍구광살, 진무동도 죽었고, 산화단창, 천왕검제…… 많은 사람이 죽었다.

모두 죽은 줄 알았다.

육천군 중 두 명이 혈인이 되어 나올 때부터 살문 살수들은 모두 죽었으리라 짐작했다.

일수비백비로 살천문 살수들까지 죽일 필요는 없었지만 죽이고 싶었다. 처음으로 마음속으로부터 치미는 살심(殺心)을 느꼈다.

'공동이 끼어들다니…….'

비영파파의 등장은 종리추도 예상하지 못했다. 그녀가 나타나지 않았다면 이들 중 많은 사람이 살아 있으리라.

'아직 살아 있어!'

후사도는 쌍구광살처럼 단봉을 심장에 꽂고 있지만 비켜 맞았다.

'천우신조야.'

종리추는 부지런히 죽은 자들을 뒤척였다.

"으… 음!"

신음이 새어 나왔다.

광부였다. 그는 한쪽 팔이 잘렸고 배에 꽂힌 단봉이 등까지 삐죽 튀어나왔지만 아직 숨을 쉬고 있다.

한쪽 손으로는 후사도를, 다른 쪽으로는 광부를 껴안고 문밖을 쳐다보았다.

살천문 살수들을 비롯하여 비영파파, 육천군 중 살아남은 두 명. 많은 사람이 있지만 안으로 들어올 생각은 하지 않았다. 빠져나갈 구멍이 없다고 생각하는 게다. 서둘지 않는 게다. 예로부터 고양이도 쥐를 쫓을 때는 도망갈 길을 열어주고 쫓는다 했으니.

'분운추월은 알고 있는데, 왜? 그렇군. 분운추월은 살아남기를 바라는 거야. 고맙소, 분운추월. 철천지 원한이 있어도 개방을 도와주겠소. 단 한 번, 목숨 값으로.'

종리추는 서가를 밀었다.

어두운 암동이 시커먼 입을 드러냈다.

"피햇!"

"물러섯!"

자라 보고 놀란 가슴 솥뚜껑 보고 놀란다고, 한번 경험이 있는 사람들은 심지가 타 들어가는 냄새만 맡고도 뒤로 물러섰다.

포위는 풀지 않았다.

살문 문주의 집무실을 멀리서 빙 둘러쌌다.

꽝! 꽈꽝! 꽈콰쾅……!

거대한 폭음이 일어났다. 가라앉았던 먼지가 다시 솟구쳤다. 폭풍에 휘말린 돌가루가, 전각 파편이 사방으로 퉁겨 나갔다.

"지독한 놈!"

백수검은 자신도 모르게 치를 떨었다.

"대단한 자였어."

비영파파는 혼쭐이 났는지 안색이 창백했다.

"크크크! 할망구, 할망구는 그래도 다행이야, 나에 비하면."

"영감탱이가 누구보고 할망구래! 무슨 일이 있었는데? 싸우지도 않았잖아?"

"싸웠지."

"언제?"

"한 일 년 됐나? 일 년이 못 된 것 같기도 하고… 살문이 개파할 때였으니까… 그래, 아직 일 년은 못 됐어."

비영파파는 궁금한 표정으로 쳐다봤다.

"내가 졌어."

"……?"

"신법으로 시합을 했는데 지고 말았어. 크큭!"

"저, 정말이야?!"

"쉿! 아무도 모르는 일이야. 할망구, 소문 내면 우린 원수지간이 되는 거야. 알았지? 끌끌! 무공은 뛰어난 놈이었는데 길을 잘못 들었지. 죽일 놈… 뒈질 바에는 왜 날 이겨. 그냥 져주면 어때서."

분운추월은 투덜거리며 돌아갔다.

그가 종리추를 거짓말까지 해가며 격상시킨 것은 두 가지 의미가 있다.

하나는 공동파의 체면을 위해서다.

공동파 장문인이 자랑스럽게 내놓은 육천군 중 네 명이 죽었다. 세상에 이런 일이 있을 수 있는가. 능공십팔웅도 깨졌다. 그것만은 분운추월도 상상조차 하지 못한 일이지만 종리추란 놈은 분명히 능공십팔웅을 깼다. 비영파파가 어지럽게 쏟아지는 발길질을 피하지 못해 쩔쩔맸으니까.

당금 무림에서 신법에 관한 한 따를 자가 없다는 분운추월마저 종리추에게 진 전력이 있다면 공동파의 체면은 단번에 살아난다.

육천군은 종리추에게 죽은 것이 아니지만 그들의 죽음 역시 당연하게 받아들일지도 모른다. 워낙 강한 놈이니.

살천문이 멸문하다시피 당한 것도 공동파의 체면을 세워준다.

살문은 멸문했다.

그까짓 명예에 흠집이 생기면 어떠랴. 모두 끝났으면 그만이지.

두 번째는 종리추를 위해서다.

그는 종리추가 탈출했다는 것을 안다. 살문을 멸문시켰어도 종리추가 살아 있다면 불안하다. 그런데도 탈출하는 것을 묵인했다.

'어디 깊은 곳에 숨어서 한세상 잘 살아라, 이놈아.'

종리추를 죽이고 싶지 않았다.

살수이기는 하지만 그는 죽을 만한 죄를 짓지 않았다. 사람을 죽인 것 자체가 죄라면 죄지만 그런 식으로 따지면 무림인치고 죄짓지 않은 사람이 없다.

그는 종리추가 어떤 사람들을 죽였는지 알고 있다.

그러나 그렇다고는 해도 다시 무림에 나오게 해서는 안 된다. 다시 나온다면 무림은 혈풍(血風)이 몰아친다.

구파일방은 십망을 선포할지도 모른다.

공동파는 제일 앞장에 서서 복수의 칼을 들 게다.

그럴 바에는 처음부터 무림공적으로 만들 필요가 있다. 종리추가 얼마나 위험한 인물인지, 무공이 얼마나 높은지 과장해서라도 무림연합을 확실히 해놓아야 한다.

종리추는 고민하게 된다.

무림에 나서려면 무림 전체를 상대로 싸워야 한다.

전체를 상대해야 할지도 모른다에서 상대해야 한다로 바꿔놓는 것이다.
"클클클……!"
분운추월의 웃음소리가 폐허 속으로 파고들었다.

'대단해. 이 정도일 줄은 몰랐어. 살천문을 멸문 직전까지 몰아넣고 비영파파, 육천군······.'

소고는 묵월광이 싸웠어도 이보다 더 잘 싸우지는 못했을 거라고 생각했다.

전각을 폭파시키는 시기도 적절했다. 살천문은 절반이나 되는 일급 살수를 허무하게 내놓았다.

동녘이 밝아오고 있다.

초저녁부터 시작된 싸움은 긴 밤을 지나 아침이 되어서야 끝났다.

결과는 예측했던 대로 살문의 몰살이다.

'종리추, 너무 잘해줬어. 너무······.'

소고는 으스스한 한기를 느꼈다.

종리추가 세상을 등졌다는 생각을 하자 무엇인가 중요한 것을 잃어버린 사람처럼 허전했다.

"잘못한 것 같아요. 그를 죽여서는 안 되는데……."

소여은이 지나가는 말처럼 중얼거렸다.

'잘못했지. 하지만 누가 이 일을 대신할 수 있겠어. 아무도 대신하지 못해. 죽음이 확실한 길인데 어떻게 할 수 있겠어.'

"어쩌면 우린 얻은 것보다 잃은 게 많을지도 몰라요."

'그래, 큰 사람을 잃었어. 하지만 이런 수순을 밟지 않으면…… 봤잖아. 살문이 커진다 싶으니 단번에 처버리는 것. 무림은 살문이 커지는 것을 바라지 않아. 손아귀에 넣고 주무르려고 하지. 이런 일을 벌이지 않았다면 지금쯤 묵월광이 무너졌을지도 몰라.'

소고는 정신을 수습했다.

아직도 산 아래 살문에서는 짙은 연기가 피어 올랐다. 대외산 산정까지 뒤흔들 폭음이었으니 바닥 전체를 화약으로 뒤덮어놨다고 봐도 과언이 아닐 것이다.

"사령주!"

"넷!"

"시작해."

피풍의(避風衣)를 두른 적사가 살문을 내려다보며 말했다.

"소고, 종리추와 나. 서로 싸웠다면 누가 이겼을 것 같습니까?"

"종리추."

소고는 서슴없이 대답했다.

"살수로서 싸운다면?"

"종리추. 불만이야?"

"우리 사령(蛇靈)은 많은 자를 죽였습니다. 무공이 강하다고 정평난

자가 아니면 건들지 않았죠. 종리추는……."

"죽이지 않았어. 그것뿐이야. 죽이지 않은 것. 못 죽인 게 아니고 안 죽인 것."

"후후후! 소고, 내 생각에는 이번 일은 크게 실수한 것 같습니다. 종리추를 죽여서는 안 되는데. 죽이려면 야이간, 저놈이나 죽일 것이지. 쯧! 하긴 저놈은 그만한 값어치도 못하지."

"아! 말이 너무 심한데. 적사, 내 귀가 잘못되지 않았다면 시작하라는 명을 받은 것 같은데?"

야이간은 모욕을 받고도 흥분하지 않았다.

적사는 야이간 쪽으로는 고개도 돌리지 않고 무리에게 갔다.

적사처럼 검은 피풍의를 두른 사람들이었다. 눈에서는 인광(燐光)과도 같은 귀기(鬼氣)를 풍겨냈다.

십칠사령(十七蛇靈).

적사가 몽고에서 데려온 자들 중 최종까지 살아남은 도귀들이다. 절반은 죽고 절반밖에 살아남지 못했지만 그들이야말로 도에 관한 한 귀신이 됐다.

축혼팔도는 이 세상에 열일곱 명의 귀신을 내려 보냈다.

적사는 자신을 이들과 분리하지 않았다.

"우리는 십팔도객이야. 한 사람의 은원은 우리 십팔도객 전체의 은원이야."

그들은 십팔도객이 되었다.

"가자!"

십칠사령은 소리없이 뒤를 쫓았다.

"조 령주, 시작해."
"하하! 오늘 정말 사람 많이 죽는 날이네."
야이간은 실소를 흘리며 여기저기 난잡하게 흩어져 있는 사내들에게 갔다.
"가자."
사내들이 어슬렁거리며 일어섰다.
십팔도객이 살기를 뚝뚝 흘리는 데 비해 이들은 타락한 세상에서만 살아온 듯 음울한 분위기를 풍겨냈다.
청살괴 살수 서른 명.
야이간은 청살괴에 약속한 이천 냥을 주지 않았다. 대신 그 돈을 살수들에게 주었다. 한 사람당 예순 냥이 훨씬 넘는 큰돈이다.
"내가 고용하지. 몇 명을 죽이든 상관없이 해마다 예순 냥을 주겠어. 어때?"
청살괴는 복수하려고 할 테지만 그까짓 것 신경도 안 쓴다. 청살괴 살수 서른 명만 장악한다면 실제로 신경 쓰지 않아도 된다.
청살괴 살수들은 청살괴를 배신했다.
"퉤! 살문이 몰락하는 모습을 보니 기운이 쭉 빠지네."
"그러게 말야. 오늘은 일하고 싶지 않은데."
청살괴 살수들은 불평을 늘어놓았지만 야이간의 명령을 따르지 않는 자는 없었다. 명령을 어긴 자는 잔인한 시체가 된다. 야이간이야말로 무서운 살수다.

"저도 가볼게요."

소고는 고개를 끄덕였다.

예상했던 시간보다 일이 앞당겨졌지만 준비는 충분하다.

머리 속으로 계획을 다시 한 번 점검해 봤다. 혹시 허점이 있는 것은 아닐까? 허점은 없다. 계획은 완벽하다. 지금까지는……

소고는 소여은이 서른일곱 명의 화령(花靈)들과 함께 산을 내려가는 모습을 지켜보았다.

"일살!"

"넷!"

산속 깊은 곳에서 대답이 들렸다.

"이십팔숙은?"

"준비 끝났습니다."

"가자!"

흘러간 과거는 잊어야 한다.

종리추도, 살문도 모두 잊어야 한다. 앞으로 헤쳐 나갈 일은 그보다 훨씬 위험하고 급박하다.

'마지막으로 한마디 하지. 종리추, 고마워.'

그녀마저 떠난 자리에 쓸쓸한 바람이 불었다.

비운적검은 아침부터 술을 들이켰다.

특급살수 백여 명을 데리고 와서 겨우 십여 명만 살아 돌아간다.

심정이 참담했다.

'명맥을 이을 수도 없어. 지부에 남은 자들이 전부야. 그것도 이급 살수. 이제는 청부도 마음대로 받을 수 없어.'

일이 어디서부터 꼬이기 시작했을까.

심정이 답답하기는 살천오살도 마찬가지였다. 아니, 이제는 살천삼살이 되었다. 아무리 문주라고는 하지만 이제 갓 약관을 넘었음 직한 풋내기에게 두 명이나 목숨을 잃었다.

'살겁을 저지른 자들은 따로 있어. 살문이 아냐. 제길! 엉뚱한 자들을 치느라고 집안 기둥이 뽑혀 나갔군.'

살천삼살은 역시 문주는 아무나 하는 게 아니라는 생각을 했다.

전임 문주 같았으면 구파일방이 핍박을 가해와도 능구렁이처럼 빠져나갔을 게다. 어쩔 수 없이 휘말려들었어도 지금처럼 참담한 심정이 되지는 않았으리라.

그들은 자신들의 패배가 모두 문주 탓만 같았다.

"술 더 가져와!"

비운적검이 고함을 질렀다.

'문주라는 자가 이게 무슨 꼴…… 살수가 옆에 다가와도 모를 판이잖아.'

하나를 밉게 보면 열이 미워진다.

살아남은 살수들은 비운적검에 대한 신망을 거뒀다.

'에이! 술이나 퍼먹자.'

살천문 살수들은 총단으로 돌아가지도 않고 주루에 눌러앉아 술을 들이켰다.

"아예 고주망태가 따로 없군. 이건 신경 쓸 것도 없겠어."

비운적검 앞에 모습을 드러낸 사람은 소여은이었다.

"응? 뭐야? 어! 이게 어디서 내려온 선녀이신가?"

비운적검은 문주로서의 품위조차 지킬 줄 몰랐다.
실력이 없는 자가 야망을 가지면 추해진다.
비운적검이 딱 그 모양이었다.
그는 취해 정신이 몽롱한 상태에서도 소여은의 미모를 알아봤다. 사내란 술에 취하면 여자 생각을 떠올리는 법, 그에게 소여은이 어떤 여인인지는 중요하지 않았다. 당장 무섭게 치솟고 있는 욕정을 풀어줄 상대로밖에 보이지 않았다.
소여은이 여염집 아낙이었어도 추잡한 행동은 변하지 않았으리라.
소여은은 비운적검이 이끄는 대로 손목을 내주었고 허리를 부여잡는 손도 뿌리치지 않았다.
"흐흐흐! 어디 기녀냐? 대단한 미모인데! 너, 내 첩 해라. 떵떵거리며 살게 해주지. 이년아, 내가 살천문주야, 살천문주. 알지? 들어봤지? 너 맘에 안 드는 새끼 있어? 내 당장 숨통을 막아줄게."
"호호호! 농담도 잘하셔."
"이년아, 농담이라니! 흐흐흐! 좋아, 좋아. 오늘 우리 하늘나라 구경 좀 해보자. 햐! 거 살결 한번 뽀얗다."
소여은은 지겨웠다.
이런 작자에게 희롱당하는 것은 역겹기까지 했다.
그녀는 삼십칠화령이 자리를 제대로 잡았는지 확인했다. 그리고 손을 둘러 살천문주의 목을 휘감았다.
"오냐, 오냐, 오…… 컥!"
살천문주는 자신의 목이 뒤로 확 꺾이는 느낌을 받았다. 느낌은 현실로 이어졌고 무서운 충격과 함께 경추(頸椎)가 부러졌다.
백수도를 비롯한 살천삼살도 횡액을 면치 못했다.

전후(戰後) 287

살천문 최고의 살수들이라는 그들이지만 느닷없는 기습에는 병기조차 뽑아 들지 못했다.

여인들이 우르르 나타났을 때 경각심을 가져야 옳았다. 평소 같았으면 그러고도 남을 사람들이었다. 조그만 변화에도 신경을 바짝 곤두세우던 사람들이다.

"가자."

소여은은 태연히 일어서 주루를 벗어났다.

"사, 살인이얏! 살인이얏!!"

뒤늦게 주루 주인이 고함치는 소리가 들렸다.

살문의 몰락은 혈풍(血風)의 종식이 아니라 시작이었다.

단 칠 주야 만에 하남무림 살수계를 장악하고 있던 살천문이 뿌리째 뽑혀 나갔다.

살천문 총단이 무너지고 각 지방에 비밀리 산재되어 있던 지부가 불탔다.

살아남은 사람은 없었다. 살인자들은 닭이나 개 같은 미물마저도 살려두지 않았다.

철저한 멸종(滅種)이다.

그러는 가운데 신흥 세력이 부상했다.

그들은 스스로를 묵월광이라고 칭했다.

◆第五十五章◆
천부(天府)

구파일방 장문인들은 자파로 돌아가지 않았다.

당금 무림에서 가장 큰 사건은 역시 살문을 멸문시키는 것과 절강성에서 살겁을 자행하고 있는 혈영신마의 척살이었다.

구파일방은 혈영신마에게 십망을 내렸으나 그는 듣지 않았다.

오래가지는 않을 것이다.

구파일방은 세 번이나 실패한 적이 있다. 십망을 내렸지만 그들은 그물망을 빠져나갔다.

오독마군, 혈암검귀, 살혼부.

장문인들은 허심탄회하게 심정을 토로했고 서로를 충분히 이용하지 못하고 있다는 결론을 내렸다.

지역별로 구분한 것이 잘못이다.

십망을 내렸으면 구파일방 전부가 하나가 되어 움직여야 한다. 그랬다면 그 누구도 빠져나가지 못했을 게다.

　장문인들은 오랜 숙의 끝에 십망을 재정비했다.

　십망자의 움직임을 쫓기로 했다. 십망자가 개봉에 있으면 개봉에 있는 무인 전부가 하나로 응집한다는 내용이다.

　색깔이 다른 무림인을 효율적으로 통제하기 위해 통솔자도 미리 선정해 놓았다.

　그들은 각 파의 장로급으로 자기가 맡은 구역에 상주하며 만일을 대비한다. 십망이 선포될 경우 그 지역에 있는 무림인 모두가 복종해야 하는 절대적 권한을 부여했다.

　장문인들이 그렇게까지 한 것은 역시 살혼부 사건이 컸다.

　살혼부 사대살수를 단 한 명도 잡지 못한 일은 큰 충격이었다.

　오독마군이나 혈암검귀는 무공이나 탁월하다지만 살혼부 살수들 정도야 충분히 요리할 수 있지 않은가. 그런데도 한 명도 아니고 모두 놓치다니…….

　혈영신마는 재수없게도 모든 체계가 정비된 다음에 걸려들었다. 전 같으면 운 좋게 빠져나갈 수 있었을지 몰라도 지금은 어림없다.

　"허허! 멋지게 당했어요. 오랜만에 뒤통수를 맞으니 얼얼합니다."

　소림 방장 혜공 선사가 쓴웃음을 지었다.

　"보통내기들이 아닙니다. 완전히 속았어요. 허! 이제 개방도 천하제일의 정보망이라는 말을 버려야 할 때가 된 것 같습니다."

　개방 방주도 쓰게 웃었다.

　묵월광을 어떻게 할 것인가.

　그들은 표면으로 부상했다. 그동안 하남무림에서 있었던 일련의 살행도 그들 소행이 분명하다.

하지만 심증일 뿐 물증이 없다.

그들은 무림의 해악인 살수들을 제거했다.

그게 무슨 죄란 말인가.

빤히 보이는 술수이지만 속수무책이다. 스스로 본색을 드러낼 때까지 기다리는 방법밖에는 없다.

"듣자 하니 묵월광의 소고가 여자라는 말이 들리던데……?"

"맞소이다. 여자."

"허!"

혜공 선사와 개방 방주의 대화를 들은 장문인들이 혀를 찼다.

"소고를 만나봐야겠소이다."

혜공 선사의 메마른 눈빛이 빛났다.

혜공 선사는 그 길로 장경각(藏經閣)으로 향했다.

타인은 절대 출입할 수 없는 장경각 문을 밀치자 텁텁한 냄새가 코를 찔렀다.

삼층 전각을 가득 메운 고서에서 풍기는 지향(紙香).

혜공 선사는 이 냄새가 좋아 장경각에서 살다시피 했다. 그것이 그를 무림의 태두가 아니라 불문의 고승으로 기억하게 만들었지만.

방장은 계단을 밟아 올라갔다.

오랜 세월 기름 칠을 하고 닦은 탓인지 나무 계단은 반질반질 윤이 났다.

삼층까지 오르자 창문을 활짝 열어젖혔다.

이제는 겨울로 들어선 날씨다. 아침저녁으로는 불을 넣어야 한다.

대낮에도 차가운 기운이 옷 속으로 파고든다.

　장경각 삼층에는 다른 사람도 있었다.

　훤칠한 키에 체격이 단단하고, 이목구비가 단정했으며, 눈에서는 맑은 정기가 샘솟았다.

　"종리추는 어찌 되었는가?"

　혜공 선사는 창문으로 스며드는 차가운 기운을 온몸으로 받으며 물었다.

　"지하 통로를 통해 빠져나갔습니다."

　"허허!"

　잠시 침묵이 흘렀다.

　사내는 혜공 선사가 무척 어려운지 두 손을 가지런히 모은 채 미동도 하지 않았다.

　"묵월광의 소고라고 하던가? 그 여인과는 어떤 관계인지 알아봤는가?"

　"제자가 파악한 바로는 아무런 관계도 아닌 듯싶습니다."

　"그럴 리가 없어. 너무 완벽하게 이가 맞지 않는가."

　"……"

　"자네도 분운추월처럼 종리추란 자에게 매력을 느낀 겐가?"

　"아, 아닙니다."

　사내는 황급히 대답했다.

　"제자는 그자 근처에도 가지 않았습니다. 워낙 눈썰미가 예리한 자라서……"

　"그렇겠지. 그래, 종리추는 앞으로 어떻게 한다던가? 복수를 생각하던가?"

"거기까지는……."

"아미타불……!"

혜공 선사는 불호를 외웠다.

선택이 잘못되었다. 종리추는 건드리지 말든가 죽였어야 한다. 지금은 건드리기는 했으되 죽이지 않았다.

"백천의."

"예."

"앞으로 계속 종리추 곁에 머물 수 있겠나?"

"방법을 찾아보겠습니다."

"그래. 가능하면 옆에 붙어 있어. 만일 우려했던 일이 벌어지면……아미타불!"

"……."

"자네에게 못할 일을 시키는구면."

"제자는 오히려 기쁩니다. 제자를 믿고 이렇게 중대한 일을 맡겨주셔서 감사드립니다."

"아미타불!"

혜공 선사는 불호만 외웠다.

소림이 이랬던 적은 없다. 죽일 자는 죽이고, 살릴 자는 살리고 무슨 일이든 깨끗이 처리했지 미적지근하게 처리하지 않았다.

백천의가 죽일 자라는 말을 한마디만 했어도 종리추는 죽었다. 멸문을 당하기 전에 하인들을 풀어주지 않았다면 죽음을 선물했으리라.

종리추는 모르지만 그가 살게 된 데는 많은 사람이 암중으로 도왔다. 물론 본인 스스로도 살 길을 열었지만. 이래서 진인사대천명(盡人事待天命)이라고 했던가.

천부(天府) 295

백천의는 오히려 기쁘다고 했지만 오랜 기다림을 견뎌내야 하는 지겨운 일이다.
한 사람 곁에 머문다는 것은 자칫 일생을 허무하게 낭비하는 결과가 될지도 모른다.
한 사람의 인생을 좌우지할 권리가 누구에게 있겠는가.
'아미타불! 종리추… 부디 무림에는 들어서지 말게나. 부디…….'
혜공 선사는 자신의 판단이 잘못되지 않기만을 바랬다.

소고는 생글생글 웃으며 산문에 들어섰다.
"아!"
불도에만 정진하는 소림승들마저 소고의 매혹적인 자태에는 넋을 잃었다.
"시, 시주, 어떻게 오셨는지……?"
"방장님의 초청을 받았어요."
소고는 배첩(拜帖)을 내밀었다.
"무, 묵월광! 소고!"
지객승(知客僧)은 무척 당황한 듯했다.
소문으로만 듣던 살인 집단의 수뇌가 이 여인이라니… 이렇게 아름다운 여인이 그런 일을 벌였다니…….
'아미타불! 아미타불! 아미타불……!'
지객승은 연신 불호를 외웠지만 자꾸 눈길이 돌아갔다.

소고는 정중한 안내를 받으며 방장실로 들어섰다.
"나무아미타불."

정중히 불문의 예의를 갖췄다.

"말은 많이 들었지. 이리 와 앉으시게."

혜공 선사는 불문의 고승이 아니라 옆집에 사는 사람처럼 포근했다.

체격이나 인상으로 보면 도저히 포근하다고 생각할 수 없는 고승이었지만 안에서 우러나오는 기품이 사람을 편하게 만들었다.

소고는 입술이 바짝 타는 것을 느끼며 입술을 안으로 오므렸다.

"차 한잔하시겠는가?"

"소림사의 차는 담백하기로 소문났죠. 언젠가 맛보고 싶다고 생각했는데 주신다니 감사히 마실게요."

혜공 선사는 직접 찻물을 올렸다.

차가 끓는 동안 두 사람은 말이 없었다.

이윽고 차가 끓자 찻잔에 정성스럽게 따른 다음 내밀었다.

"소림사의 차라고 다른 게 있을 리 있나. 별로 다르지도 않은데 말들만 많다오."

소고는 찻잔을 들어 마셨다.

"난 많은 사람을 만났다오. 신흥 문파의 문주들은 모두 한 번씩은 만나봤지."

"……."

혜공 선사의 눈이 날카롭게 빛나기 시작했다. 그러자 지금까지와는 전혀 다른 사람이 되었다. 편하고 좋은 고승이 아니라 감히 범접해서는 안 될 것 같은 위압감이 줄기줄기 뻗어 나왔다.

소고도 진기를 끌어올렸다.

그녀의 몸에서는 사람을 나른하게 만드는 권태가 새어 나왔다.

"허허! 혈암검귀의 무공은 사장(死藏)된 줄 알았더니……."

소고는 움찔했다.

누구도 자신의 무공을 알아보지 못했다.

혈암검귀의 무공은 상대의 정신을 제압하는 데서부터 시작한다. 그렇기에 익히면 강하지만 익히는 자가 드물다.

진기를 뿜어내 상대의 정신을 옭아매면 승부는 거의 끝났다고 봐야 한다. 나머지는 불필요한 권각의 놀림이 있을 뿐이다.

혜공 선사는 단번에 무공 내력을 알아냈다.

혈암검귀의 무공과 같이 정신을 제압하는 무공이 흔치 않은 탓인지도 모르지만.

혈암검귀는 실망을 받았다.

그의 무공을 이어받았으니 어떻게 나올 것인가.

"소림사를 방문하는 무림인은 모두 선물을 바리바리 싸오는데, 무슨 선물을 가져왔는가?"

"평화를 가져왔잖아요."

"평화라…… 주시게."

혜공 선사는 손을 내밀었다.

소고도 손을 내밀어 손에 쥔 것을 건네주는 시늉을 했다.

"내 손은 비었네. 그 평화라는 것, 빨리 주시게."

혜공 선사는 막무가내였다.

"이런! 벌써 마음속으로 들어간 모양이네요. 눈을 감고 마음속에서 찾아보세요."

소고와 혜공 선사의 눈이 허공에서 부딪쳤다.

누구도 눈길을 피하지 않았다.

쇠와 쇠가 마주친 듯 불똥이 튀었다.

"소림사를 방문한 사람 중에 혼자 몸으로 온 사람은 두 명뿐이지."
"한 명은 저군요."
혜공 선사는 고개를 끄덕였다. 눈길은 여전히 소고의 눈에서 떼지 않은 채.
"또 한 명은 살문 문주 종리추구요."
또 고개를 끄덕였다.
"종리 시주는 차를 마시지 않았지."
"……?"
"다시 온다고…… 그때 와서 마시겠다고."
"호호! 불귀의 객이 찾아온다니 좀 께름칙하군요."
"불문은 영혼이 머무는 곳인데 산 사람이면 어떻고 죽은 사람이면 어떨까."
탐색은 끝났다.
"시주, 살겁을 중단하시게. 지난 일은 불문에 부치겠네."
"실망인가요?"
혜공 선사는 눈을 들여다보기만 했다.
'이거야. 이래서 사무령을 원한 거야. 아무에게도 제약받지 않는 자유인 사무령…….'
소고는 청면살수의 심정을 알 수 있었다.
"살겁을 중단할 수는 없어요. 제 밑에 있는 사람들은 너무 피를 그리워해요. 방장님께서 계속 만류하신다면 제 갈 길을 가도록 풀어놓는 수밖에 없어요. 살천문이 차지했던 영역만 차지하겠어요."
"그것으로 끝내겠는가?"
"네."

혜공 선사는 비로소 눈길을 거뒀다.

"시주는 종리추와는 전혀 반대되는 사람이구먼."

"……?"

"종리추는 날카로우나 정이 숨어 있지. 시주는 정이 넘쳐흐르나 마음이 얼어 있고. 종리추는 죽었으나 정이 가는 사람이고 시주는 살았으나 위험한 사람."

찻잔에 남은 차를 모두 마시고 내려놨다.

목적은 이뤘다. 살천문이 차지했던 영역, 하남무림 살수계를 거머쥐었다. 가장 안전하게.

"종리추는 멸문을 당했지만 내 기대에 어긋나지 않았지. 시주는 하남무림에 둥지를 틀었지만 기대하기 힘들 것 같고. 허허! 명심하시게. 구파일방은 허수아비가 아닐세."

"저도 말을 남겨야겠군요. 다음에 오면 제가 차를 끓여드리죠."

소고는 몸을 일으켰다.

'이제 시작이야.'

종리추는 지하 통로를 빠져나왔다.

종리추가 나온 곳은 남쪽으로 대외산 산 중턱이었다. 힘들기는 하지만 산이 험하고 가파르며 숲이 울창해서 추적자들을 따돌리기에는 딱 좋은 지형이다.

후사도와 광부를 옆에 끼고 산을 넘었다.

토끼가 꾸무럭거리는 소리에도 몸을 숨겼고 새가 지저귀는 소리에도 숨을 삼켰다.

그 누구와도 부딪쳐서는 안 된다.

밖에 나왔으니 몸 하나 빼는 것은 어렵지 않지만 후사도와 광부는 목숨을 잃게 된다.

대외산을 넘어 허름한 농가로 들어갔다.

"살문이 붕괴되었다는 소리를 듣고 걱정했습니다. 폭음 소리가 여기까지 들렸어요."

"이 사람들 치료부터 해야겠어. 빨리 뜨거운 물부터 끓여줘."

농가에 있는 부부는 외장 문도다.

그들은 개방에 투항한 후 개방 문도의 눈을 피해 멀리 하남성 밖 호광성(湖廣省) 경계까지 나갔다가 돌아왔다.

농가에서 사흘을 요양했다.

개방의 눈을 의식해 대소변까지 늙은 부부에게 신세지며 방 안에만 틀어박혔다.

나흘째 되던 날, 기다리던 마차가 왔다.

본인이 타려고 준비했던 건 아니다. 살문 살수들이 도주하지 않고 모두 있다는 것을 보여주기 위해 싸울 사람이 필요했고, 가급적이면 그들도 살려보고 싶었다.

단 두 사람만 구했다.

"감시하는 눈들이 많아서……."

"수고했어."

종리추는 후사도와 광부를 마차에 싣고 늙은 부부에게 은자를 건넸다.

늙은 부부는 사양했다.

"문주님, 살문을 나올 때 넉넉하게 받아둔 게 있습죠. 저희들 걱정은 마시고 곧 돌아오십쇼. 기다리고 있겠습니다요."

"기다리지 마, 돌아오지 않을 테니까."

"편히 다녀오십쇼."

늙은 부부는 끝까지 돌아오리라 믿는 모양이다.

후사도와 광부는 자신들만 산 것이 죄스럽다는 듯 침울했다.
다각! 다각……!
마차는 천천히 달렸다.
관도에 사람이 있으면 흙먼지가 튀지 않도록 고삐를 잡아당기는 배려도 했다.
"어떤 수법에 당했나?"
종리추는 침울한 분위기를 쇄신하기 위해 무공 이야기를 꺼냈다.
"그놈들… 꼭 정신이 혼미한 것 같았어요. 눈앞에서 어른어른거리는데 도무지 정확한 신형을 파악해 낼 수가 없었죠. 쌍구광살 형님이 해법을 찾아냈죠. 동귀어진."
"그렇군."
살문 살수들의 무공이 강하다고는 하지만 정통 무가의 제일 정종무공에는 역시 부족했다.
"그 비영파파라는 노파도 능공십팔응을 전개한 것 같던데 문주님은 어떻게 파훼하셨습니까? 아주 몰아붙이더군요."
광부는 그 와중에도 종리추에게 눈길을 던졌나 보다.
"소리."
"예?"
"발자국 소리로 파악했지."
"……?"
후사도와 광부는 서로를 쳐다봤다.
그들로서는 이해되지 않는 말이었다.
'그리고 보니 소리를 들은 지도 오래됐군.'
"형님, 발자국 소리를 듣고 병기를 쳐낼 수 있소?"

"그게 가능하다면…… 죽느냐 사느냐 하는 판에 발자국 소리를 들을 짬이 어딨나?"

종리추는 후사도와 광부가 말문이 트인 것을 보고 눈을 감았다.

째잭! 째재잭……!

새들이 지저귄다. 새들의 음성을 날아오는 것은 바람이다. 바람이 없으면 세상은 침묵에 싸이고 말리라.

'이제 무림을 떠나는 거야. 빚은 갚았으니…….'

지난 세월, 소고라는 여인의 영상을 천 근 무게처럼 얹고 살았다.

이제는 홀가분하게 떨쳐 버려도 된다. 몇몇 사람을 제외하고는 살문 살수들은 모두 죽은 것으로 알고 있으니 그 얼마나 다행인가.

"상처만 나으면 그놈들을 그냥……."

"아서. 그러다 죽을라. 우선 무공부터 다듬어야겠어."

종리추의 미간이 찌뿌려졌다.

이들, 살아남은 살수들을 어찌한단 말인가. 이들은 싸움이 좋아 무림을 떠도는 사람도 있고 개인적인 사정 때문에 무공을 버리지 못하는 사람도 있다.

'돌아가는 대로 정리해야겠군.'

마차를 천천히 몬 탓인지 십이월 중순 무렵에야 섬서성(陝西省) 백수(白水)에 도착했다.

안전지대였다.

사람들은 새롭게 등장한 신흥 문파 묵월광의 이야기로 분분했다.

살문은 이미 잊혀진 문파가 되었다.

종리추 일행을 눈여겨보는 사람도 없었다. 간혹 개방 문도와 마주치기도 했지만 무심히 지나갈 뿐 말 한마디 건네오지 않았다.

　백수에서 배를 탔다.

　백수 한가운데는 작은 섬들이 올망졸망 모여 있다.

　어떤 섬은 풀 한 포기 나지 않는 바위섬이고 어떤 섬에는 염소가 서식하기도 한다.

　주변 사람들은 섬들의 군락을 일컬어 천부(天府)라고 한다.

　하늘의 집처럼 자연 경관이 빼어나다고 해서 붙여진 이름이다.

　마부에서 사공이 된 하오문 외장 문도는 천부 지리에 환했다.

　"전 여기서 나고 자랐죠. 그때는 정말 지겨웠는데 다시 보니 정겹기만 하군요."

　종리추에게 천부 이야기를 꺼낸 사람도 이 사람이다.

　천전흥(千顚興).

　외장 문도로 등천조 휘하에 있던 백 명 중 한 명이다.

　과연 천부는 천전흥이 장담한 대로 어디 한 군데 놓칠 곳이 없었다. 하나같이 아름다웠다.

　"저깁니다. 저기가 천부에서도 상궁(上宮)으로 불리는 곳입니다. 천부에는 사람이 살 만한 곳이 열댓 곳 되는데 저 상궁이 제일 경치가 좋아요. 전에는 노파 한 명이 살았는데 제가 이곳을 떠날 무렵에 죽었죠. 그때부터 빈 섬이에요."

　천전흥은 신바람 나서 떠들었다.

　배가 상궁이라 불리는 곳에 도착하자 반가운 얼굴들이 마중 나왔다.

　아버지, 어머니, 어린… 유구, 유회, 혈살편복, 음양철극… 벽리군…….

모두들 무사히 도착했다.

후사도와 광부는 그때까지도 완전히 낫지 않아 부축을 받아야 할 지경이었다.

상처에 대해서는 한마디도 언급하지 않았다.

살문에서 일어났던 싸움 이야기를 꺼내면 죽은 사람의 이야기도 꺼내야 할 것 같아 애써 참았다.

섬에 마련된 거처는 초라하기 이를 데 없었다.

나무와 풀로 얼기설기 다듬어 간신히 비바람이나 피할 수 있을까? 사람이 살 만한 집은 아니었다.

"미안해요, 자재를 들여오면 소문이 날 것 같아서."

"잘했어."

벽리군과의 정리도 어떤 식으로든 끝내야 한다.

종리추는 갑자기 정리할 것이 많아졌다. 그런데 어떻게 정리한단 말인가, 이 사람들을.

집으로 들어서던 종리추는 우뚝 걸음을 멈췄다.

그의 눈은 뚫어지게 한구석을 쏘아봤다.

"인사해라. 이분은……."

"그만!"

종리추는 소리를 버럭 질렀다.

아버지에게 이런 식으로 말을 하다니… 이내 후회가 밀려들었지만 더 듣고 싶지 않았다. 정녕 보기 싫은 사람이다. 죽는 그 순간까지 보지 않았으면 했던 사람이다.

종리추는 바위에 앉아 하루 종일 파도 소리만 들었다.
"저러다 굶어 죽겠어요."
어린이 울먹였다.
"휴우! 놔둬라. 지금은 혼자 있고 싶을 거야."
적지인살은 일절 종리추에게 다가서지 못하게 했다. 하루가 되었든 이틀이 되었든 한 달이 지나더라도 스스로 해결할 문제다. 답이 어떻게 나오든 간에.

정말 종리추는 바위에서 꼼짝하지 않았다.
섬서성의 겨울은 매섭기로 유명하다. 오죽하면 겨울에는 사람 구경을 할 수 없다고 하겠는가.
밤바람이 혹독하게 몰아쳤지만 종리추는 꿈쩍도 하지 않았다.
하루, 이틀, 사흘…….
머리는 헝클어지고 의복은 더러워졌다. 얼굴에는 때가 끼기 시작했다.
"휴우! 데려와야 되지 않겠어요?"
배금향은 마음이 아팠다.
"놔둬요."
적지인살도 마음이 아팠다. 하지만 이번 일만은 자식의 의사에 맡기고 싶었다.
'아무도 도움이 되지 않아.'

초막에는 괴물이 누워 있었다.
팔다리가 잘린 병신에 눈까지 파인 장님…… 그가 누군지는 한눈에 알 수 있다.

살혼부 부주였던 청면살수.

그가 왜 여기에 나타났단 말인가. 무엇을! 무엇을 더 달라고!

청면살수는 종리추가 살아 있다는 것을 안 순간 그를 회유할 사람은 자신밖에 없다고 생각했으리라. 그 누구도 종리추를 얽맬 수 없는 입장이다.

그가 살았다는 소식은 아마도 아버지가 말했을 게다.

그런 분이다. 자신이 대형으로 모셨던 분, 지금도 대형으로 모시며 존경하는 분에게 거짓을 말할 수 있는 분이 못 된다.

청면살수 옆에 있던 사람은 아버지의 유일한 의제인 공지장이 틀림없다.

사무령…….

사무령이 도대체 무엇이기에 그토록 집착한단 말인가.

쏴아아……! 철썩!

파도가 거칠게 밀려와 바위를 때렸다.

그 모습이 세상 풍파가 달려와 자신을 두들기는 것처럼 여겨졌다.

종리추는 일어섰다.

"무엇을 원하나?"

공지장의 눈가에 분노가 스몄다. 적지인살도 배금향도 당황해하는 표정이 역력했다.

공지장이 분노를 억누르고 물 적신 붓으로 청면살수의 배에 글씨를 써 나갔다.

"하하하! 목소리를 듣지 못해서 유감이군. 아주 똘망똘망했다던데, 지금쯤 장성한 청년이 됐겠군. 보지 못하고 듣지 못하니 이해하게. 원하는 것이 뭐냐고 물었다던데…… 거래를 하고 싶네."
"거래?"
공지장이 다시 글씨를 썼다.
종리추가 말한 것은 한마디였으나 공지장은 여러 글씨를 썼다.
청면살수가 입을 열었다.
"혈암검귀의 무공비급은 얼마만한 가치가 있나?"
종리추가 즉시 대답했다.
"똥 닦개."
공지장은 폭발 직전에 이른 듯 눈을 부라렸다. 적지인살은 난감한 듯 초막을 나가 버렸다.
"써."
종리추는 공지장마저도 안중에 두지 않았다. 아버지의 의형, 의제를 인정하지 않는다는 뜻이었다. 이제 그들과는 인연을 끊고 싶다는 뜻이었다.
"그럼 내 목숨은?"
"퉤!"
종리추는 바닥에 침을 뱉었다.
"좋아. 그럼 소고는 봤을 테니…… 소고를 준다면 어떤가? 적각녀도 뛰어난 미인이라지? 적각녀도 갖고 싶다면 가지게."
종리추는 귀를 파냈다. 옷자락을 북 찢어 귓속을 깨끗이 파냈다.
"한(恨)."
"……"
"한은 값어치가 얼마나 되겠나?"
"……"

천부(天府) 309

청면살수가 불쌍했다. 청면살수는 줄 것이 아무것도 없다. 그가 줄 수 있는 것은 소고에게 모두 주었다. 그는 빈손이다. 애당초 거래라는 말은 성립될 수도 없었다.

그는 종리추에게 선택의 기회를 주고 있다.

그가 이 정도로 말할 정도면 아마도 소고에게는 비밀로 하고 왔을 게다. 자신이 여기 온 사실도, 종리추가 살아 있다는 사실도. 사실대로 말해도 더 이상 소고가 어떻게 해볼 것은 없지만.

"사무령이 되어주었으면 좋겠어. 소고를 도와주든 독자적으로 사무령이 되든, 아님 서로 힘을 합하든. 살수의 위치에서 사무령이 되어주면 원이 없지."

청면살수는 지금까지와는 전혀 다른 어조로 말하기 시작했다.

"살문이 몰살한 것, 수하들이 죽어간 것… 모두 이야기를 들어서 알고 있네. 나도 일문을 이끌던 부주였는데 자네 심정을 모른다면 말이 안 되지. 알지, 알아."

'필요없는 죽음이었어!'

"무림을 떠나더라도 이것만은 알아두게. 지금까지 죽어간 사람들은 사무령이 탄생하는 순간 빛을 보게 되는 걸세. 그렇지 않으면 헛된 죽음일 뿐이지."

'궤변!'

"이 말만은 꼭 해주고 싶어서 왔네. 헛된 죽음을 만들든 그렇지 않든 자네에게 달렸다는 걸. 자네는 적어도 자네를 믿고 따르는 사람들을 책임져야 하네. 내가 이런 몰골이 되고도 나를 믿고 따르던 의제들에게 책임을 다하고 있듯이. 내가 여기서 포기한다면… 생각해 보게. 의제들의 인생은 뭐가 되겠나. 그런 걸세, 문주라는 것은."

종리추는 말을 잊었다.
아버지의 일생…….
남만까지 쫓겨가 비참하게 살다가 다시 중원으로 건너와 강 건너 불구경하듯이 무림을 바라보는 심정.
소천나찰, 미안공자, 비원살수… 그들의 인생.
남만에서 따라와 중원에서 생을 마감한 역석,
쌍구광살은 말했지.

"비겁한 놈들이 꼭꼭 숨어서 싸울 생각을 안 해."
"싸우기 싫어도 싸우게 해주지."

그래, 그렇게 말했어.

"목숨을 걸면 살아 있다는 느낌이 들어서 좋아."

그 말은 산화단창이 했고…….
종리추는 다시 안으로 깊이깊이 침잠해 들어갔다.

『사신』 제6권으로…

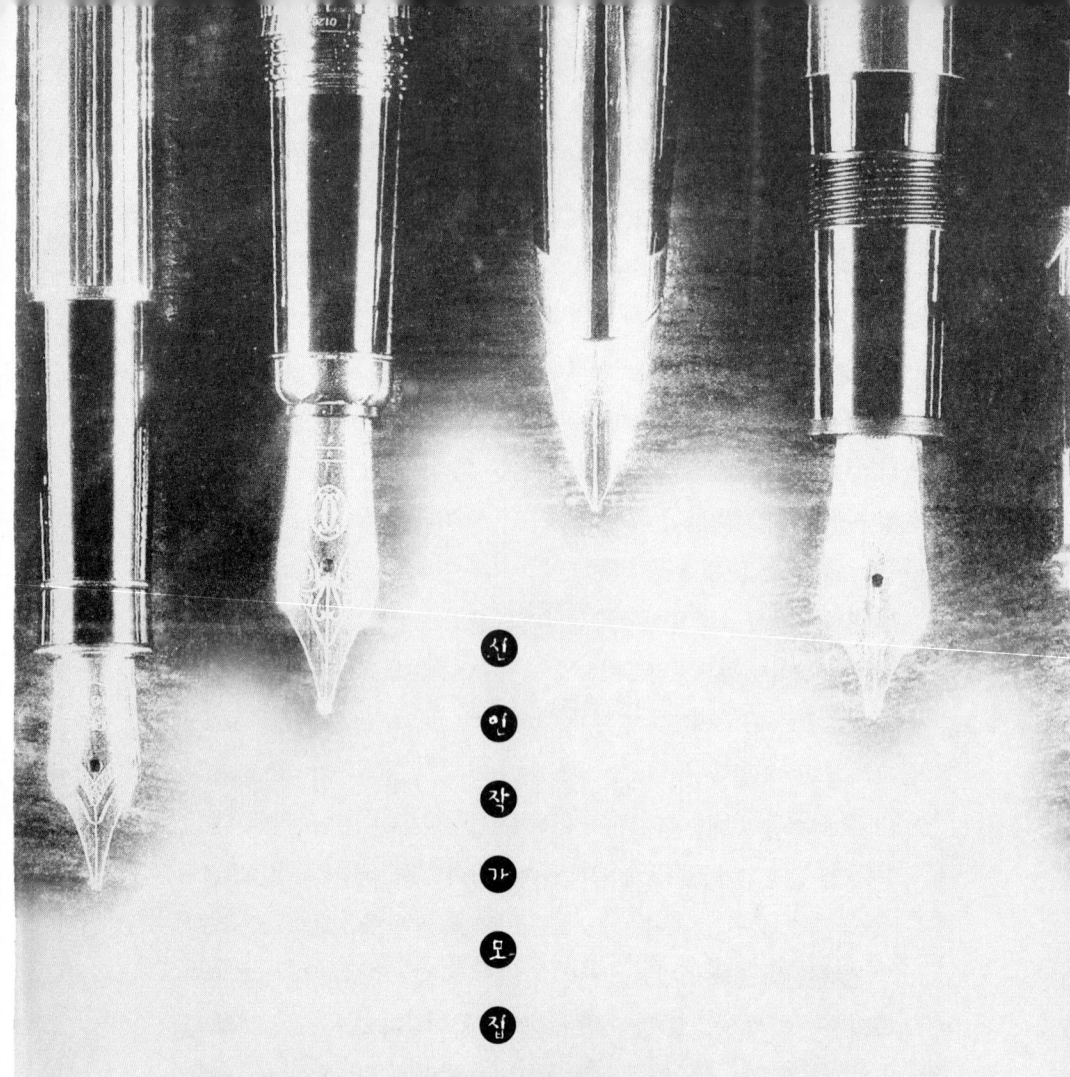